신화에서 역사로 다시 태어난
위대한 불멸의 영웅

주몽 朱蒙

4

극본_최완규·정형수
소설_홍석주

황금나침반

영혼의 고향인 조상들의 나라,
그로부터 비롯되었고
다시 그로 돌아갈 영원한 빛의 나라,
태양이 지지 않는 산봉우리,
그 영원한 땅,
그곳으로 돌아갈 수 있기를.

드넓은 영토보다 더 웅대했던 우리 영웅들의 기상을 찾아
_ 최완규 · 정형수

　서양의 철학자나 예술가들은 풀리지 않는 난관에 부딪칠 때면 희랍
으로 달려간다는 얘기를 들은 적 있습니다.
　역사의 세계이며 또한 신화의 세계이기도 한 그곳은, 영토보다 소
중한 정신의 보고寶庫이기 때문일 것입니다.
　작업실 책상 앞에 커다란 지도 한 장을 붙여놓았습니다.
　광활한 만주 벌판…… 옛 우리 선조들이 고조선, 부여, 고구려, 발해
를 세우고 거침없이 말 달렸던 대지…….
　눈을 감으면 어느새 고구려 고분벽화 속 말 한 마리가 튀어나와 푸
른 바이칼에서 시작해 거친 동북평원을 지나 쑹화 강까지 힘차게 내
달리는 장면이 떠오릅니다.
　드넓은 영토보다 더 웅대했던 선조들의 기상과 정신이 온몸을 휘감
습니다.
　그러다 눈을 뜨면 우리의 현실이 답답해집니다.
　광활한 만주에서 한반도로, 그도 모자라 휴전선으로 두 동강 난 영
토보다 더 서글픈 것은, 너무도 작아진 우리들의 정신입니다.
　잃어버린 영토는 언젠가 되찾을 수 있어도, 잃어버린 정신은 다시

복원하기 어렵다는 것을 압니다.

　해모수, 금와, 유화, 주몽, 소서노, 대소……. 우리의 기억 속에서 풍화되어가는 부여와 고구려의 영웅들.

　이 책을 통해 고분벽화 속에 깃든 그분들의 영혼이 깨어 나와 움츠러든 우리의 기상과 정신을 일깨워줄 수 있다면, 이 글을 쓰는 그 어떤 의미보다 소중할 것입니다.

가장 뜨거웠던 시대를 향한 간절한 그리움
_홍석주

《삼국사기》를 쓴 김부식은 그 책의 표문表文에서 임금의 말을 빌려, 당대의 지식인들이 중국의 역사는 잘 알면서 정작 우리나라 동방삼국의 역사는 제대로 알지 못하는 것은 참으로 유감스러운 일이라고 탄식하고 있다.

이러한 김부식의 탄식은 그로부터 천년에 가까운 세월이 흐른 오늘날에 이르러서도 여전한 형편이니 안타까운 일이 아닐 수 없다.

어디 중국의 역사뿐이겠는가. 그보다 더 아득한 그리스나 로마의 옛 역사에 대해서는 줄줄 꿰면서도 정작 우리 민족의 고대사는 실재한 사실로서가 아니라 기껏 신화나 전설의 꼴로 의식 속에 박제화되어 있을 따름이다. 이는 이 시기를 기록한 사서의 신화적 기술 방식에 연유한 바 크지만, 그보다는 이를 우리의 역사로 끌어안으려는 적극적인 노력이 부족한 탓이 아닐까 싶다.

최근 들어 고구려에 대한 일반의 관심이 커져 가히 열풍이라 할 정도라 하니 반가운 일이다. 이러한 현상이 고구려를 자신의 변방정권으로 자리매김하려는 중국의 소위 '동북공정'에 의해 촉발되었음을 부인할 수 없지만, 또한 이에는 우리 민족의 유전자 속에 각인된 민족의 원형으로서의 고구려에 대한 간절한 그리움이 내재되어 있는 까닭이라고 믿는다.

한 가지 염려스러운 것은 고구려에 대한 우리의 관심이 얼마나 광대한 영토를 가진 위대한 대제국이었냐 하는 데만 집중된 듯한 점이다. 오늘날 우리에게 고구려가 새로운 인식의 대상으로 떠오르는 것은 대륙을 호령한 동아시아 최대강국으로서 이 시대가 요구하는 새로운 국가적 패러다임의 모델이어서가 아니라 우리 민족사의 뿌리와 내력이 거기에 있기 때문이다. 고구려에 대한 관심의 시작은 바로 거기서부터 비롯되어야 하리란 것이 나의 생각이다.

이 책은 고구려를 건국한 주몽의 파란만장한 일대기를 다룬 소설이다. 주몽은 단언컨대 우리 민족사를 통틀어 그 유類를 찾아보기 어려운 풍운아이자 일대 영웅이다. 그가 산 시대는 우리 역사상 진취적 기상과 민족적 활력이 가장 뜨겁게 달아오르던 시대였다. 그리고 그가 걸어간 땅은 이제는 우리가 잃어버린 땅, 요동의 광활한 대륙이었다. 그 인물과 그 시대를 다룬 이야기가 어찌 신나고 재미있지 않으랴.

이제는 찾기 어려운 미덕이 되어버린 사내들의 야성과 강건미, 진

9

정한 용기와 참다운 의로움, 인간의 위대함과 존엄 등은 이 소설을 쓰는 내내 나의 마음을 달군 잉걸불이 되었다. 이 소설이 주몽을 비롯한 숱한 영웅들의 장엄하고 통쾌무비한 삶을 다루고 있긴 하지만, 단순한 무협 영웅담으로 읽혀지는 것을 염려하는 까닭이 여기에 있다.

그 아득한 옛날, 그 땅의 사람들을 이야기하는 일에 어찌 어려움이 없었겠는가. 이에는 그간 고구려의 역사를 연구해온 훌륭한 학자들의 수고와 노력이 큰 힘이 되었다. 이 자리를 빌려 우리 학계의 많은 고구려사 연구자들에게 깊이 감사드리는 바다. 특히 고대사에 대한 다양한 자료를 제공하고 조언해준 서강대의 조경란 선생에게 각별한 감사를 표한다.

해모수解慕漱　동이족의 청년 영웅. 망국 조선의 부흥을 위해 노력하며 조선의 유민을 구출하는 일에 신명을 바친다. 생명을 구해준 유화와 아름다운 사랑을 나누지만, 토벌군의 대장이자 어린시절의 친구 양정에게 목숨을 잃을 위기에 처한다. 하지만 후일 유약한 주몽을 강건한 사내로 일으켜 세우는 데 결정적인 역할을 한다.

유화柳花　비류수 가의 서하국 군장 하백의 딸. 해모수와의 슬픈 사랑으로 주몽을 얻고, 금와의 궁에서 그의 보호 아래 지내게 된다. 금와의 황후인 원씨의 갖은 핍박을 견디며 주몽을 새로운 나라의 창업주로 만들기 위해 노력한다.

금와金蛙　부여국 왕. 태자 시절, 오랜 벗인 해모수를 도와 조선 유민의 구출에 힘쓰고 조선의 부흥운동에도 도움을 준다. 유화를 깊이 사랑해 해모수가 죽은 후 유화를 자신의 궁에 들이고, 일생 그녀를 향한 사랑을 그치지 않는다. 해모수의 아들인 주몽을 아끼고 사랑한다.

주몽朱蒙　해모수와 유화 사이에 태어나 부여국 왕 금와의 궁에서 자라난다. 갓난 아기 때 여미을의 모해로 죽을 고비를 겪고, 성장해서도 부여의 황후와 왕자들의 모략으로 숱한 위기를 겪는다. 소서노와 운명적인 사랑을 나누는 한편, 새로운 왕국에 대한 동이족의 열망을 자각, 부여를 떠나 마침내 위대한 제국 고구려를 건국한다.

소서노召西弩 계루국 군장 연타발의 딸로, 빼어난 미색과 뛰어난 지혜를 겸비한 여인. 거상 연타발의 상단을 이끄는 행수로 활약하다 주몽을 만나 사랑에 빠진다. 주몽을 도와 고구려 건국에 결정적인 역할을 하고, 후일 아들 비류, 온조와 함께 남하해 백제를 건국하는 일에도 주도적 역할을 한다. 우리나라 역사상 두 나라를 창업한 전무후무한 여걸이다.

대소帶素 부여국 왕 금와의 장자로 무예가 출중하고 야심이 크다. 다물활 사건 이후 주몽의 존재에 극도의 경계심과 두려움을 가지고 그를 제거하려 한다. 사랑하는 소서노마저 주몽을 사랑하기에 이르자 그의 분노와 증오는 더욱 커진다. 주몽과 그의 증오와 대립은 후일 고구려와 부여의 길고 긴 전쟁으로 이어진다.

부영芙英 부여국 대장군의 딸로 아비가 토벌하러 간 숙신의 무리에게 투항하자 지방 제가의 노비로 팔린다. 뛰어난 용모가 여미을의 눈에 띄어 신궁의 여관이 되지만 주몽의 철없는 행동으로 궁에서 쫓겨난다. 이후 저잣거리의 객점에서 비참한 생활을 이어가지만 역시 궁에서 내침을 받은 주몽을 만나 사랑하게 된다. 후일 홀로 주몽의 아들 유리를 낳아 키운다.

부득불不得弗 부여의 최고 대신인 대사자. 지략과 충성심이 뛰어난 인물로 동이에 새로운 나라가 일어나 부여를 위협하게 될 상황을 우려해 해모수와 주몽을 제거하려 한다.

여미을汝美乙 부여 신궁의 주인인 신녀神女. 용모가 아름다울 뿐만 아니라, 천문과 역학에 밝고 예지력과 지모가 뛰어나 인간사의 길흉을 헤아림에 막힘이 없다. 나라의 크고 작은 일에 가르침을 내리고 갖가지 의식을 주관한다.

연타발延陀勃 졸본에 위치한 소국 계루국의 군장. 상재가 뛰어나 동이 지역 최대의 상단을 이끄는 거상으로 막대한 재부를 이루었다. 자신의 나라를 부강하게

12

만들 새로운 방편으로 강철의 개발에 뛰어든다.

영포英圃 금와의 둘째왕자로 대소의 동생. 거대한 체구에 용력이 출중하다. 대소를 도와 주몽을 제거하는 일에 앞장선다.

황후 원씨元氏 금와의 부인으로 태자비 시절 금와가 궁으로 데려온 유화에게 극도의 질투심을 갖는다. 자신의 아들 대소를 왕으로 세우기 위해 노력하는 한편, 유화와 주몽을 제거하는 일에 방법을 가리지 않는다.

양정楊晶 해모수와 금와의 어린 시절 친구. 조선의 마지막 왕 우거를 모살하는 일에 앞장섬으로써 이들과는 다른 길을 걷는다. 한나라의 거기장군에 오른 후 해모수를 토벌하는 일에 앞장선다. 후일 현토군 태수로 부임해 부여국 왕 금와를 압박한다.

계필季弼 오랜 세월 연타발을 보필해온 졸본 상단의 행수. 상술이 뛰어나고 금전의 출납에 밝다.

우태優台 계필의 아들로 아버지와 함께 졸본 상단의 상업에 중요한 역할을 한다. 어릴 때부터 함께 자란 소서노를 마음으로 연모하고, 후일 그와 혼인하여 비류, 온조 두 아들을 얻는다.

사용泗茸 소서노의 벗이자 졸본 상단의 지략가. 남녀를 구분할 수 없는 신비한 용모에 천문과 역, 산술, 의술에 밝고 하늘과 땅의 흐름을 살펴 인간사를 예지하는 신묘한 능력을 지녔다. 대소의 음모에 빠져 심한 상처를 입은 주몽을 구명하고, 그의 몸에 깃든 여미을의 저주를 벗기는 데 힘쓴다.

무덕无德 유화 부인을 모시는 별궁 여관. 남자같이 큰 체격에 입이 무겁고 행동이 근실하다. 유화 부인의 뜻에 따라 주몽에게 오라비 무송을 무예 선생으로 소개한다.

무송无鬆   무덕의 오라비. 주몽의 무예 선생. 한때 부여 최고의 무사로 부여국 훈련교관이었으나 술을 먹고 상관을 두들겨패는 바람에 쫓겨나 두타산 비밀 옥사의 옥사장이 된다.

마리摩離   부여국 저잣거리의 무뢰배. 꾀가 많고 상황 판단이 기민하다. 후일 협보, 오이 등과 함께 주몽을 도와 고구려 건국에 크게 기여한다.

협보陜父   부여국 저잣거리의 무뢰배. 우직하고 맨손으로 황소를 상대할 만큼 힘이 장사이다. 후일 주몽의 충직한 부하로 고구려 건국의 주역이 된다.

오이烏伊   지혜가 뛰어나고 의협심이 남다르다. 도치에 의해 색주가로 팔려가려는 부영을 구한 뒤 오누이 사이가 된다. 고구려 건국의 주역 가운데 한 사람이다.

벌개伐价   부여국 궁정사자. 왕후 원후의 오라비로, 잔꾀에 능하며 원후와 함께 태자 대소의 왕위 등극을 위해 애쓴다.

흑치黑雉   부여국의 대장군. 영포의 무예 선생이기도 하다.

도치屠痴   부여 도성 뒷골목 불한당 패거리의 수괴. 부여에서 가장 큰 객전을 운영하는 등 많은 재산을 가졌으며 성정이 모질고 잔인하다. 나라에서 금하는 소금을 밀매하다 소서노의 공격을 받는다.

나로那撈   예족 출신으로 악명 높은 자객집단인 월영방의 자객. 대소의 명을 받고 주몽의 목숨을 노린다.

한당㖨噹   도치가 운영하는 객전의 지배인이자 도치 패거리의 부두목. 눈썹이 희고 성격이 잔혹하다.

무루막치毋婁莫馳   소금산이 있는 사막 속 고산국의 촌장. 비적에게 신성한 소금산을 빼앗기고 핍박을 받다 주몽의 도움으로 이를 되찾는다.

14

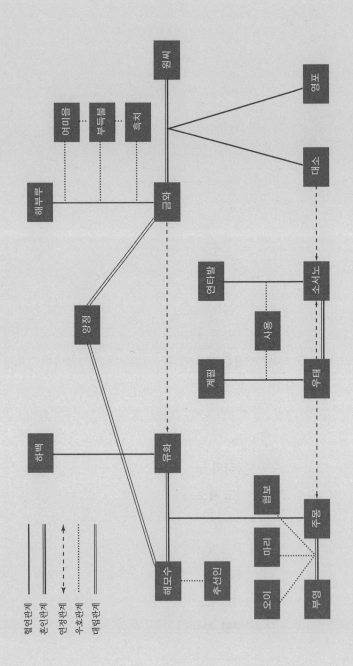

인물관계

혈연관계 ————
혼인관계 ════
연정관계 ⇢
우호관계 ·······
대립관계 ═══

원씨

여미을 ···· 부득불 ···· 흥지

해부루 ──── 금와

영포   대소

양정

연타발 ───── 소서노

사옹

계필 ──── 우태

유화 ──── 하백

춘선인 ···· 해모수

금포

마리

오이

부영

주몽

위험한 거래

한 해가 가고 새로운 해가 왔다.

북국北國의 정월은 모진 삭풍에 바랜 태양과 천지를 뒤덮은 백설과 허공을 가득 채운 희뿌연 모래먼지가 어우러져 그려내는 한 폭의 흐린 수묵화였다. 그 어두운 풍경화 같은 나날 속 어디에도 새로운 산야, 새로운 계절의 기미는 엿보이지 않고, 오직 차가움과 비정과 몰인정으로 정의되는 북국의 날들이 영원히 끝나지 않을 듯 계속되었다. 하지만 그런 속에서도 새로운 한 해와 따뜻한 봄날에 대한 희망은 변함없이 사람들의 가슴속에서 펄떡이는 심장의 고동 소리와 함께 조용히 다가오고 있었다. 이제 이 차가운 눈과 바람의 계절이 지나면 나뭇가지마다 노릇한 햇살이 무르녹는 봄이 올 터였다. 그것은 오랜 세월 자연의 신이 그들에게 가르쳐준 변함없는 지혜였다.

하지만 그 해 정월, 부여의 도성은 하늘을 뒤덮은 검은 먹구름보다 더 어두운 그림자가 드리워져 있었다. 거리를 오가는 사람들의 깊게 숙인 고개 사이로 엿보이는 얼굴들은 하나같이 두렵고 불길한 예감에 사로잡힌 듯 보였다. 언제부턴가 부여 도성 속을 주인 없는 바람처럼 몰려다니고 있는 흉흉한 소문들 탓이었다.

— 글쎄, 마가馬加 고을의 가장 오래된 우물에서 열흘 동안이나 붉은 핏물이 솟구쳤다는구먼.

— 도성 북쪽 금성산의 오래된 비자나무들이 밤마다 소리를 내어 운다는구먼. 그런데 그 소리가 글쎄, 흡사 상가의 곡소리 같대나.

— 그뿐인 줄 알아? 닭 같기도 하고 까마귀 같기도 한 검은 새가 밤마다 부여 궁 대왕의 침전 용마루에 올라 앉아 밤새 울다 새벽이 되어서야 사라진다네, 글쎄.

— 온, 이게 대체 무슨 해괴한 일이랴? 이게 다 부여에 망조가 들었다는 징조가 아닌가 몰라…….

— 그려. 나이 든 노인들 말로는 곧 부여 땅에 끔찍한 천재지변이나 전쟁이 벌어져 나라가 망하고 말 것이라고들 하더구먼.

신녀 여미을이 신궁으로 난입한 괴한들을 피해 모습을 감춘 후 떠돌기 시작한 소문들이 점점 그 도를 더해가더니, 급기야 진위를 가늠키 어려운 해괴한 예시와 참언의 모습을 띤 채 사람들의 입을 타고 오르내렸다. 사람들은 둘만 모이면 서로 어두운 얼굴을 맞댄 채 자신이 들은 무섭고 불길한 징조에 대해 수군거리기 시작했다.

나뭇가지 끝에서 불어가는 스산한 삭풍을 탄 듯 소문은 빠르게 부여 땅 곳곳으로 퍼져나갔다. 소문은 하늘과 땅 사이 모든 생명을 무거운 공포로 내리누르며 모든 살아 있는 입에서 입으로 전해졌다. 해괴한 소문에 놀란 사람들이 저마다 뛰는 가슴을 다독이며 겨울잠에 빠진 짐승처럼 불안한 정적 속으로 몸을 숨겼다. 인적을 잃은 도성의 거리와 고샅은 날마다 거친 바람이 빠르게 내달리고, 이따금 철모르는 어린 것들만 추위에 볼이 빨갛게 얼어 소리를 지르며 바람 사이를 뛰어다닐 뿐이었다.

"무엇이? 금성산의 비자나무가 곡소리를 내며 울고 있다고?"

"그렇습니다, 왕후마마. 그런 날 밤에는 하늘에서 살별이 비처럼 쏟아진다는 소문도 돌고 있습니다. 도성 안의 백성들이 너나없이 불안에 떨고 있습니다."

"대체 어떤 찢어죽일 놈들이 그런 허무맹랑한 말을 지어 퍼뜨린단 말입니까? 곡소리는 뭐고, 살별은 또 뭐란 말입니까? 하늘에서 살별이 비처럼 쏟아진다는 게 대체 말이 됩니까?"

왕후의 성마른 목소리가 왕후전을 쩽하니 울렸다. 그 오라비인 궁정 사자 벌개가 꺼질 듯 한숨을 몰아쉬며 말을 붙였다.

"어찌 아니랍니까. 소문이란 것들이 하나같이 이처럼 허황되기 짝이 없는 것들뿐이니…… 왕후마마, 어리석고 무지한 자들이 근거 없이 쏟아놓는 헛된 소리를 두고 너무 심려치 마십시오."

"중요한 것은 그것이 옳으냐, 그르냐의 문제가 아닙니다. 세상의 일이란 대개 그렇게 믿고 싶은 것에서 비롯됩니다. 백성들 입에서 그런 소리가 나는 것은 그런 일이 일어나기를 바라고 있다는 말과 다르지 않습니다. 그자들이 공연히 그런 말을 지어내겠습니까?"

"……."

"백성들의 입을 막은 것은 큰물을 막는 것보다 더 어려운 일입니다. 이제 저들이 이 불길한 징조의 책임을 왕실에 돌린다면 이를 어찌할 것입니까? 어리석고 천한 것들이 무슨 말을 어떻게 떠들어댈지 걱정입니다."

"신궁의 마우령馬禑玲 신녀가 날마다 이를 두고 천제께 기도를 올리고 있습니다. 신통력과 지혜가 남다른 신녀이니, 머잖아 부여 도성의 인심을 안돈시킬 것입니다."

"……따지고 보면 이 모두가 여미을로부터 비롯된 일입니다. 아직도 그 요망한 것의 행방을 알아내지 못하였습니까?"

"군사를 풀어 형적을 좇은 지 오래이나 여전히 자취가 묘연합니다."

"어찌하여 사람들은 이미 사라진 여미을은 그리도 중하게 여기면서 새로운 신녀가 하루도 쉬지 않고 이 나라와 왕실과 백성을 위해 기도를 올리는 것은 모른 체한답니까?"

여미을의 유고 얼마 후, 부여 황실 신궁의 새 주인이 정해졌다. 사출도四出道 신녀들의 만장일치로 마가馬加 출신의 신녀 마우령이 황실의 새로운 신녀로 추대되었다. 원후의 강력한 천거와 은밀한 공작의 결과였다. 하지만 흉흉한 민심이 잠잠해지고, 백성들 사이에 대소가 새로운 군왕의 재목으로 널리 인식되기를 바라는 원후의 기대와는 달리, 해괴한 징조에 관한 소문들은 날이 갈수록 달군 번철 속처럼 더욱 뜨겁게 들끓고 있었다.

"세상인심이 어지러울수록 백성들에게 희망을 심어주고 나라에 새로운 기풍을 진작시키려는 노력이 필요한 법이거늘, 폐하께서는 어찌하여 태자 책봉을 이리도 세월없이 미루고만 계신단 말입니까? 주몽이 놈은 경합을 포기한 채 부여를 떠나 죽었는지 살았는지 소식도 없는 터에, 대체 더 무엇을 기다린단 말입니까?"

"왕후마마의 말씀이 지당하십니다. 대소신료들 또한 날마다 태자 책봉을 주청드리고 있으나 폐하께선 오불관언으로 일관하시니 답답

할 따름입니다. 도무지 폐하의 속내를 짐작키 어렵습니다. 혹 폐하께서 아직도 주몽 왕자에 대한 미련을 버리지 못하고 계신 것은 아닌지 모르겠습니다.”

주몽이 단신으로 도성을 떠났다는 소식이 전해진 것은 태자 자리를 놓고 벌이던 경합에서 물러나겠다고 선언한 직후의 일이었다. 아무도 부여의 왕자가 무슨 연유로 소리 없이 도성을 떠났는지 알지 못했다. 금와왕도 소식을 듣고는 큰 충격을 받은 표정이었다. 하긴 어려서부터 엉뚱한 일을 도맡아놓고 벌인 녀석이긴 했다. 하지만 하필이면 그 멀고 험한 고산국을 다녀와 부여의 소금 품귀 사태를 단숨에 해결한 이후 대왕과 대소신료들의 기대와 믿음이 다락같던 때였으랴! 생각하면 도무지 이해할 수 없는 일이었다.

아무려나 주몽이 태자 경합을 포기하고 부여 도성을 떠난 것은 가히 하늘이 내려준 은택이 아닐 수 없었다. 목 안의 가시가 따로 없고, 고황에 든 병이 따로 없던 주몽이었다. 그런 놈이 스스로 꼬리를 자르고 사라져주었으니 세상에 이런 신통한 일이 어디 있으랴. 전생에 내가 무슨 선업을 쌓았기에……. 이런 생각을 하며 혼자서도 손을 가리고 웃음을 참던 원후였다.

원후가 곁에 자리한 대소를 향해 고개를 돌렸다.

“세상일이란 알 수 없는 법. 지금이 대소 너에게 다시없는 기회인 것은 분명한 일이지만, 자칫 방심하였다가는 다 된 죽에 코 빠트리는 격이 될 수도 있다. 너는 태도를 더욱 근실히 하여 군왕의 재목으로서의 자질을 폐하와 대신들에게 드러내보여야 할 것이다.”

“명심하겠습니다, 어머니.”

묵묵한 표정으로 앉아 있던 대소의 눈길이 벌개를 향했다.

"외숙부! 장안에서 온 철관鐵官*이 현토성에 당도하였다는 소식을 들었습니다. 그게 사실인지요?"

"그렇습니다, 왕자님. 수일 전에 한나라 왕이 파견한 철관이 야장들을 대동하고 현토성을 방문하였다 합니다. 한의 대상인 출신인 사농승司農丞 노관이란 자라고 들었습니다."

"한의 철관이 난데없이 현토에 온 까닭이 무어랍니까?"

"현토와 임둔, 진번, 낙랑의 철기 제조 현황을 살피러 온 것이겠지요. 서남이의 반란을 토평하는 전쟁에 겨를이 없을 한이 원방 군현의 철기 상황을 살피러 관리를 파견했다면 전쟁이 이제 어느 정도 마무리 지어진 듯합니다."

"……어머니, 아무래도 제가 현토성엘 한번 다녀와야겠습니다."

"현토성을? 그 먼 곳을 무얼 하러 가려고?"

"소자, 진작부터 한 가지 생각하여 둔 일이 있습니다. 다녀와서 말씀드릴 터이니 너무 심려치 마십시오, 어머니."

◆ ◆ ◆

부여국 왕자를 맞이한 현토군 태수의 환대가 자못 흥성했다. 전날 한과의 교역 단절로 부여가 소금 품귀 사태를 맞았을 때 방문하였던 것과는 사뭇 다른 환대였고, 양정의 태도였다. 수륙진찬이 가득한 연회상을 앞두고 양정이 우렁우렁한 웃음을 터뜨렸다.

"허허허! 이렇게 세초부터 귀인이 우리 군을 찾아오니, 아마도 올해

---

* 철기 제작을 관장하는 한나라의 관리.

는 우리 현토군에 기쁘고 복된 일이 많을 듯하오."

"현토군의 홍복이야 어진 태수님의 선정에서 비롯된 것인데, 어찌 저같이 보잘것없는 사람 때문이라 하겠습니까?"

"허허허, 대소 왕자. 이렇게 다시 왕자를 대하니 반갑기 그지없구려. 그래, 엄동의 한파를 뚫고 이 먼 곳까지 온 까닭이 무엇인지 궁금하오만."

우정 반가움과 흔쾌함을 빙자하여 호탕하게 내뱉는 말에 숨길 수 없는 호기심이 내비치고 있었다. 대소가 느긋하게 술잔을 들이켠 뒤 웃음 띤 얼굴로 답했다.

"북국의 추위가 매섭다 하나 아버님의 귀한 벗이자 저에게도 아버님 같은 분이시니 마땅히 신년 하례를 드려야 함이 옳지 않겠습니까. 하하하……."

대소의 천연덕스러운 대꾸에 양정의 표정 위로 얼핏 짜증스러워하는 빛이 떠올랐다 사라졌다. 하지만 망국의 신하로 한나라의 거기장군에 오른 처세술의 달인답게 이내 호탕한 웃음으로 속심을 갈무리하였다.

"하하하, 내 왕자를 보니 예부터 부여를 두고 동방의 군자국이라 이르는 말이 과연 허언이 아닌 듯하오. 허허허……."

그로부터 한동안 묵묵히 술잔을 들이켜기만 하던 대소가 문득 무심한 듯 입을 열어 말했다.

"일전 경사로부터 귀한 손님이 다녀가셨다고 들었습니다. 중원의 대상 출신인 사농승이라구요?"

양정이 짚이는 바가 있는지 빙그레 미소를 띠었다.

"그랬지요. 황상 폐하의 영을 받은 철관이 다녀갔지요. 헌데, 대소 왕자께선 어찌하여 그 일에 관심을 가지시오?"

"어찌 관심이 없다 하겠습니까? 태수님께서도 모르시지는 않을 바, 비록 우리 부여가 동이의 오랜 강국으로 행세하고 있지만 주위에는 탐욕스럽고 강성한 나라와 야만적인 부족들이 호시탐탐 부여의 강역을 노리고 있습니다. 제가 이번에 현토성으로 걸음을 한 까닭이 실은 거기에 있습니다."

"말씀해보시오."

"아마도 이번에 장안으로부터 철관이 온 것은 한에서 개발한 새로운 강철기의 제조 기술을 전수하기 위함이 아닌지요?"

"으음……."

"태수님께 두 가지 청이 있습니다. 전일 우리 부여는 병장기의 무분별한 개발이 양국 간의 호혜와 평화에 백해무익한 일이니 철제 병기의 제조를 삼가라는 한의 요구를 충실히 수용하여 철기방을 폐하고, 지금껏 철기의 개발과 제작을 금해오고 있습니다. 하지만 그동안에도 한은 강철 병기의 개발에 힘을 쏟아 이전과는 비교할 수 없이 강한 철기를 계속 만들어내고 있다 들었습니다. 이는 평화를 바라는 두 나라의 기대와 믿음에 부합하지 않는 부당한 처사입니다. 이제는 우리 부여의 철기방 개설을 허락하여 주시길 바랍니다."

"……다른 한 가지는 무엇이오?"

"한나라가 보유한 선진 제강 기술인 초강법炒鋼法을 부여에 전수하여 주십시오."

"초강법의 기술을 전수해달라?"

뜻밖이라는 표정을 보이던 양정이 곧 좌중이 놀랄 만한 커다란 웃음을 터뜨렸다.

"하하하……. 왕자의 말이 참으로 재미있구려. 강철기를 만드는 비법은 나라의 더없이 중요한 비밀로서, 철기의 국외 반출조차도 법으로 엄격히 금하고 있음을 왕자는 모른단 말이오?"

"현재 현토군에서 운영 중인 야장간의 철기 제작 기술도 중원의 그것에 비해 결코 뒤떨어지지 않을 것입니다. 뿐만 아니라 이번 철관의 방문으로 새로운 강철 제조 기술이 전수되었다면 더욱 그러할 것입니다. 태수님께서 마음을 내신다면 결코 불가능한 일이 아닐 것입니다."

"내가 군이 어려움과 위험을 불사하며 부여에 철기 제작 기술을 전수하여야 할 까닭을 말해보시오. 부여가 지금껏 겉으로는 우리 한과 근린의 우방을 표방하고 있으나, 내심으로는 틈만 나면 대국에 배역할 기회를 노리고 있음을 내 모르지 않소."

"당치 않은 말씀입니다. 예부터 한과 부여는 서로에게 다시없이 가깝고도 중한 존재로 지금껏 일관되게 우방의 관계를 유지해오고 있습니다. 흉포하고 야만적인 나라와 부족이 수없이 발호하고 있는 한의 동변이 지금껏 별다른 분란 없이 평온함을 유지해온 것은 우리 부여가 이를 감싸는 입술의 역할을 충실히 해온 까닭이란 것을 태수님께선 모르신단 말씀입니까? 그런데 그 부여가 최근 들어 한의 과도한 견제로 인해 종이호랑이 꼴로 허박해져 가고 있습니다. 이는 한의 입장에서 보아도 결코 바람직한 일이 아닐 것입니다."

"하지만 황제 폐하께서는 부여가 강철기로 무장하여 강성한 무력을 갖춘다면 언젠가는 반드시 우리 한을 배역하여 큰 우환을 초래할 것이라 염려하고 계시오."

"과거 일시간 부여가 대국과 조화롭지 못했던 것은 부인하기 어려우나 그것은 이미 지나간 일. 이 대소가 부여의 왕좌에 오르면 한은 천하에서 가장 든든한 우방을 얻게 될 것입니다. 한나라의 선진 철기 제작 비법은 이 몸이 부여의 왕위에 오르는 데 다시없는 큰 힘이 될 것입니다. 만약 태수님께서 이 몸을 위해 은의를 베푸신다면 이 몸 대소, 태수님과 한을 위해 견마지로의 노력을 아끼지 않을 것입니다."

"견마지로라 하였소, 왕자?"

"그렇습니다, 태수님. 제가 금수가 아닌 다음에야 어찌 태수님의 크신 은정을 잊을 리 있겠습니까?"

"으음……."

잠시 생각에 잠긴 듯하던 양정이 문득 낯빛을 달리하며 흘러넘치는 술잔을 들어 권했다.

"허허허……. 즐거운 자리에 술을 앞두고 너무 말이 길어졌구먼. 악공들은 무엇을 하느냐! 즐거운 술자리에 음곡이 없으니 싱겁기 그지없구나!"

너른 관사의 대청 위에 경쾌한 음률이 산드러지게 흐르기 시작했다. 그로부터는 오로지 흥겨운 연회가 펼쳐졌다. 오현, 와공후, 탄쟁 같은 서역에서 전래된 악기들이 흘려보내는 이국의 음률이 너른 관사 마당을 가득 채운 뒤 기둥을 타고 드높은 용마루 위로 솟아올랐다. 순식간에 여러 순배 술잔이 돌고, 긴장으로 팽팽하게 당겨졌던 대소의 신경이 물처럼 풀어지며 취기가 온몸으로 스멀스멀 스며들고 있었다. 그런 어느 때였다.

한 절의 음곡이 끝나고, 음곡의 정지가 이룬 정적을 징검다리처럼 짚으며 한 여인이 걸어 나오고 있었다. 구름 한 자락을 베어 지은 듯 희고 풍성한 나삼을 차려 입은 무희였다. 구름 위를 걷듯 가벼운 걸음으로 나타난 무희는 양정과 대소가 앉은 자리를 향해 다소곳이 읍한 뒤 천천히 음률에 맞춰 춤을 추기 시작했다.

참으로 아름다운 춤이었다. 무희의 희고 고운 얼굴과 길고 우아한 지체가 어우러져 펼쳐지는 춤사위가 이내 좌중을 강한 힘으로 압도하기 시작했다. 취기로 흐려진 눈길을 던지고 있던 대소도 어느 때부터인지 홀린 듯한 표정이 되어 무희의 춤을 지켜보았다. 연회석에 벌여 앉은 현토군의 상하 관속들의 시선 또한 술잔을 들 염조차 잊은 듯, 여인의 아름다운 춤사위에 빠져 있었다. 오직 한 사람, 현토군 태수 양정만은 무희의 춤 따위엔 별 관심이 없는 듯 느긋하게 술잔을 비우고 있었다. 그러곤 이따금 고개를 돌려 넋을 놓고 있는 대소를 건너다보며 의미를 알 수 없는 미소를 지었다.

무희가 춤을 끝내고 물러나자 악공들이 기다렸다는 듯 산들바람이 꽃향기를 몰아가듯 부드럽고 아름다운 음곡을 풀어놓기 시작했다. 악공들의 음률에는 끝이 보이지 않는 사막과 거친 바람, 불모의 땅 위에서 생명을 영위하는 이방 민족의 우울과 향수와 애환이 깃들어 있는 듯했다.

무엇이 그리 흥겨운지 양정은 연신 웃음을 터뜨리며 쉬지 않고 술잔을 비웠다. 짧은 겨울해가 관사 담장 너머로 사라질 즈음까지 연회는 계속되었다. 취기에 실린 호기로운 웃음들이 낭자한 연회장 안으로 다시 꽃같이 단장한 한 무리의 무희들이 들어섰다. 술과 흥취에 흠뻑 취한 듯 얼굴 가득 기분 좋은 웃음을 띤 양정이 천천히 상체를 흔들며 무희들의 춤사위를 바라보고 있었다. 그러던 양정이 문득 대소를 돌아보며 말했다.

"이보시게, 대소 왕자! 저것들은 이곳에 맡겨놓고 우리 두 사람, 내 처소로 가서 한잔 더 하세."

"약주가 과하신 듯한데, 괜찮으시겠습니까?"

"그 무슨 섭섭한 소린가? 천하의 양정이 이만한 술에 감길 것 같은가? 끄떡없네."

양정이 부액하려드는 아랫것들을 물리친 채 끙, 무거운 몸을 일으켰다. 그러곤 비틀거리는 걸음으로 내실을 향해 걸어갔다. 대소가 그 뒤를 따랐다.

관사 안, 양정의 처소에 조촐한 주안상이 마련되었다. 붉은 휘장이 드리워진 장방 위에서 두 사람은 마주 앉았다. 양정은 뜻밖에도 취기가 말끔히 가신 얼굴이었다. 이슬을 모아 빚은 듯 맑은 백주가 담긴 옥잔을 앞에 두고 양정은 무언가 생각에 잠긴 듯한 표정으로 말이 없었다. 그런 어느 때였다.

밖에서 사뿐사뿐 가벼운 발자국 소리가 다가오더니 여인의 맑은 목소리가 들렸다.

"아버님, 소녀입니다."

"들어오너라!"

여린 바람에 휘날리듯 천천히 휘장이 젖혀지더니 한 여인의 모습이 나타났다. 자줏빛 비단 저고리에 긴 포를 입고 머리에는 건귁을 쓴 젊은 처녀였다. 양정이 조금 전까지와는 달리 엄숙한 목소리로 처녀를 향해 말했다.

"부여국의 대소 왕자이시다. 인사 올리거라."

여인이 더없이 우아하고 품위 있는 태도로 대소를 향해 절을 올렸다.

"소녀 설란이라 합니다. 하늘같이 드높은 부여국 왕자님을 뵙게 되어 큰 광영입니다……."

"으음……."

뜻밖의 일에 당황한 대소가 낯빛을 붉히며 좌불안석하는 표정을 지었다.

"태수님……."

"이 아인 내 여식이오. 그리 어리석지 않고 밉지 않은 아이인데, 어쩐 일인지 과년한 나이에도 아직까지 혼인할 생각을 않고 있소. 하늘같은 기개로 천하를 아우를 영걸이 아니면 시집을 가지 않겠다는구면."

어딘지 여인의 모습이 낯익다고 생각하던 대소가 순간 나직한 탄성을 흘렸다. 그녀는 다름 아닌, 조금 전 연회장에서 흰 나삼 차림으로 빼어난 춤사위를 펼쳐 보인 무희였다. 고혹적이고 요염해 보이기까지 하던 자태는 그러나 명문 규수의 복색으로 차려입은 지금 더없이 다소곳하고 기품 있어 보였다.

조용히 일어서 밖으로 나서는 여인의 뒷모습을 대소의 놀란 눈길이 뒤따랐다.

앞에 놓인 술잔을 들이켠 양정이 대소를 건너다보았다.

"이보시게, 대소 왕자."

"예, 태수님."

"자네 또한 아직 성혼을 하지 않은 처지라 들었네. 저 아이를 부여의 왕후로 만들어주게. 그러면 내가 자네를 부여국의 대왕으로 만들어주겠네."

"그, 그 말씀은 태수님의 여식과 제가 혼인하기를 원하신다는 말씀입니까?"

짐작치 못했던 양정의 말에 대소가 어린아이같이 놀란 표정이 되어 되물었다.

"자네와 나 사이의 거래라고 생각하여도 좋네. 하지만 천하의 주인 자리를 놓고 하는 거래이니 결코 자네에게 손損이 된다고는 할 수 없을 것이네."

"……"

대소를 바라보는 양정의 눈길이 바위처럼 무거워 보였다. 조금 전의 도도하던 취기는 자취를 찾기 어려운 드레진 모습이었다.

"나의 제의를 받아들인다면 현토군 태수 양정은 그대의 가장 든든한 조력자가 될 것이네. 자네가 한의 가장 든든한 우방을 자임했듯, 나 또한 자네가 부여 왕의 보위에 오르는 일에 모든 지원과 도움을 아끼지 않을 것이네."

"……"

"그리하여 자네가 부여에서 만승萬乘의 자리에 오르는 날, 이곳 동이는 전쟁이 사라지고 어떤 갈등과 반목도 더 이상 존재하지 않는 평화로운 땅이 될 것이네. 이는 곧 천하의 백성과 하늘이 다 함께 기뻐할 일이니 어찌 망설일 것이겠는가?"

머릿속을 가득 채우고 있던 안개가 일순 걷히는 듯한 느낌이었다. 대소가 술기운이 말끔히 가신 낯빛이 되어 양정을 건너다보았다.

"이곳을 찾아온 자네의 목적은 이미 달성되었네. 현토성의 가장 솜씨 있는 야장을 내어줄 것이니 돌아가 부여 도성에 철기방을 다시 열도록 하게. 일의 경과는 내가 장안의 황제 폐하께 상주토록 하겠네."

"……"

◆ ◆ ◆

유난히 추웠던 그 해 겨울이 끝나갈 무렵의 어느 날, 압록강의 지류인 비류수 가에 위치한 계루국桂婁國 졸본성卒本城에 네 명의 젊은이가 모습을 드러냈다. 스산한 바람이 바닥의 먼지를 쓸어가는 성 안 거리를 마필에 올라탄 그들이 천천히 지나갔다. 오랫동안 먼 나라를 거쳐 온 뒤인 듯 인마가 모두 먼지를 뽀얗게 뒤집어쓴 데다 피곤에 지친 모습이었다. 하지만 눈길만은 한결같이 형형한 정기로 밝게 빛나고 있었다.

"야⋯⋯. 이곳이 바로 소서노 아가씨의 고향인 졸본이란 말이지? 그래서인지 집과 사람들이 낯설지 않은 게 마치 내 고향에라도 온 것처럼 마음이 푸근해지네."

"흐흐흐. 네놈이야 먹을 것과 잠잘 곳만 있으면 게가 바로 고향 아니냐. 이제 보니 네놈이 벌써 이곳에서 무언가 냄새를 맡았구만 그래."

얼굴을 온통 뒤덮을 만큼 자라난 수염으로 털북숭이 형상을 한 협보가 사방을 둘러보며 중얼거리는 소리에 마리가 그렇게 퉁을 놓았다.

"온, 망할 녀석. 일 년이 넘도록 얼음이 박힌 주먹밥에 한뎃잠을 잤는데 그럼 따뜻한 국밥이 생각나지 않겠어? 그나저나 소서노 아가씨는 잘 계시는지 모르겠구먼. 연타발 군장님과 계필 행수님은 건강하신지⋯⋯."

감개가 무량한지 부쩍 말이 많아진 협보를 주몽이 빙그레 미소 띤 얼굴로 돌아보았다. 유정한 눈길로 길가의 집과 사람들을 바라보는 주몽 또한 심중의 정회가 그들과 다르지 않은 듯해 보였다.

부여성을 떠나 천하를 발섭한 지 어언 한 해를 훌쩍 넘기고 있었다. 그동안 중원 땅 곳곳과 서역의 광대한 평원, 동이 땅 구석구석을 닳은 편자를 단 말을 몰아 찾아갔다. 그곳에서 그들은 많은 종족의 장려한 전설과 유구한 역사, 놀랍도록 기이하고 아름다운 풍광과 그 속에서 살아가는 인간의 모습을 두 귀와 눈으로 보고 들었다. 그것은 곧 그 자체로 하나의 거대한 경이와 감탄이었다. 그렇게 천하의 산맥과 강과 사막과 들을 밟아 마침내 계루국에 닿은 것이다.

비류수 가에 자리 잡은 계루는 예맥 종족 다섯 나라가 이룬 소국 연맹체 가운데 하나였다. 압록강 지류들을 하나씩 껴안은 형국으로 자리한 이들 다섯 소국, 곧 계루나桂婁那(계루부) · 비류나沸流那(소노부) · 연나涓那(절노부) · 관나灌那(관노부) · 환나桓那(순노부)는 비록 그 규모가 내세울 만한 대국은 아니었으나 왕과 관부와 백성들이 서로 은애하고, 법과 규율이 엄정하며, 나라 살림이 풍족하여 인근 부족과 나라들의 부러움을 사고 있었다. 그 가운데 땅의 넓이나 인마의 수에서 단연 첫째가는 곳이 계루였다. 선대부터 대대로 상재商才가 빼어난 군장들이 상업에 힘써온 계루는 현재의 군장인 연타발에 이르러서는 동이 땅에서 가장 큰 상단을 가진 대상국으로, 그간 치부한 재부가 억만금을 넘는다는 소문이 있을 만큼 부유한 나라였다.

계루가 주로 반농반목을 하는 주변국들과는 달리 일찍이 상업에 힘써 큰 재부를 구가하는 상업 국가가 된 데에는 평야가 좁고 산이 드넓은 지리적 환경 외에 동서를 연결하는 중간 지점에 자리했다는 것이 또 하나의 원인이 되었다. 즉 계루국은 서쪽으로는 혼하渾河를 거쳐 요동 방면에 이르고, 동쪽으로는 독로강禿魯江을 거슬러 올라 개마고원을 넘어 동해에 이르렀다. 또 청천강 상류 지역을 거쳐서는 평양 방면으로 나아갈 수 있고, 북쪽으로는 혼강 상류를 거슬러 용강산맥을 넘으면 송화강 유역으로 연결되어 힘들지 않게 천하 각지로 나아갈 수 있었다. 이처럼 어느 방향으로나 쉽게 장삿길에 나설 수 있는 지리적 여건을 갖춘 까닭에 계루는 오늘날과 같은 대상국이 될 수 있었던 것이다.

계루국의 군장이자 졸본 상단의 주인인 연타발은 지금 상업을 위해 부여성에 상단의 근거지를 마련, 주재하고 있었다.

때마침 상단의 일로 계루에 돌아와 있던 우태가 전갈을 받고 관부가 있는 궁성의 문 앞으로 나와 주몽 일행을 맞았다.

"아니, 주몽 왕자님께서 계루엔 어인 걸음이십니까? 반갑습니다, 하하하! 어디 불편한 데는 없으신지요?"

언제나 과묵한 우태가 주몽을 보자 반가운 기색을 감추지 못한 채 그렇게 말했다.

"하하, 지나치게 건강해서 걱정일 정도입니다. 우태 행수께서도 그간 편안하셨소?"

우선은 자신이 베푸는 연회를 느긋하게 즐기며 길 위의 노독을 씻으라는 우태의 권유를 주몽은 완곡하게 물리쳤다. 그리고 우태가 내어준 하인을 앞세워 찾아간 곳은 졸본의 철기방이었다.

"왕자님!"

졸본성 북편 우거진 자작나무 숲속에 자리한 야장간은 청석판을 인 지붕과 굴뚝, 건물의 크기와 앉은 모습이 한눈에도 부여의 철기방을 그대로 옮겨놓은 듯했다.

겨울에도 숨이 턱 막히도록 뜨거운 열기로 가득한 야장간 안으로 들어서자 모팔모가 믿기지 않는 듯 눈을 비비며 달려왔다.

"아니, 정녕 주몽 왕자님이십니까? 이놈이 벌써 노망이 들어 헛것이 보이는 것은 아니겠지요?"

"하하하! 대장, 잘 지내셨소? 대장이 그간 술독에 빠져 일을 등한히 한다는 말이 천 리 밖까지 들려 내가 경을 치러 왔소."

"허허허, 보자마자 흰소리부터 하시는 것을 보니 주몽 왕자님이 분명한 듯합니다."

연타발 군장에게 졸본 땅에다 철기방을 세우고 강철 개발을 시작하겠다는 생각을 밝힌 날 주몽은 모팔모를 찾았다.

한의 강압에 의해 부여의 철기방을 폐한 후 도성 안의 야장간에서 호미와 괭이 같은 농구를 만드는 일로 소일하고 있던 모팔모였다. 날마다 양정과 한나라를 저주하며 술독에 빠져 살던 모팔모는 주몽을 보자 댓바람에 눈물부터 쏟았다. 한나라의 철보다 단단한 강철을 만들기 위해 일생을 바쳐온 그가 느꼈을 상심과 절망을 짐작하지 못할 바 아니었다. 주몽은 모팔모에게 자신의 생각을 밝히고 졸본으로 가 강철 개발에 힘써줄 것을 부탁했다.

묵묵히 말을 듣고 난 모팔모가 바닥에 엎드려 큰절을 올리고 나서 말했다.

"이 몸 모팔모, 처자식 하나 갖는 것도 바라지 않고 하늘 아래 외돌토리로 살아왔지만 철기방이 있어 외롭지 않았습니다. 철기방이, 그곳의 고로와 풀무와 뜨거운 열기와 쇠를 두드리는 망치 소리가 저에게는 아내이자 자식이요, 친구이자 부모였습니다. 날마다 새벽달을 보며 일어나 별빛을 보고 잠이 들어도 힘들거나 고통스럽지 않고 오히려 즐거웠습니다. 한나라의 강철보다 더 강한 철, 철기군의 강철 병기보다 더 강한 강철검을 반드시 내 손으로 만들고야 말리라는 결의와 다짐으로 힘든 줄을 몰랐습니다."

"……"

"그런데 양정이란 놈이 야료를 부려 철기방이 폐쇄되었습니다. 철기방의 불씨가 꺼진 날 제 가슴속 생명의 불씨도 꺼지고 말았습니다. 새로운 강철을 만들 수 없는 모팔모는 이제 더 이상 세상에 존재할 이유가 사라졌습니다. 철기방은 제 생명의 밭이었으며, 그곳에서만 저는 온전히 살아서 존재하였습니다. 하지만 저는 그 모든 것으로부터 멀리 추방되었습니다. 생명을 빼앗긴 몸이 살아 있다고 할 수 있겠습니까? 이 몸 모팔모, 철기방이 문을 닫던 그날 이미 죽어버렸습니다. 그런데 오늘 주몽 왕자님께서 제게 다시 철기방을 열어 새로운 강철을 만들라고 명하셨습니다. 이는 죽어 있던 저에게 새로운 생명을 주신 일이니 제가 어찌 그 뜻을 거역하겠습니까? 이 몸 모팔모, 지금 곧 졸본으로 가 새로운 강철을 개발하는 일에 남은 생명을 바치겠습니다. 주몽 왕자님, 반드시 저의 이 손으로 한을 뛰어넘는 새로운 강철을 개발하겠습니다! 믿어주십시오!"

주몽은 모팔모의 안내를 받아 졸본의 철기방을 둘러보았다. 모든 것을 집어삼킬 듯 시뻘건 불길을 담고 있는 거대한 야철로, 연신 쉭쉭 소리를 내며 바람을 일으키고 있는 고풍로, 불에 단 쇠를 단조하기 위한 모루와 가볍고 힘찬 망치 소리……. 건장한 체격의 야장들이 하나같이 눈빛을 번득이며 자신의 일에 매달려 있는 모습은 주몽에게 일찍이 느껴보지 못한 감동을 주어 가슴이 먹먹해지는 느낌이었다.

"대장, 철기방 일에 어려움은 없소?"

"연타발 군장과 소서노 아가씨께서 도움을 아끼지 않으셔서 큰 어려움 없이 일하고 있습니다."

"그동안 강철의 개발에는 진전이 있었소?"

주몽의 말에 모팔모의 얼굴이 먹구름이 드리운 듯 흐려졌다.

"송구합니다, 왕자님. 이 몸이 불민하여 아직 초강법의 비밀을 밝히지 못하고 있습니다. 단 한 번 한의 강철검에 버금가는 검을 만들기도 하였습니다만, 수많은 시도 가운데 빚어진 우연의 소산으로 그것을 재현하는 일에는 성공하지 못하였습니다."

주몽이 모팔모의 말에 무겁게 고개를 끄덕였다. 그러더니 가슴 속에서 조그만 비단 주머니 몇 개를 꺼내 모팔모에게 내밀었다.

"이것이 무엇입니까, 왕자님?"

"부여를 떠나 천하의 구석구석을 돌아다니던 중에 철기를 생산하는 야장간과 야장들에게 접근하기 위해 적잖은 노력을 기울였소. 하지만 나라마다 철기의 제조법을 더없이 중요한 비밀로 삼아 외부인의 접근을 엄격히 금하고 있는 까닭에 그 비법을 알아내기는 어려웠소. 그런데 힘겹게 기회를 얻어 들어가게 된 야철장에서 한 가지 마음에 짚이는 바가 있어서 몰래 가져온 것이오."

모팔모가 서둘러 주몽이 내미는 비단 주머니 하나를 받아 펼쳤다. 고로의 붉은 불빛 속에 드러난 것은 회색빛을 띤 고운 가루 한 줌이었다.

"천신만고 끝에 숨어 들어간 장안의 한 야철장에서 야장들이 끓는 쇳물에다 무언가를 뿌리는 것을 보았소. 종내 그것이 무엇인지 알아내지 못하였으나 그들이 있던 자리에 떨어진 가루를 몰래 긁어온 것이오."

모팔모가 가루를 손가락으로 찍어 문지르고 혀로 맛을 보았다.

"이것은 우골분牛骨粉이군요."

"그럼……?"

모팔모가 고개를 끄덕였다.

"이미 소인이 시도해보았던 것입니다. 여러 짐승의 뼛가루와 조개 껍질 가루까지……."

주몽이 허탈한 듯 나직한 탄식을 흘리며 말했다.

"……미안하오, 대장. 내가 공연한 짓을 하였군요."

"하지만 분명히 어딘가에 초강법의 비밀이 숨어 있을 것입니다. 그 것을 밝혀 새로운 강철검을 만들 때까지 결코 포기하지 않을 것입니다. 왕자님께선 너무 심려 마십시오."

"고맙소, 대장!"

◆　◆　◆

"그간 천하를 두루 다니며 무엇을 보셨습니까, 왕자님?"

"시간과 자연을 보았습니다."

"그것은 어떤 모습이었습니까?"

"시간은 조화롭고 자연은 아름다웠습니다. 천지가 개벽한 이후로 단 한 번도 봄과 가을이 바뀌어 오지 않고, 여름과 겨울의 성함과 쇠함 이 전도되지 않은 것은 모두 천지만물을 조화롭게 운행하는 시간의 질서에 의한 것이니, 만물이 순리를 따라 나고 자라고 쇠하고 스러지 는 것은 하늘과 땅이 뒤바뀐다 하여도 변하지 않을 우주의 절대 이치 입니다. 그리고 이 이치가 가장 조화롭고 아름다운 모습으로 공간 속 에 자취를 드러낸 것이 곧 우리가 살아가는 이 천지간, 곧 자연이었습니다. 바로 그 속에 인간이 살아갈 바른 도리가 있는 듯합니다.”

주몽의 거침없는 응대였다. 여미을은 적이 놀란 심경이 되어 그런 주몽을 바라보았다.

부여 황실의 신녀였던 자신이 부여를 떠난 지 어언 두 해, 계루 군장 연타발의 도움으로 부여를 벗어난 뒤 계루로 몸을 피했고 그가 마련해준 졸본성 관부 안의 신당에 몸을 의탁했다. 그간 크고 작은 일들이 부여 땅에서 일어났음을 여미을은 알고 있었다. 왕자 주몽이 궁성을 떠나 천하를 주유하고 있다는 사실도.

여미을은 지금 자신 앞에 앉아 있는 이 늠름하고 영민해 보이는 젊은이가 부여궁에서 보았던 그 철부지 왕자와 같은 이라고는 믿을 수 없었다. 시간은 섬세하고 다정하고 소심한 한 청년을 지혜롭고 강인한 대장부로 변모시켜 놓았다. 여미을은 새삼 감탄스러운 심경이 되어 주몽을 가만히 바라보았다.

“그렇다면 천지간에 가장 중한 것은 무엇입니까?”

다시 여미을이 물었다. 주몽이 망설임 없이 답했다.

“천지는 일월日月이 없으면 빈껍데기이고, 일월은 사람이 없으면 빈 그림자일 뿐이니 천지간에 사람보다 더 중한 것이 어디 있겠습니까?”

“······.”

“천하 만물은 모두 하늘의 빛을 입고 있으며 그 하늘의 근본은 곧 백성입니다. 백성은 또한 나라의 근본이니 그 근본이 견고하여야 비로소 나라가 평안할 수 있습니다. 나라와 군왕의 도道는 모두 이에서 비롯되는 것인데, 천하의 땅 위에 만 개의 나라가 있으나 백성의 뜻에 따르지 않고 번성한 나라는 단 하나도 없으며, 그 위세가 다시없는 제왕이라도 백성의 뜻에 따르지 않고는 단 하루도 왕좌에 있을 수 없습니다."

"……."

"백성은 정치의 중심이자 인정仁政의 근본입니다. 백성의 마음을 얻는 것이 곧 천하를 얻음이니, 임금이 천하를 잃고 얻음은 모두 백성들에게 달려 있습니다. 따라서 백성들을 존중하고 위하는 것이 곧 통치의 근본이 되어야 할 것입니다. 군주와 제후와 사직은 바꿀 수 있으나, 백성은 바꿀 수가 없습니다."

"……."

"천하를 편력하던 중, 중원의 남쪽 땅에서 어느 왕족의 장례를 목격하였습니다. 살아 있을 당시 천하의 갖은 부귀와 영화를 누렸을 그 왕족은 죽은 후에도 자신의 넋이 살아생전의 요족을 누리길 바란 듯, 노복을 죽여 자신의 무덤에 함께 묻도록 하였습니다."

그렇게 말하는 주몽의 눈빛 속으로 문득 은은한 분노의 불길이 일렁이기 시작했다.

"그 왕족의 자손들은 살아 있는 노복 50여 인의 목을 한자리에서 베어 왕족의 주검이 놓인 묘에 함께 매장하였습니다. 산역꾼들이 파놓은 그 무덤은 노복들이 흘린 선혈로 온통 피의 강을 이루고 있었습니다……."

당시의 기억이 다시 떠오르는 듯 주몽의 얼굴빛이 붉게 상기되어 있었다. 분노로 떨리는 주몽의 목소리가 이어졌다.

"뿐만 아니라 그 왕족은 살아생전 명절 때나 조상에게 제사를 올릴 때에도 짐승과 함께 노복들을 죽여 제물로 삼았다고 하였습니다. 노복은 소나 양, 돼지 같은 짐승보다 오히려 싸서, 제사를 지낼 때 짐승은 많아야 몇 마리를 잡았지만 노복들은 수십 명, 수백 명을 죽였다고 합니다. 참으로 용서받지 못할 야만스러운 일이었습니다. 그런 미친 짓을 나라의 왕족이란 자들이 버젓이 저지르고 있었습니다."

"……"

"이는 반드시 고쳐야 할 악습으로, 이런 풍습이 지금껏 존재하는 것은 백성을 두려워하지 않는 어리석은 위정자들 때문입니다. 참으로 가증스러운 일이 아닐 수 없습니다."

여미을은 마주 앉은 젊은이의 결기 어린 목소리를 들으며 가만히 마음으로 고개를 끄덕였다. 그녀는 그의 마음이 향해 있는 곳이 어디인지 짐작할 수 있었다. 아, 그는 새로운 하늘과 새로운 땅, 새로운 나라를 열망하고 있구나. 백성이 하늘이 되고 백성이 땅이 되는 새로운 왕국을 이 땅 위에 세우려 하는구나…….

주몽의 말이 끝나기를 기다려 여미을이 입을 열었다.

"졸본 땅을 둘러보셨습니까?"

"아직 그러질 못하였습니다. 이제 천천히 살펴볼 참입니다."

"이곳 졸본은 산과 강이 조화롭고, 농토가 비록 드넓진 않으나 기름져 가히 일국의 수도로 삼아도 좋을 만한 땅입니다. 산하가 완강하여 성을 새로이 쌓는다면 가히 백만 대군을 상대할 수 있는 천험의 요새가 되어 병란을 피할 수 있을 것입니다. 또한 북으로는 요동과 송화강, 남으로는 삼한을 동시에 아우를 수 있는 좋은 지리적 조건을 지녀 장차 동방의 일대국으로 성장할 새로운 왕국의 터전으로 부족함이 없는 곳입니다."

주몽이 문득 놀란 눈길로 여미을을 건너다보았다.

"새로운 왕국의 터전이라 하셨습니까? 어이하여 저에게 그런 말씀을……?"

여미을이 대답 대신 빙그레 미소를 띤 얼굴로 주몽을 건너다보았다. 언제나 얼음같이 차가운 기품과 태산 같은 위의로 상대를 압도하던 이전의 여미을과는 어딘지 다른 표정이고 태도였다. 여미을이 자애로움이 느껴지는 목소리로 주몽을 향해 말했다.

"이번 여행이 왕자님에게는 큰 공부가 되었으리라 생각합니다. 여름에만 사는 매미는 겨울의 눈[雪]을 알지 못하고, 봄꽃은 결코 가을의 만산홍엽을 알지 못합니다. 여행을 통해 견문을 넓히는 일은 서책에서는 결코 배울 수 없는, 귀한 지혜를 얻을 수 있는 값진 공부입니다. 바라건대 큰 뜻을 잃지 말고 각고면려하여 장차 세상을 아우를 거룩한 군왕의 덕을 쌓으시길 바랍니다."

"여미을님……."

놀란 표정의 주몽을 외면한 채 여미을이 다시 입을 열었다.

"그래, 이제 어디로 갈 생각이십니까?"

"……부여로 돌아갈까 합니다. 어머니를 뵌 뒤 앞으로의 일을 생각해보겠습니다."

왕자의 귀환

지난 겨울, 소리 없이 부여 도성을 떠났던 주몽이 궁으로 돌아온 것은 성 안 거리의 오얏나무, 복숭아나무마다 붉고 흰 꽃이 만발한 어느 봄날의 저녁 무렵이었다. 빗긴 저녁 햇살 속에 선 거지 행색의 젊은 사내가 주몽임을 요행히 알아본 궐문 위사 하나가 바람같이 달려가 소식을 전했다.

이튿날 아침, 문무백관들과의 조회를 마치고 침전으로 돌아온 금와를 주몽이 알현했다. 절을 올리고 장방 맞은편에 올라앉은 주몽을 바라보는 금와의 얼굴에 자애로움과 기쁨이 가득했다. 오래전, 이 아이 주몽이 세상에 태어나던 그날의 기쁨과 감동이 새삼 되살아나는 듯하여 금와는 가슴이 느꺼웠다.

"무사히 돌아와서 기쁘구나."

"불초 소자, 하늘같은 은혜를 저버리고 근심을 안겨드린 죄가 큽니다. 소자의 불효를 용서하여 주십시오.”

“네가 이렇게 돌아온 것만으로도 충분하다. 자식의 건강한 모습을 보는 것보다 부모에게 더 큰 기쁨이 어디 있겠느냐? 그래, 그동안 어디를 다녔고 무엇을 보았는지 이 아비에게 소상히 말해보아라.”

주몽이 그간 자신의 두 발이 닿았던 이방의 땅과 하늘과 사람들에 대해 나직한 목소리로 이야기하기 시작했다. 한여름에도 만년설에 뒤덮인 천산산맥天山山脈, 불타는 사막의 땅 탑극랍마간塔克拉瑪干, 중원족이 야만적인 만족蠻族이라 일컫는 선비와 오환, 돌궐과 흉노의 산야. 그가 하늘의 해를 등지고 밤의 달빛을 밟으며 걸어간 그 드넓은 땅과 그곳에서 만난 수많은 이방의 민족들에 대한 얘기를 하나씩 금와에게 들려주었다. 이야기를 듣는 금와의 얼굴이 연신 경탄과 호기심으로 붉게 상기되었다 탄식으로 어두워지기를 거듭했다. 서역의 도시 호전胡田의 옥으로 이루어진 산에 대해 이야기할 때엔 마치 어린아이 같은 얼굴로 천진스러운 호기심을 드러냈다. 부자가 주고받는 이야기는 저녁을 지나 밤이 깊도록 계속되었다.

“동이 땅도 둘러보았겠구나.”

“그렇습니다, 폐하.”

주몽은 다시 동이의 여러 왕국들, 옥저와 동예, 행인국과 양맥과 해두, 개마, 구다 등 동이 땅에 목숨을 놓아먹이는 크고 작은 나라들에 대해 이야기하기 시작했다.

“옛 조선의 땅은 어떠하더냐?”

“……”

“어찌하여 말이 없느냐?”

“전날 한의 군사가 조선의 왕성을 유린한 뒤 그 터전에 네 개의 군현을 설치한 것은 폐하께서도 아실 것입니다. 그때 이후 옛 조선의 강역은 눈물과 탄식만이 가득한 질곡의 땅으로 바뀌었습니다. 한에서 파견된 관리는 갖은 학정으로 옛 조선의 백성들을 괴롭히고, 중원에서 이주한 한인들은 권부와 재부를 장악하여 노예를 부리는 주인처럼 군림하고 있었으며, 망국의 백성들은 그들이 과거 동이 땅을 찬연한 문화로 밝힌 대제국 조선의 백성이었다는 자부심을 잃어버린 채 노예와도 다름없는 굴욕의 삶을 이어가고 있습니다. 목불인견의 참상이란 가히 이를 두고 이르는 말인 듯하였습니다."

"……."

"간혹 옛 조선의 충신지사나 뜻있는 이들이 나서서 한의 학정과 횡포를 성토하기도 하지만, 그럴 경우 곧 저들의 손에 무참하게 죽임을 당하거나 노역장으로 끌려가 죽음보다 더한 고통을 견디며 하루하루를 살아가야 합니다."

"으음……."

금와의 닫힌 입술에서 고통과 분노를 견디는 신음이 흘러나왔다.

"지금도 동이 땅 곳곳에는 한의 지배를 거부하는 옛 조선의 백성들이 유민流民이 되어 뿌리 없는 검불처럼 산야를 떠돌고 있습니다. 하지만 사나운 한의 군사들이 목숨을 노리며 뒤쫓기를 그치지 않으니, 그들의 목숨이란 사나운 이리나 승냥이에게 쫓기는 상처 입은 어린 짐승의 그것보다 더욱 위태롭고 처량한 형편입니다."

"……망국민의 정상이 실로 그 지경에 이를 만큼 끔찍하고 절망스럽단 말이냐?"

"그렇습니다, 폐하."

금와가 허공을 우러르는 모습을 보이며 눈을 감았다. 감은 눈의 미간에 고통과 회한과 분노가 강물처럼 괴어 일렁이는 것을 주몽은 보았다.

"폐하!"

주몽이 무거운 음성으로 금와를 불렀다. 금와가 눈을 떠 주몽을 바라보았다.

"말해보아라!"

"조선은 우리 부여와 혈맥을 같이하는 겨레붙이 나라로 오래전부터 남다른 우의를 나눠온 형제지국이었습니다. 비록 조선의 왕업은 그 운이 다하여 쇠망하였다고 하나 그 땅과 백성들은 엄연한 것으로, 그 백성들이 중원의 야만족들에게 갖은 핍박과 고초를 당하고 있음은 우리 부여에게도 큰 모욕이자 수치가 아닐 수 없습니다. 이제야말로 우리 부여가 무도한 중원족들을 정죄하여 그들의 횡포를 막아야 할 것입니다."

"그 말은, 우리가 한과 전쟁을 벌여 옛 조선 땅을 수복하여야 한다는 말이냐?"

"그렇습니다, 폐하. 그리하여 조선의 백성들을 저들의 압제에서 해방시켜야 합니다."

"……"

"우선 한의 네 군 가운데 진번과 임둔을 먼저 도모하심이 좋을 듯합니다."

"임둔과 진번을?"

"이들 두 군은 일 년 사이 태수가 두 번이나 바뀌는 등 치세가 안정되어 있지 않고, 관내에 있는 옛 조선 토착 세력들의 저항이 거세 중원에서 이주한 한족들 가운데 본토로 되돌아가는 자들이 늘어나고 있는 실정입니다. 소자가 임둔과 진번 양 군의 백성들을 만나본바, 그들은 한결같이 부여가 한의 침략자들을 내쫓고 자신들을 해방시켜주길 간절히 원하고 있었습니다. 만약 부여가 이에 나선다면 그들은 마땅히 내응하여 한의 도적들과 싸워 그들을 물리칠 것이라 하였습니다."

"하지만 옛 조선 땅에는 그 밖에도 한의 여러 군이 자리한 바, 임둔과 진번이 공격을 받는다면 서로 동조, 호응할 것이 분명하지 않느냐. 두 군을 상대한다지만 실은 한의 네 군을 모두 상대하여 전쟁을 치러야 하는데 그것이 가능하겠느냐? 더구나 그들의 뒤에는 요동성의 정병들이 있고, 대륙의 대군들 또한 이를 두고 보지는 않을 터인데."

"동이 땅에 설치된 한의 네 군은 각각 나름의 땅과 거민을 거느린 독립된 세력입니다. 이들은 서로 조력하는 관계가 아니라 경쟁하고 각축하는 관계입니다. 하나의 군이 외부 세력의 공격을 받아 망한다면 저들의 군현은 그 강역을 넓히고 거민의 수를 확대하는 기회로 삼을 수 있으니 오히려 이를 반길 것입니다. 장안으로부터 공격을 받는 군을 도우라는 한왕의 지시가 내려 오기 전에 신속히 공격을 감행하여 두 군을 취한다면 결코 걱정할 일이 아닙니다."

"……."

"또한 한은 근년 들어 서남이족이 일으킨 반란을 평정하기 위하여 대대적으로 군사를 동원하여 국력을 많이 소모하였습니다. 하여 먼 동이 땅까지 다시 군사를 내어 대규모 전쟁을 수행할 만한 여력이 없습니다. 우리가 한의 두 군을 취한 뒤 저들의 공격에 대비하는 한편, 이치와 도리를 들어 설한다면 저들도 굳이 무리한 전쟁을 일으키지는 않을 것입니다. 지금이야말로 동이 땅에서 한의 무리를 내쫓을 수 있는 절호의 기회입니다."

"……."

"이곳 동이는 예부터 하늘의 주인이신 천제가 하늘 아래 첫 번째로 신성한 기업을 여신 땅으로, 그 거룩한 가르침 아래 크고 작은 나라들이 하나의 하늘, 하나의 신, 하나의 핏줄 아래 서로 땅을 가르고 나누어 평화롭게 살아왔던 곳입니다. 그런데 무도한 중원의 적도들이 창칼을 앞세우고 침입하여 천제께서 세우신 신성한 왕국을 무너뜨린 뒤 그 땅을 무단히 점거하고, 그 백성을 핍박하고 있습니다. 이는 하늘의 도리와 인간의 도리에도 어긋나는 만행이 아닐 수 없습니다. 이제 우리 부여가 동이 땅에서 중원족의 무리를 물리쳐 쫓음은 어긋난 것을 바로잡고 굽은 것을 바로 펴는 일이니 어찌 하늘과 신령의 도움이 없겠습니까. 한나라 또한 터럭만큼의 양심이라도 남아 있다면 이런 부여의 뜻을 받아들이고 스스로 부끄러워할 것입니다."

주몽의 신념에 찬 목소리를 듣고 있던 금와의 눈길이 언제부턴가 아련한 빛을 띠어가고 있었다. 허공의 한 점을 응시하듯 먼빛이 된 그의 시선이 알 수 없는 그리움의 빛으로 가득했다. 짧지 않은 시간을 침묵 속에 흘려보낸 금와가 처연함이 묻어나는 목소리로 주몽을 불렀다.

"주몽아……."

"예, 폐하!"

"네가 어찌하여 왕자들 간의 경합을 포기했고, 어찌하여 그토록 오랜 시간 부여를 떠나 천하의 각처를 떠돌았는지 나는 알고 있다."

"폐하……."

"네가 비로소 알게 된 사실이 무엇이든, 진실이 무엇이든, 너와 나 사이에 달라진 것은 아무것도 없다. 너는 이 나라 부여가 경애하는 왕자이며 나의 사랑하는 아들이다."

"……."

"너의 생부 해모수는 하늘 아래 다시없는 높은 기상과 고결한 품성을 지닌 사람이었다. 드높은 뜻은 하늘을 가리고 다정한 마음은 땅을 덮을 만한 천하의 영웅이었다. 젊은 시절 그와 나는 한 가지 아름다운 뜻을 위해 우리의 생을 헌신하기로 결맹했다. 그것은 곧 다물이었다. 이 동이 땅에 아름답게 펼쳐졌던 빛의 나라, 동이족의 신성왕국을 이 땅에 되살리는 것이 우리가 맹세한 단 하나의 약속이었다."

"……."

"하지만 우리는 그 뜻을 이루지 못했다. 해모수는 떠났고, 나는 그가 없는 이 땅에서 일국의 왕이 되어 호사를 누리며 오늘에 이르렀다. 우리의 약속은 지켜지지 못했다. 하지만 주몽아……."

"……."

"그렇다 하나, 나는 지금까지 단 한순간도 그때의 약속을 잊지 않았다. 그것은 내가 일생 동안 내려놓지 못한 짐이었고, 고황에 든 병독이었다. 오늘 네가 일깨워준 다물의 정신과 대의가 나를 아프게 하는구나. 그동안 마음속에서 나는 수천 번도 더 저들을 무찔러 동이 땅에서 쫓아버리고 억울하게 목숨을 여읜 해모수의 한을 갚기를 소원했다. 저들이 이 땅에 남긴 작은 흔적마저 모두 씻어버리고, 온 동이의 백성이 하나 되어 화평을 나누는 그런 나라를 건설하기를 꿈꾸어왔다."

금와의 목소리가 회한과 슬픔과 안타까움으로 떨리고 있었다. 언제나 군왕의 드높은 위엄을 휘장처럼 두르던 금와가 아니던가. 그런 그가 한없이 나약한 모습으로 지난 시간의 견딜 수 없는 회오를 토로하고 있었다. 일찍이 한 번도 본 적이 없는 금와의 모습에 주몽은 가슴

깊은 곳에서 솟구쳐 오르는 뜨거움을 느꼈다.

"하지만 나는 한 나라의 사직과 백성을 영도하는 군왕의 몸. 아무리 아름다운 뜻과 대의라 하여도 나의 백성을 죽음의 길로 나서게 할 수는 없었다. 비록 같은 하늘을 이고 살 수 없는 원수라 하나, 한은 우리 부여가 맞서 싸우기에는 벅찬 상대였다. 하지만 이제 나는 생각해볼 것이다. 이 땅에서 중원족의 무리를 쫓아내는 것은 곧 하늘의 뜻을 이루고 땅의 뜻을 이루는 일일 뿐 아니라, 백성의 뜻을 이루는 일이기도 하다는 것……. 이것은 젊은 날의 해모수가 나에게 들려준 말이기도 하다. 지금 이 시각에도 저들의 손에 죽음보다 더한 고통을 당하며 살아가는 가여운 백성들이 있음에야……. 너를 통해 나는 비로소 다물이 망국민의 소망일뿐더러 우리 부여 온 백성의 소망일 수 있다는 사실을 깨달았구나."

◆ ◆ ◆

아침부터 외방으로 나가는 상단의 물목을 꾸리는 일로 여각이 콩 볶는 가마솥처럼 소란스러웠다. 반나절을 넘기고서야 물목의 점고가 끝이 났다. 그리고 나서도 상고에 나서는 행수를 상대로 거래할 물화의 셈을 맞추다 보니 어느새 설핏 날이 기울었다. 아침나절에 부여 궁궐로 들어간 아버지 연타발은 아직 귀가하지 않고 있었다.

집무실을 나와 자신의 침소로 향해 가던 소서노가 문득 걸음을 멈추었다. 조금 전까지 마당을 부산하게 오가던 상단 겸인과 짐꾼, 마바리꾼들이 사라지고 마당은 썰물 뒤의 갯벌처럼 텅 비어 있었다. 그 마당 한가운데에 한 사내가 기운 저녁 햇살을 홀로 받으며 우뚝 서서 자신을 바라고 있었다. 소서노의 눈길이 사내를 향했다.

건너편 지붕을 넘어온 붉은 저녁빛 속에 사내가 뿌리 내린 나무처럼 고요히 서 있었다. 소서노의 마음이 순간 쿵 소리를 내며 굴러 떨어지고, 그 빈 마음속으로 알 수 없는 무언가가 쏴아, 물소리를 내며 흘러들었다. 그것은 이전엔 한 번도 경험한 적이 없는 기쁨의 물결이었다.

"왕자님!"

주몽이 얼굴 가득 웃음을 띤 채 천천히 걸음을 옮겨 다가갔다.

"소서노 아가씨, 그간 잘 지내셨습니까?"

그가 자신에게 아름다운 비취색 옥가락지를 건넨 뒤 부여를 떠난 것이 언제였던가. 소서노는 마치 생면부지의 낯선 이를 대하듯 어색한 느낌 속에서 주몽을 바라보았다. 보지 못한 사이 그는 키가 한 뼘쯤은 더 자란 듯 어른스러워 보였고, 더 늠름하고 더 사내다워진 모습이었다.

두 사람은 서실의 다탁에 마주 앉았다. 자신을 바라보는 주몽의 소년같이 천진한 눈빛을 발견한 다음에야 소서노는 비로소 그가 부여 왕실의 말썽쟁이 주몽 왕자이며, 자신이 지난 일 년 동안 가슴 저리도록 간절히 그리워한 바로 그 사람임을 실감했다.

"계루에 다녀가셨다는 말은 들었어요. 무사히 돌아오셔서 다행이에요."

"마침 우태 행수가 있어 객로에서 과분한 대접을 받았습니다. 계루는 짐작한 바처럼 산천의 경개가 아름답고 인심이 너그러운 곳이더군요. 사람들은 한결같이 다정하고 친절하였구요."

"모팔모 대장도 만나셨겠군요. 새로운 강철을 만들기 위해 불철주야 애를 쓰고 있다고 들었어요. 철기방 안에서 나오지 않은 지가 벌써 여러 달째라 사람들이 얼굴을 잊어버릴 정도라고 하더군요."

"마음을 조급하게 갖지 말라고 일러두었습니다. 온 세상이 탐내는 초강법의 비밀이 그리 쉽게 풀리리라고는 생각지 않고 있습니다. 부여에는 별 일이 없었는지요?"

소서노는 자신을 바라보는 주몽의 눈길이 희미한 등촉 빛 속에서 반짝이고 있는 듯한 느낌을 받았다. 누구도 말하여준 적은 없지만 소서노는 그것이 정인을 바라보는 남자의 눈빛이라고 짐작하였다. 그러자 다시 한번 가슴속 어딘가에서 쏴아 하는 물소리가 들려왔다. 소서노가 말했다.

"새로운 강철의 개발은 계루가 아니라 부여에서 먼저 이루어진 것 같아요."

"그게 무슨 말입니까? 부여에서 강철을 개발하다니?"

"지난 가을, 대소 왕자님이 현토성을 방문하고 돌아오면서 한 무리의 야장들을 데려오셨어요. 옛 조선에서 철기를 만들던 야장들로, 망국의 유민이 되어 천하를 유랑하던 중 대소 왕자님을 만나 부여로 오게 되었다고 하더군요. 그리고 곧 부여궁 안에 철기방을 열었어요."

"철기방을? 그것은 그동안 한이 금하였던……."

"현토 태수 양정이 철기방 개설을 허락하였다고 하더군요. 그리고 그들이 궁 안의 철기방에서 부여의 괴련강보다 훨씬 단단한 강철검을 생산하였어요."

뜻밖의 소식에 주몽이 믿기지 않는다는 표정으로 말했다.

"그래서, 그 조선의 유민들이 정말 한에 버금가는 강철검을 만들었단 말입니까?"

"아니에요. 아직 한의 강철검에 이를 만한 수준은 아니라고 들었어요. 하지만 머지않아 그에 못지않은 강철검을 생산할 것이라 호언한다고 하더군요."

"……아무튼 다행한 일이군요. 이제 우리 부여도 스스로 생산한 강철검을 가지게 되었으니."

"하지만 어찌된 일인지 그 유민 야장이란 자들이 강철검 만드는 비법을 부여의 야장들에겐 가르쳐주지 않고 오직 자신들 손으로만 강철검을 만들고 있다고 하더군요."

"……."

"어쨌든 그 일로 온 부여 도성에 대소 왕자의 칭송이 자자해요. 부여의 오랜 숙원을 마침내 풀게 되었다구요. 조정 대신들도 이제 곧 한의 사군이나 장안의 중원족까지 힘으로 맞설 수 있게 되었다고 기뻐하고 있어요."

기쁨으로 출렁이던 소서노의 가슴이 순간 먹구름이 낀 듯 어두워져왔다. 그 어두운 마음속으로 한 얼굴이 떠올랐다.

주몽이 옥가락지를 주고 부여성을 떠난 이틀 후, 대소가 졸본 상단의 여각으로 자신을 찾아왔다. 어딘지 긴장되고 당황한 듯한 표정의 대소가 소서노와 마주 앉자 나직한 목소리로 물었다.

— 그래, 생각을 해보았소?

하지만 찻잔에서 오르는 김이 허공으로 사라지는 것을 말없이 지켜보았을 뿐, 소서노는 어떠한 대답도 하지 않았다. 대소가 조급해진 목소리로 다시 물었다.

— 지난번 내가 했던 얘기 말이오. 소서노 아가씨를 내 아내로 맞고 싶다는……. 숙고 후 답을 주리라 하여 기다렸지만 하루하루가 여삼

추여三秋라 더 이상 기다리지 못하겠소. 소서노 아가씨, 내 뜻을 받아주겠소?

소서노는 비로소 고개를 들어 대소를 바라보았다. 그리고 또렷한 목소리로 말하기 시작했다.

— 대소 왕자님. 이 몸을 어여삐 고이시는 마음, 무어라 감사하여야 할지 모르겠습니다. 천하의 장부이신 대소 왕자님의 사랑을 받고 그 아내가 되는 일은 부여의 여인네라면 어느 누가 선망하지 않겠습니까. 소녀 또한 뛰어난 장부 앞에서는 한낱 수줍은 여인네일 따름입니다.

— ……

— 하지만 왕자님. 저는 어려서부터 상고인 아비를 따라 천하의 진 땅과 마른 땅을 가리지 않고 발섭하며 장사일을 해온 터라 반가의 범절을 배우고 부덕을 쌓을 기회를 갖지 못하였습니다. 부족하고 어리석은 제가 부여 왕자님의 아내가 되고, 또 장차 일국의 국모가 된다는 것은 가당치가 않습니다. 세상 만물은 모두 같은 유로 어울리는 법입니다. 물은 습지로 흐르고 불은 마른 것에 불붙어 타오릅니다. 왕자님의 뜻은 기쁘고 감사하기 그지없는 일이나, 저로서는 감당키 어려운 말씀이니 부디 거두어주시기를 바랍니다.

긴장한 눈길로 소서노를 바라보던 대소의 얼굴이 얼음처럼 딱딱하게 굳어졌다. 대소가 무거운 입을 열어 말했다.

— 그 말은 내 청혼을 거절한다는 뜻이오?

— 송구합니다, 왕자님. 부디 너그러이 헤아리시길 바랍니다.

충격을 받은 듯한 표정으로 말없이 소서노를 건너다보던 대소가 한참 만에 다시 말했다.

— 그대의 말을 믿을 수 없소. 내게 진실을 말해주시오. 나의 청혼을

거절하는 까닭이 이 몸을 기휘忌諱하여서요, 아니면 아가씨에게 따로 정인이 있어서요?

— …….

— 어서 말해주시오!

— 죄송합니다, 왕자님. 제가 드릴 말씀은 이미 모두 하였습니다.

— 으음…….

수치감으로 얼굴이 붉어진 대소가 무서운 눈길로 소서노를 노려보았다. 그 눈길 위로 짙은 안개와 같은 의혹이 어려 있었다.

그날 이후 졸본 상단의 여각을 찾는 대소의 발길이 잦았다. 때로 간곡한 낯빛으로, 때로 노여움을 견디는 표정으로, 대소는 소서노를 향한 자신의 지극한 마음을 고백했다. 하지만 소서노의 대답과 태도는 언제나 한결같았다.

언젠가 소서노의 차가운 응대에 얼굴 가득 노여운 빛을 띤 대소가 말했다.

— 혹시 아가씨가 나를 거절하는 까닭이 주몽 때문이오? 그대의 마음속에 자리한 정인이 주몽 그놈이오? 말해보시오, 소서노 아가씨.

소서노는 가타부타 별다른 반응을 보이지 않았다. 솟구치는 분노와 수치심을 가까스로 다스린 대소가 차가운 음성으로 말했다.

— 아가씨가 만약 주몽으로 인해 나의 청혼을 거절하는 것이라면 나는 두 사람 모두를 용서치 않을 것이오. 나의 지극한 마음을 저버린 대가를 반드시 치르게 할 것이오. 이제껏 나는 원하는 것을 포기한 적이 단 한 번도 없소. 장차의 나의 처 또한 마찬가지요. 나는 내가 원하는 여인과 혼인을 할 것이고, 그 여인은 바로 그대 소서노요. 이에 방해되는 자가 있다면 그가 누구든 내 용서치 않을 것이오. 내 말을 반드

시 명심하시오!

"……."

"무엇을 그리도 골똘히 생각하십니까, 소서노 아가씨?"

어느새 싸늘하게 식은 찻잔에다 맥없이 시선을 던져두고 있는 소서노에게 주몽이 물었다. 계면쩍은 미소를 띠며 고개를 드는 소서노의 얼굴에 시름이 어려 있었다.

"무슨 걱정이라도 있으신지요?"

"아닙니다. 이렇게 무사히 돌아오신 왕자님을 대하니 마음이 흔감하여 그런 듯합니다."

쓸쓸한 웃음을 베어 물던 소서노가 이내 환하게 밝아진 얼굴로 주몽을 향해 물었다.

"참, 왕자님. 예전 도치의 객전에 있던 부영이란 여인은 어디로 갔습니까?"

그러자 이번엔 주몽의 눈길이 문득 쓸쓸한 빛을 띠었다.

"왕자님이 도치의 손에서 구해 내신 다음으론 통 부여 거리에서 보이지 않아 내내 궁금하던 차였어요."

"부영인 떠났습니다. 자신 때문에 내가 태자 경합을 포기하였다는 것을 알고 스스로 부여를 떠났습니다. 아마도 아비의 죄를 대신해 사출도 제가의 비복이 되어 살고 있는 어머니를 찾아갔으리라 짐작하고 있습니다."

"……그랬군요. 딱한 일이군요."

◆ ◆ ◆

순간 부여 궁궐의 대전이 충격과 놀라움에 끓는 물을 뒤집어쓴 듯 침묵 속으로 빠져들었다. 대사자 부득불을 위시한 문무백관들이 차마 입을 열지 못한 채 저마다 놀란 눈을 떠 서로를 멍하니 바라볼 뿐이었다. 잠시 뒤 정신을 수습한 부득불이 떨리는 음성으로 금와를 향해 묻자왔다.

"폐하, 신이 어리석고 귀마저 어두워 폐하의 하늘같은 말씀을 담아듣지 못하였습니다. 바라옵건대 다시 한번 하교하여 주시기 바랍니다."

"열 번이라도 그리하겠소. 그대들은 짐의 말을 중하게 받아 이를 행함에 일호의 차착도 없도록 하시오. 짐은 부여의 충용한 군사와 더불어 임둔군과 진번군의 정벌에 나설 것이오!"

"폐하!"

부득불이 자리에서 일어나 바닥에 몸을 던지듯 부복하며 떨리는 목소리로 아뢰었다.

"어인 청천의 벽력같은 말씀이십니까, 폐하! 폐하의 어진 치세로 인해 우리 부여가 다시없는 태평성대를 누리고 있는 이때 갑자기 한의 군현들과 전쟁이라니, 어찌된 까닭인지 그 영문을 알 수 없습니다. 임진 두 군은 우리 부여와는 국계國界를 격한 곳으로 한 번도 서로의 강역을 위협하거나 넘본 적이 없습니다. 그런데 어찌하여 두 군을 정벌하려 하십니까?"

"그렇습니다, 폐하. 임둔과 진번을 치는 것은 곧 대륙의 한을 치는 일입니다. 병가에서도 작은 힘으로 큰 세력을 치는 일이 장수의 가장 큰 어리석음이라 하였습니다. 한은 천하의 국가들이 두려워하는 대국, 우리 부여가 한을 향해 선전을 감행함은 천부당만부당한 일입니다. 이 일로 우리 부여의 사직이 위태로운 지경에 들지나 않을까 염려되옵니다. 부디 통촉하여 주십시오."

궁정 사자 벌개가 뒤이어 부복하고 나서서 한 말이었다. 부득불과 벌개가 고개를 들자 용상 위에서 은은한 분노가 피어오른 얼굴로 금와가 자신들을 내려다보고 있었다.

"궁정 사자는 어리석은 입을 다물라! 항차 일국의 대신이란 자가 수치도 모른 채 잘도 떠들어대는구나. 우리 부여는 동명성제께서 그 기업을 여신 지 어느덧 4백여 성상, 이제 갓 백 년을 넘긴 한과는 사직의 유구함이나 국기國基의 단단함에 있어서 비할 바가 아니다. 그런 부여가 저들의 무력을 겁내어 저들이 동이 땅에서 저지르는 패악을 모른 체한다면 어느 누가 우리 부여에 바른 도리와 의로움이 있다 하겠는가!"

"하오나……."

"짐은 세상의 바른 도리를 들어, 이 땅에서 자행되는 한족의 무도한 행위를 더 이상 두고 보지 않을 것이다. 이는 천하의 공도를 바로 세우는 일이니 의를 아는 자라면 그 뜻의 광명정대함에 공명하지 않을 수 없으리라."

"……."

"흑치 대장군을 우군사령관 겸 원정대장군에, 왕자 주몽을 좌군사령관 겸 원정부장군에 제수하니 부여의 모든 문무대신들은 이제부터 오직 한마음이 되어 이 국가적 장거에 노력과 정성을 아끼지 말아야 할 것이오. 저들 군사의 힘이 비록 강하다 하나 우리가 일심으로 애쓴다면 하늘의 신과 땅의 신이 반드시 함께하실 것이오!"

위엄이 넘치는 금와의 목소리가 대전 바닥 위로 대못처럼 날아와 박혔다.

◆ ◆ ◆

"긁어 부스럼이고 찔러 피를 낸다더니, 웬 날벼락 같은 일이냐? 갑자기 한나라와 전쟁을 하겠다니, 그게 정말이냐, 대소야?"

"그렇습니다, 어머니. 오늘 문무백관이 자리한 조회에서 그렇게 말씀하셨습니다."

"온, 마른하늘에 날벼락이라더니, 대체 그간 나라 안에 무슨 일이 있었기에 난데없는 전쟁이란 말이냐? 임둔과 진번이 어디 앞뜰에 매어 둔 강아지 새끼란 말이더냐, 마음먹은 대로 가서 잡아오게……."

벌개로부터 소식을 전해들은 원후가 핏기가 가신 얼굴로 소리쳤다. 벌개가 알 수 없는 일이라는 듯 고개를 갸웃거렸다.

"신들도 뜻밖의 사태에 대해 의견을 나누어 보았으나 도무지 짐작 가는 바가 없었습니다. 폐하의 생각을 도무지 종잡을 수가 없습니다."

"생각하고 말 것도 없습니다. 이것은 필시 그놈이 꾸민 일이 분명합니다."

"그놈이라니, 누구 말씀이십니까?"

"누군 누구겠어요? 주몽이 그놈이지요. 그놈이 부여에 돌아오자마자 이런 일이 벌어진 걸 보면 분명히 그놈이 폐하에게 가서 모사를 꾸몄거나 야료를 부린 게 틀림없어요."

"주몽 왕자가 한과 전쟁을 벌여 대체 무엇을 얻으려는지 모르겠습니다."

벌개가 의아한 낯빛이 되어 고개를 갸웃거렸다. 원후가 확신에 찬 표정으로 소리치듯 말했다.

"그놈한테 해모수의 망령이 씐 탓이에요. 틀림없어요. 그렇지 않고서야 온 부여가 반대하는 이런 일을 벌이려 하겠어요?"

"해모수의 망령이라니 무슨 말씀이신지……?"

"주몽 그놈이 금상今上의 씨가 아니라 해모수의 씨란 말이 도성 거리에 자자한 것을 오라버니는 듣지 못하셨어요? 나도 실은 오래전부터 의심을 해오던 차였어요. 유화, 이 교활한 것이 대왕과 온 부여를 속여온 것이 분명해요."

"……."

"그동안 주몽이 놈이 벌인 해괴한 일들은 모두 해모수의 망령이 들씐어 일어난 일이 틀림없어요. 그리고 이번 일 또한 그놈이 벌인 것이 틀림없어요. 아니면 마른하늘에 날벼락도 유분수지, 어찌 이런 일이 일어나겠어요?"

벌개가 고개를 주억거리며 말했다.

"……생각해보니 과연 그런 듯도 합니다. 폐하께서 대소 왕자님도 아니고 영포 왕자님도 아닌 주몽 왕자를 좌군사령관으로 삼으신 것은 필시 곡절이 있을 것입니다."

"주몽 이놈이 대체 우리 부여와 무슨 철천지 원한이 있기에 하는 일마다 이리도 끊임없이 분란을 일으키는지……. 대소야! 대체 이 일을 어찌하면 좋겠느냐?"

어두운 낯빛의 대소가 무겁게 입을 열었다.

"무슨 일이 있어도 전쟁은 막아야 합니다. 이 전쟁은 부여와 한, 어느 쪽에도 득이 되지 않는 백해무익한 일입니다. 오히려 부여에 큰 화를 불러올 것이 분명합니다."

"내 말이 그 말 아니냐. 할 일이 없으면 차라리 국으로 계집질이나 하실 것이지, 쯧쯧……. 대소야. 무슨 일이 있더라도 이 전쟁은 막아야 한다. 그렇지 않으면 부여의 사직이 위험해질 게 뻔한 일이다. 전날 조선이 한나라 군대에게 무너진 일을 잊어서는 안 된다."

"방법이 없지는 않습니다, 황후마마."

벌개의 말이었다.

"말씀해보세요, 오라버니."

"병관부兵官府에 따르면 임둔군과 진번군은 현재 각각 1만의 군사를 보유하고 있다고 합니다. 이를 원정하여 전쟁을 치르자면 그보다 곱절은 더 많은 군대가 필요할 텐데, 현재 부여는 도성을 방비하는 군사 2만에 변경을 방비하는 군사가 1만에 불과합니다. 변방 군사에 도성 방위군 1만을 돌려 더한다 하더라도 2만으로는 저들을 공략할 수 없습니다. 따라서 사출도 제가들의 군대를 동원할 수밖에 없는 형편입니다."

"……."

"하지만 지금 조정에 출사出仕해 있는 사출도 출신의 대신들은 한결같이 이번 원정이 옳지 않다는 생각을 하고 있습니다. 사출도의 제가들이 군사를 내어 원정에 동참하지 않으면 이번 전쟁은 치를 수가 없습니다."

벌개가 빙그레 미소까지 띤 얼굴로 아뢰는 말이었다. 그 득의만면한 표정에는 사출도를 이용해 금와왕의 뜻을 좌절시킬 수 있으리라는 강한 자신감이 엿보였다.

부여국은 왕이 다스리는 도성인 부여성과, 이를 중심으로 사방을 나누어 각 지방을 그 지역의 군장이 다스리는 네 개의 사출도로 이루어져 있었다. 각각 마가馬加, 우가牛加, 저가猪加, 구가狗加로 불리는 사출도의 군장들은 모두 일국一國에 버금갈 만한 넓은 땅과 수천이 넘는 가호를 거느리고 있어서, 부여의 국왕조차 나라의 큰일을 수행할 때에는 사출도의 지원을 받지 않으면 안 될 정도로 그 세력이 강성했다. 오늘날 부여의 조정에도 이들 사출도 출신의 대신들이 적지 않았다.

원후는 이들 사출도 가운데 최대 세력인 마가 출신으로, 마가의 군장인 원달고阮咀皐가 곧 그녀의 백부였다. 사출도의 실제적인 좌장 노릇을 하는 원달고는 자신의 세력을 앞세워 중앙 정부의 정책에 개입하는 일이 잦아 금와왕과 크고 작은 마찰을 빚어온 터였다.

벌개의 말을 듣고 있던 원후가 반색을 하며 말했다.

"듣고 보니 오라버니의 말씀이 과연 옳군요. 오라버니께선 지금 당장 백부님에게 사람을 보내 저간의 사정을 전하고, 무슨 일이 있어도 이번 원정에 군사를 내어서는 안 된다고 말씀드리세요. 나는 마우령을 통해 이번 전쟁이 부여에 큰 화를 불러올 것이라는 사실을 백성들에게 알리도록 하겠어요."

벌개가 권하는 주안酒案을 고사하고 대소는 홀로 왕후전을 물러났다. 널어 말린 이부자리처럼 가슬가슬한 느낌이 드는 봄볕을 밟고 자신의 침소로 돌아오면서도 내내 가슴속에 바위를 얹은 듯 답답했다. 해가 넘게 소식이 없던 주몽이 궁으로 돌아왔다는 소식을 듣던 날, 알 수 없는 불안감과 두려움이 한기처럼 온몸을 엄습했던 기억이 되살아났다. 결국 그 불안한 예감은 이렇게 드러났다. 그것도 난데없는 정벌 전쟁으로.

어머니 원후의 말이 아니더라도 이 일에 주몽이 개입되어 있으리라는 것은 분명해 보였다. 금와왕은 주몽을 원정군의 원정부장군으로 삼았다. 아버지 금와왕이 왕실의 장자인 자신이나 병관부를 맡고 있는 영포가 아니라 오랜 외유에서 갓 돌아온 주몽을 원정군의 선봉장으로 내세운 데는 달리 까닭이 있을 것이었다. 아버지와 주몽 사이에 자신이 알지 못하는 무슨 일이 있었던 것일까.

이는 결코 가벼이 넘길 일이 아니라고 대소는 생각했다. 자신뿐만 아니라 부여의 국가적 명운에도 중대한 영향을 끼칠 일이라는 것이 대소의 본능적인 판단이었다.

대소는 봄꽃이 앞 다투어 피어나는 태자전의 뜰을 거닐며 생각에 잠겼다.

그러나 자신의 마음이 이토록 불안하고 답답한 것은 오늘 금와왕의 선전이나 부여의 앞날에 대한 염려 때문만이 아니라는 것을 대소는 알고 있었다.

소서노.

먹구름이 드리운 듯 어두운 가슴속으로 문득 그녀의 아름다운 얼굴이 떠올랐다.

그녀가 자신의 청혼을 거절했다……. 떨리는 가슴을 억누르며 전한 그 간절한 마음을. 그 일은 대소에게 짐작하지 못했던 커다란 마음의 상처를 주었다. 그녀는 대소가 가슴 설레는 사랑을 느낀 첫 여인이었다. 부여국 최고의 호남자로 수많은 명문거족 여인들의 흠모와 사랑을 받아온 대소였지만, 이처럼 한 여인을 가슴 저리게 그리워해본 적이 한 번도 없었다. 자신의 가슴속 어디에 이토록 여린 결의 마음이 숨어 있었던가 스스로 놀랄 만큼 대소는 소서노를 사랑했고, 그녀와 함께할 미래의 나날을 꿈꾸었다. 그런데 그런 그녀가 자신을 거부하고 자신의 청혼을 거절한 것이다…….

언제부턴가 대소는 소서노가 자신의 청혼을 거절한 데에 달리 까닭이 있으리라 생각했다. 어쩌면 그것이 주몽 때문일지도 모른다는 생각이 들자, 그것은 이내 강한 확신이 되어 가슴속에 자리 잡았다. 그러자 주몽을 바라보던 소서노의 눈길과 그들이 함께 대화를 나누던 모습들이 그의 가슴속에서 날로 뚜렷이 되살아났다.

생각이 거기에 이르자 이제는 성벽으로 굳어져버린 강한 소유욕과 함께 무서운 분노가 대소의 가슴속에서 불타올랐다. 주몽을 생각할 때마다 대소는 온몸의 피가 푸르게 변색되는 듯한 분노와 질투를 느꼈다.

순간 양지꽃과 앵초가 막 꽃봉오리를 피우기 시작한 화단을 발길로 거칠게 짓밟아버리고 싶은 파괴적인 충동이 대소의 온몸을 흔들어댔다.

이 죽일 놈……. 감히 네놈이 내 앞길을 가로막고 이제는 내 여인마저 가로채려 해. 이 찢어죽여도 시원치 않을 놈…….

대소는 온몸이 뜨거운 불꽃이 되어 타버릴 것만 같은 격렬한 분노를 느꼈다.

용서하지 않으리라. 누구든 내 앞길을 가로막고 내 것을 가로채려는 자가 있다면 결단코 용서치 않으리라. 주몽이 아니라 지옥에서 온 악마라 할지라도 결코 그냥 두지 않으리라.

자신의 거소로 성큼성큼 걸어 들어간 대소가 서안을 당겨 앉았다. 그리고 잠시간의 망설임도 없이 필묵을 들어 급히 한 통의 서찰을 초抄했다. 대소가 밖을 향해 나직이 소리쳤다.

"나로, 거기 있느냐?"

긴 숨결 한 자락을 마저 내쉬기도 전에 어느새 휘장 밖으로 한 사내가 바람처럼 다가와 부복하는 기척이 느껴졌다.

"……."

"네가 해야 할 일이 있다. 지금 곧 현토성으로 가서 태수에게 이 서찰을 전하거라. 화급한 일이니 잠시도 지체하여서는 아니 될 것이다."

◆ ◆ ◆

땅 밑을 흐르는 물길처럼 원정을 위한 준비가 은밀한 가운데 진행되었다. 금와의 영을 받은 대소가 야장들을 독려해 새로 개발한 강철검의 생산에 박차를 가했다. 이번 원정에 군상軍商으로 선정된 졸본 상단에선 전쟁을 수행하기 위한 군량과 마초, 각종 군비를 마련하느라 경황이 없었다. 원정의 정, 부대장군으로 보임 받은 흑치와 주몽은 연일 군사의 조련에 밤과 낮을 가림이 없었다.

바야흐로 결전의 뜨거운 열기가 부여 왕실과 백성들 사이에 봄날의 아지랑이처럼 무성히 피어오르고 있었다. 그런 가운데 청천벽력과도 같은 소식이 부여국 조정으로 날아들었다.

"무엇이! 군사를 내지 못하겠다?"

금와의 불같은 노성이 벼락처럼 대전 바닥을 두드렸다. 시립한 대신들이 저마다 불안한 눈길로 용상을 바라고 있었다.

"그렇습니다, 폐하. 사출도의 제가들이 한결같이 각 고을의 어려움을 들어 이번 원정에 군사와 군비를 대지 못하겠다고 합니다."

고하는 대사자 부득불의 얼굴은 그러나 진작부터 예견하고 있었던 일이라는 듯 담담해 보였다.

"이런 고연 자들이 있나! 그래 그 고을의 어려움이란 것이 무엇이란 말이오?"

"지난해 심한 가뭄으로 흉작이 들어 양초糧草가 부족하다고 합니다."

"군사들은? 군사들은 어이하여 보내지 않겠다는 말이오?"

"군사들 또한 지난 겨울 홍수로 무너진 논밭을 손보는 일이 바빠 전장에 내보낼 수가 없다고 합니다."

금와가 분노로 이글거리는 눈길을 들어 좌우에 시립한 대신들을 노려보았다. 사출도 제가들이 임진 양 군의 정벌에 흔연히 나서지는 않으리라 짐작했던 바지만, 이토록 철저하게 자신의 뜻을 저버리리라고는 생각지 못한 터였다.

보나마나 제가의 좌장 노릇을 하는 마가의 원달고가 앞장서 일을 꾸몄으리라. 중앙 정부에 버금갈 만큼 강성한 세력을 믿고, 걸핏하면 부여 조정의 일에 딴죽을 걸고 나오는 원달고였다. 언젠가는 이 오만하고 어리석은 자에게 왕실의 지엄한 권위와 권세를 보여주리라 생각해온 터였다. 무엄한 놈, 감히 국왕의 영을 거역하다니…….

하지만 출병을 눈앞에 둔 지금, 사출도 제가의 동참이 없다면 미상불 낭패가 아닐 수 없었다. 왕성을 방비하는 위군을 제하고 동원할 수 있는 군대란 기실 2만에 이르지 않았다. 아무리 신속하고 빈틈없는 전략을 구사한다 한들, 이만한 군사를 내어 한의 두 군을 공략할 수는 없는 일이었다.

"지금 곧 사출도로 전령을 보내 제가들에게 입궐하라는 영을 전하시오!"

"폐하!"

대사자 부득불이 아뢰었다. 영을 받드는 대소신료들의 얼굴에 한결같이 주저와 불안이 어려 있는 것을 본 금와가 부쩍 소증이 돋은 표정으로 말했다.

"말씀해보시오, 대사자."

"폐하. 폐하의 영을 거역한 사출도 제가들의 행위는 질책을 받아야 마땅할 일이지만, 저들에게도 피치 못할 사정이 있음을 부디 헤아려 주시길 바랍니다. 이제 곧 농사철로 들어가는 계절이라 일손에 여유가 없는 처지인 것은 고을마다 다를 바가 없을 것입니다. 더구나 이번 원정이 촌각을 다툴 만큼 절박한 것이 아닌 바, 임둔과 진번 원정은 좀 더 시간을 두고 도모하심이 옳을 듯합니다."

"하늘의 뜻은 인간의 지혜로 헤아릴 수 없는 법이오. 하늘의 정의를 실현하는 일보다 더 화급한 일은 없소. 원정은 예정대로 이루어질 것이오. 조정의 영수인 대사자는 국가적 대사에 한 치의 차질도 없도록 만전을 기하시길 바라오."

"……"

대왕의 칙명을 받아든 전령들이 말 등에 엎어질 듯 매달려 바람처럼 사출도로 달려갔다. 하지만 며칠 뒤 전령이 가져온 소식은 더욱 실망스러운 것이었다. 제가들은 저마다 누구는 어깨의 담으로, 누구는 오랜 해소병으로 자리보전 중이라 왕명을 받들 수 없다는 답신이었다. 왕명에 응하지 않겠다는 명백한 거절이었다.

임둔과 진번 정벌에 앞서 사출도를 쳐 제가들을 왕령으로 다스리겠다며 펄펄 뛰는 금와를 대소신료들이 한 목소리로 매달려 설득한 끝에 가까스로 분노를 가라앉혔다. 하지만 부여국 대왕의 지엄한 권위는 이미 돌이킬 수 없는 상처를 입은 뒤였다.

신료들이 물러간 편전에 홀로 앉은 금와는 격심한 분노와 함께 외로움을 느꼈다.

어리석은 자들 같으니…….

금와는 사출도뿐만 아니라 대궐 안에도 왕의 권위에 맞서려는 세력들이 무리지어 있음을 느낄 수 있었다. 그렇다 하나 한과 일전을 결하려는 이 엄중한 때 저들이 벌이는 어리석은 짓이라니……. 백성들의 안위와 왕국의 미래는 아랑곳 않은 채 눈앞의 제 잇속만 좇는 탐욕스러운 자들 같으니.

금와는 금과 비단으로 장식한 용상에 앉은 채 사방이 어두워질 때까지 꼼짝 않고 앉아 있었다. 허허벌판에 홀로 버려진 듯한 느낌이었고 사방을 채워오는 어둠처럼 가슴속에서 끊임없이 슬픔이 차올랐다. 해모수가 그리웠다. 아, 그가 있었다면 얼마나 힘이 되랴. 그와 더불어 저 야만스러운 중원족을 정벌하러 나선다면 무엇이 두렵고 무엇이 염려스러우랴. 아, 그가 있었다면…….

황제 시해 음모

늦은 밤, 저녁 문안 인사를 아뢰는 주몽에게 유화가 새로 구한 귀한 차라며 마시고 가기를 권했다. 찻잔을 들어 권하는 유화의 얼굴에 깊은 수심이 드러나 있었다.

"병사들을 조련하느라 바쁘겠구나."

"예, 어머니. 하지만 장졸들이 모두 한마음으로 훈련에 임하고 있어 배움이 빠르고 사기 또한 하늘을 찌를 듯 드높습니다."

"다행한 일이다. 대전의 소식은 들었느냐?"

"예. 사출도의 제가들이 입궐을 거부하였다 들었습니다."

"참으로 우려스러운 일이 일어나고 있구나. 이는 제가들만의 뜻이 아니라 조정 대신들과 일부 왕실의 입김이 작용하고 있을 것이다. 폐하께서 겪고 계신 어려움이 참으로 염려스럽구나."

"조금 전 침전에서 폐하를 뵙고 오는 길입니다."

"그래, 무슨 하교라도 있으셨느냐?"

"폐하께선 제가들이 군사를 내지 않더라도 원정을 결행하시겠다고 하셨습니다."

"……."

"궁궐 숙위군의 일부와 변방을 파수하는 군사들을 내어 폐하께서 친히 원정에 나설 것이라 하셨습니다."

"폐하께서 친정에 나서시겠다는 말이냐? 연로하신 옥체로……."

유화의 얼굴에서 근심스러운 빛이 더욱 짙어졌다. 주몽이 굳은 의지가 배어나는 씩씩한 목소리로 말했다.

"심려 마십시오, 어머니. 소문을 들은 각처의 옛 다물군들이 속속 찾아와 군문에 들기를 청하고 있습니다. 비록 군사들의 수가 적더라도 모든 군사들이 불퇴의 용기로 전선에 나서기를 소원하고 있으니, 반드시 적을 이겨 승리를 거두고 돌아올 것입니다."

"주몽아!"

"예, 어머니."

"네가 폐하를 지켜드려야 한다. 지금 폐하는 고립무원의 섬과도 같은 형세 속에 계신다. 늙은이의 쓸데없는 노파심인지 모르나 요즈음 궁궐에서 심상찮은 불길한 기운이 느껴지는구나. 의롭지 못한 세력들이 나라의 위기 상황을 기화로 무도한 짓을 저지르지나 않을까 걱정이다."

"……."

"믿을 만한 이들로 폐하를 보위토록 하여라. 한의 적들을 섬멸하고 개선하는 그날까지 폐하를 보위하는 일에 소홀함이 없도록 하여야 한다."

"어머니의 말씀 명심하겠습니다."

◆ ◆ ◆

대궐의 밤이 속절없이 깊어가고 있었다.

유달리 칠흑 같은 어둠이 사방을 가득 채운 밤이었다. 하늘 한 귀퉁이에 명주실로 매단 듯 간신히 걸려 있던 조각달마저 구름 속으로 사라지자, 세상은 눈[眼]이 없어도 알아차리지 못할 만큼 캄캄한 어둠 속에 잠겨갔다.

삼월이라곤 하지만 밤은 아직도 꽃나무 가지에 소름을 돋게 할 만큼 차가웠다. 그 차가운 밤기운 속에 가지를 벌리고 서 있는 느릅나무 아래로 일단의 사내들이 조용히 움직이고 있었다. 어둠 속에 언뜻 드러나는 모습은 한결같이 머리에 검은 복면을 덮어쓰고 허리엔 한 자루 환도를 차고 있었다.

복면 괴한들의 조용한 발길이 정적에 싸인 뜰을 지나 대전 회랑 안으로 들어섰다. 그들이 향하는 곳은 대왕의 침소인 듯했다. 괴한들은 이미 자신들이 향할 곳을 정확하게 파악하고 있는 듯, 칠흑 같은 어둠 속을 한 치의 망설임 없이 신속하게 나아갔다.

괴한들이 대전 회랑의 끝자락에 이른 바로 그때였다.

"누구냐!"

뒷간에라도 다녀오려는 것인지 괴춤을 잡고 바른편 기둥 뒤에서 굼뜨게 걸어 나오던 나이 든 내관이 괴한들을 발견하고 놀란 소리를 냈다. 빠르게 움직이던 사내들의 움직임이 일순 얼어붙듯 멎었다. 하지만 그것은 지극히 짧은 한순간의 일이었다. 무리를 이끌던 앞의 괴한

이 바람같이 허리의 환도를 빼어들어 내관의 몸을 베었다.

창졸간에 일어난 일에 어어 하는 눈치이던 내관이 변변히 비명조차 지르지 못한 채 바닥으로 허물어져 내렸다.

괴한들의 눈길이 어둠에 싸인 대왕의 침소 쪽을 향했다. 잠시 숨을 고르는 듯 어둠 속을 말없이 노려보던 사내들이 일제히 칼을 뽑아들고 침소를 향해 달려가기 시작했다. 바로 그때였다.

"네 이놈들!"

벽력같은 호통과 함께 한 무리의 무사들이 벽과 기둥 사이에서 바람처럼 튀어나와 앞을 가로막았다. 예상치 못한 사태에 어마지두 놀란 괴한들이 어쩔 줄 몰라 하며 당황한 태도를 보였다. 그들 앞으로 한 젊은이가 천천히 나서며 엄숙한 목소리로 말했다.

"대왕 폐하의 침전을 무단히 침범한 네놈들은 누구냐? 당장 무릎을 꿇고 죄를 아뢰지 못할까?"

주몽이었다. 그의 등 뒤로 숙위 무사의 복색을 한 자들은 오이, 마리, 협보와 군영에서 가려 뽑은 무사들이었다.

어둠 속에서 상대를 살피던 복면 괴한들이 비로소 사태를 알아차린 듯 절망적인 신음을 흘렸다. 어찌된 영문인지 알 수 없으나, 왕실 무사들이 그들의 잠입에 대비하고 있었음이 분명했다. 하지만 괴한들은 무사들의 수가 그리 많지 않음에 다소 자신감을 회복한 듯 재빠른 눈길로 어둠 속을 살피기 시작했다.

"죽여랏!"

앞선 사내의 외침과 함께 복면 괴한들이 일제히 칼을 앞세운 채 숙위 무사들을 향해 달려들었다. 사물을 무거운 정적으로 잠재우고 있던 깊은 어둠 속에서 일순 병장기 부딪는 소리가 요란하게 일며 일대

접전이 펼쳐졌다.

어둠 속에서 펼쳐지는 복면 자객들의 도법은 예상대로 날카롭고 위맹했다. 가히 구중심처로 난입하여 일국의 대왕을 노릴 만한 자들의 솜씨였다. 하지만 상대는 그런 자객들의 내습을 예상하고 대비하고 있던 궁궐의 숙위 무사들이었다.

시간이 흐를수록 세의 추는 한쪽으로 급격히 기우는 양상이 되었다. 어둠을 가르는 비명이 하나 둘 늘어나면서 자객들의 전열이 급격히 허물어지고 있었다. 그 가운데 한 자루 환도에 몸을 실은 듯 종횡무진 자객들 사이를 헤집는 주몽의 무술은 단연 군계일학이라 할 만했다. 주몽의 환도가 어둠을 베며 허공을 가를 때마다 한 줄기 처절한 단말마와 함께 복면 괴한들이 스러져 갔다.

어둠의 한편이 환하게 밝아오며 홰를 높이 든 궁인들이 나타난 것은 마지막까지 저항하던 자객이 숙위 무사의 칼날 아래 구슬픈 비명을 토하며 쓰러지고 난 다음이었다. 난전을 틈타 달아나는 자객의 뒤를 쫓아갔던 마리와 협보가 대궐 담장 아래에서 자객의 목을 베고 돌아온 것도 그즈음이었다.

어둠을 밝힌 홰의 불빛 속에 자리옷 차림의 금와가 서 있었다.

"폐하!"

"어인 일이냐! 웬 무사들이며 또 이 복면의 사내들은 누구냐?"

"폐하를 시해하려던 자객의 무리들입니다, 폐하!"

"으음……."

금와가 놀란 눈길을 들어 주몽을 바라보았다. 사방에 죽어 널브러진 자객들의 시신을 말없이 바라보던 금와가 입을 열었다.

"웬 자들인지 너는 알고 있느냐?"

"짐작은 하고 있습니다."

주몽이 가슴 가득 검붉은 피를 쏟으며 숨을 거둔 한 사내에게 다가가더니 복면을 벗겼다. 불빛 속에 드러난 사내의 얼굴을 잠시 살피던 주몽이 일어서며 아뢰었다.

"짐작대로 철기방의 야장들이 분명합니다."

"철기방의 야장?"

"그렇습니다, 폐하. 지난날 대소 형님이 데려온 조선 유민 출신의 야장들입니다."

눈앞에 펼쳐진 참혹한 정상에도 침착한 태도를 잃지 않던 금와의 표정이 어둠 속에서 크게 흔들렸다.

"정녕…… 정녕 대소가 데려온 야장들이 틀림없느냐?"

"……."

"헌데 너는 어찌 이런 일을 짐작하고 미리 방비하였더냐?"

"철기방 야장들의 행동이 미심쩍다고 일러준 이가 있었습니다. 그래서 전부터 이들의 동태를 살펴오고 있던 터였습니다. 하지만 오늘 이들이 도발을 하리라는 사실은 알지 못하였습니다."

흔들리는 홰의 불빛 아래 드러나는 금와의 얼굴이 무섭도록 창백해 보였다. 심하게 충격을 받은 것이 분명한 모습이었다. 차갑게 굳은 표정의 금와가 주몽을 향해 말했다.

"너에게 황실의 안전을 수호하고 황실의 호위무관을 통솔하는 호위총관의 직을 제수할 터이다. 너는 이 일을 꾸민 자들을 청천의 해처럼 명명백백하게 밝히도록 하여라. 이 일에 연루된 자들이라면 지위의 고하를 막론하고 왕명을 들어 처결토록 하여라."

"폐하의 영을 거행하겠습니다!"

◆ ◆ ◆

부여국 왕자 대소가 황망한 일을 당한 것은 금와대왕의 시해 기도 사건이 일어난 그날 어슴새벽 무렵이었다. 혼곤한 새벽잠에 빠져 있던 대소는 꿈속의 일인 듯 누군가가 요란하게 방문을 열어젖히는 소리를 들었다. 간신히 잠의 장막을 걷어내며 고개를 들자 박명이 비쳐드는 문 밖으로 장대한 체격의 사내들이 성큼성큼 방 안으로 들어서고 있는 게 보였다.

"무슨 일이냐, 이놈들!"

일순 잠이 달아난 대소가 침상에서 몸을 일으키며 소리쳤다. 말없이 실내로 들어선 사내들이 침상의 좌우에 벌여 섰다. 사내들은 무장한 숙위무사들이었다.

"이놈들! 대체 이 무슨 무도한 짓이냐! 감히 여기가 어디라고!"

대소가 거칠게 고함을 지르며 바닥으로 내려섰다. 그때 무사들의 뒤쪽에서 한 사내가 나서더니 대소 앞으로 다가왔다. 주몽이었다.

"주, 주몽, 네 이놈!"

분기가 머리 꼭대기까지 오른 모습이 되어 대소가 소리쳤다.

"네놈이 이자들을 끌고 내 처소를 침범하였느냐? 이 죽일 놈!"

"저는 부여국 호위총관의 소임으로 이곳에 왔습니다. 여봐라! 이자는 대왕 폐하의 시해를 기도한 사건에 연루되었다. 어서 이자를 포박하라!"

주몽의 명이 떨어지기 무섭게 숙위무사들이 달려들더니 대소의 양팔을 꺾어 오라를 지웠다. 난데없는 황망한 일에 대소가 입을 벌린 채차마 말을 잇지 못했다. 한참 만에야 막힌 물꼬가 터지듯 말이 쏟아져

나왔다.

"이, 이놈 주몽아! 대체 무슨 말이냐! 황제 폐하의 시해 기도 사건이라니! 누가 폐하를 시해하려 하였단 말이냐!"

"……."

"난 모르는 일이다. 이놈 주몽아! 당장 오라를 풀지 못하겠느냐, 이놈!"

"무엇들 하느냐! 당장 이자를 형옥에 가두고 개미 한 마리 드나들지 못하도록 엄히 방비하여라!"

"알겠습니다, 호위총관님!"

씩씩하게 군령에 답한 숙위무사 복색의 마리가 대소를 끌고 문 밖의 새벽 어스름 속으로 나섰다.

◆ ◆ ◆

날이 밝기가 무섭게 지난밤 괴한들의 궐 내 난입과 대소 왕자의 하옥 소식이 달아오른 번철에 기름을 끼얹었듯 대궐을 소란과 혼란 속에 빠뜨렸다. 꼬리에 꼬리를 물고 이어진 소문이 온 대궐을 발칵 뒤집었고, 소문을 들은 사람들은 두려운 낯빛이 되어 숨을 죽이는 시늉을 했다.

왕의 침전에 수라상이 오르기도 전에 원후가 맨발 바람으로 들이닥쳤다.

"폐하! 대소를 하옥하였다는 말이 사실입니까?"

장방에 조용히 올라 앉아 있던 금와가 펄펄 뛰듯 하는 원후를 차가운 눈길로 바라보았다.

"나도 방금 그 소식을 들었소. 지난밤의 사건을 조사하는 호위총관이 그리한 일이니 궁금한 것이 있으면 그에게 물어보시오."

"대체 폐하를 시해하려 한 자들과 대소가 무슨 상관이 있다고 그 아이를 감옥에 가두었단 말입니까? 폐하께서는 설마 이 나라 왕자가 그런 패역무도한 짓을 저질렀다고 생각하십니까?"

"……."

"폐하! 당장 대소를 풀어주라고 하명하세요! 천하에 이런 법은 없습니다. 이것은 필시 누군가 우리 대소를 모함한 것입니다. 주몽입니까, 주몽 그놈이 그리하였습니까?"

금와가 말없이 그런 원후를 바라보고 있었다. 어딘지 깊은 슬픔과 쓸쓸함이 담긴 듯한 눈길이었다.

국왕의 침전을 뛰어나온 원후가 주몽에게로 달려갔다. 사갈蛇蝎을 보듯 표독스러운 원후의 눈길을 받으면서도 주몽은 담담한 표정이었다.

"왕후마마, 고정하십시오. 지난밤 폐하를 시살하려는 끔찍한 사건이 있었습니다. 흉모자들은 모두 지난번 대소 형님이 현토성에서 돌아오는 길에 데려온 야장들이었습니다."

"그렇다고 그 일을 대소가 주모하였다는 증거가 어디 있느냐? 이 일이 대소를 모해하기 위해 네놈이 벌인 짓이란 걸 내 모를 줄 아느냐! 어서 당장 대소를 내놓지 못하겠느냐?"

"형님께서 데려온 야장들은 조선의 유민이라는 형님의 주장과는 달리 모두 현토성에서 온 한나라의 야장들이었습니다."

"무엇이, 한나라?"

"그렇습니다. 그자들은 동이의 백성들이 아니라 한나라에서 보낸

세작과 자객들이었습니다. 이런 자들을 형님이 조선의 유민이라 속이고 데려온 데에는 필시 곡절이 있을 것입니다.”

“오……!”

“정황이 이러한데 어찌 대소 형님이 이 일에 무관하다고 하겠습니까? 국왕을 시해하려는 일은 반역의 대죄란 것을 모르신단 말입니까. 사태의 내막을 안찰 중이니 마마께서는 기다리시길 바랍니다.”

“아니다, 그럴 리가 없다! 우리 대소가 그런 짓을 하였을 리가 없다! 모두 네놈이…….”

고래고래 소리를 지르던 원후가 기어이 입에 거품을 물고 혼절했다.

시해 기도 사건이 일어난 지 사흘이 지나도록 사건의 전모는 밝혀지지 않았다. 금와를 배알한 주몽은 왕자 대소와 이번 사건에 가담했다가 중한 상처를 입고 목숨을 건진 자객을 상대로 취문하고 있다고 아뢰었다.

대소는 궁궐의 깊은 형옥에 갇혀 있었다. 그런데 그동안 병사들을 두텁게 세워 내외의 출입을 엄격히 통제하였을 뿐, 주몽은 한 번도 대소를 찾지 않았다. 나흘이 가고 닷새가 지나자 분노로 펄펄 끓던 대소가 불안한 기색을 보이기 시작했다.

“이놈들아! 주몽을 불러다오! 왜 이렇게 가두어두고 아무런 말이 없느냐! 죄를 지었다면 마땅히 그 죄과를 따져야 할 것이 아니냐! 어서 주몽을 불러다오!”

하지만 형옥 밖으로부터는 아무런 소식이 없었다. 불안한 가운데 속절없는 시간이 흘러갔다.

형옥에 갇힌 지 열흘이 가까워오는 날 밤, 주몽이 야음을 밟으며 조용히 대소를 찾아왔다. 한 번도 본 적이 없는 주몽의 냉엄한 표정을 살피는 대소의 얼굴에 당황한 기색이 역력했다. 하지만 곧 가슴속에 쌓아온 분노가 거친 노성이 되어 터졌다.

"네 이놈! 네놈의 꿍꿍이속이 무엇이든 나는 결백하다. 어서 나를 폐하께 안내해라! 내 폐하 앞에서 결백을 증명해 보일 것이다."

"이미 늦었습니다, 형님!"

"늦었다니, 뭐가 늦었단 말이냐?"

"이번 흉모에 가담했다 살아남은 자가 자백을 하였습니다. 이 일은 모두 대소 형님이 꾸민 일이고, 자신들은 명을 따랐을 뿐이라고."

순간 대소의 얼굴이 백랍처럼 창백해지며 눈빛이 떨리기 시작했다.

"그, 그럴 리가 없다! 누가 무엇을 꾸몄단 말이냐! 내가 그자들을 현토성에서 데려온 것은 사실이지만 이 일과는 아무런 상관이 없다. 설마 내가 아버님을 시해하려는 일을 꾸몄겠느냐?"

대소를 바라보는 주몽의 표정이 더욱 차가운 빛을 띠고 목소리는 더욱 나직해졌다.

"형님은 저들의 신분을 속이셨고, 저들이 음모의 전말을 자백하였습니다. 형님이 아무리 결백을 주장한다 하여도 이제 그 죄과에서 벗어나기는 어려울 것입니다. 무엇이 진실인지는 이제 더 이상 중요한 일이 아닙니다."

불같은 눈길로 주몽을 쏘아보던 대소가 문득 차가운 웃음을 웃었다. 잠시 뒤 듣는 이를 얼려버릴 듯 차가운 음성이 대소의 입에서 흘러나왔다.

"흐흐흐……. 이것이었느냐, 네놈의 속셈이? 이렇게 일을 꾸며 나를 제거하고 네놈이 태자 자리에 오르려는 것이었느냐? 네놈의 음흉함을 내 모르는 바 아니었지만, 이리도 교활할 줄은 몰랐구나. 하지만 내가 그리 호락호락 당하리라고 믿었다면 오산이다. 내 뒤에는 사출도가 있고, 나를 신복하는 조정의 대신들이 있다."

"저는 형님이 이 사건과 무관하다는 것을 알고 있습니다. 이는 양정이 형님을 이용하여 폐하를 시해하려 꾸민 흉악한 음모입니다."

"……?"

"하지만, 지금 부여는 이 가공할 사건을 책임져야 할 악인이 필요한 때입니다."

"그게 무슨 말이냐?"

"지금 부여는 한 군현과의 전쟁이라는 무겁고 어려운 일을 앞두고 있습니다. 하지만 어리석고 탐욕스러운 세력들의 반대로 힘을 모으지 못한 채 혼란과 어려움을 겪고 있습니다. 이는 매우 엄중한 사태가 아닐 수 없습니다. 내부의 혼란과 분열은 외부의 강한 적보다 더 무서운 법입니다. 그토록 강성했던 조선이 한에게 무너진 것도 내부의 분열 때문이었습니다."

"……"

"지금 우리에게는 내부의 결속이 어느 때보다 필요합니다. 형님이 흩어진 마음을 하나로 모으고 분열된 힘을 결집하는 계기가 될 것입니다."

"무, 무슨 말이냐, 그게?"

"이 흉악한 음모의 단호한 처결로 국왕의 지엄한 권위를 내외에 보이고, 이로써 한의 간교함과 이에 대한 경계심을 만천하에 알릴 것입니다. 그렇게 되면 사출도의 제가들도 폐하께 순종하고 임진군 정벌의 대열에 동참하게 될 것입니다."

"그, 그 말은 나를 죽이겠다는 말이냐?"

"그렇습니다."

주몽이 냉혹한 음성으로 말했다. 대소의 얼굴이 비로소 두려움으로 하얗게 질리기 시작했다. 대소가 더듬더듬 떨리는 입을 열어 말했다.

"주, 주몽아! 네가 정말 나를 죽이려 하느냐!"

"……."

"날 살려다오. 내가 이 일과 무관하다는 것을 안다고 하지 않았느냐?"

"……."

"주몽아!"

"형님의 목숨을 구명할 방도가 아주 없는 것은 아닙니다."

"어, 어서 말해보아라!"

"사출도의 제가들을 이번 전쟁에 동참하게 하십시오. 저들이 군사와 군비를 내어 원정에 나서게 만드십시오. 이 일의 성사만이 형님의 목숨을 구할 수 있을 것입니다."

"……네놈의 속셈이 그것이었구나. 날 겁박하여 부여 땅 전부가 이 터무니없는 전쟁에 나서게 하려는 것이 너의 속셈이었더냐?"

"임진군 정벌은 한 개인과 집단의 사사로운 이해로 따질 일이 아닙니다. 이는 동이족 전체의 명운을 좌우할 장거입니다. 이 동이 땅을 저들 한족에게 내어주느냐, 아니면 우리 동이족이 이 땅에서 계속 삶의 터전을 일구어나갈 수 있느냐를 판가름하는 일입니다. 어찌 이를 소인의 간계라 비웃을 것입니까? 형님께서는 자신의 목숨을 살리고 부여와 동이를 살리는 길이 무엇인지 부디 지혜롭게 분별하시길 바랍니다."

　사출도의 제가들이 2만여의 군사와 군비를 내어 임진 양 군의 정벌
에 동참하겠다는 뜻을 밝혀온 것은 그로부터 며칠 후의 일이었다. 그
날 형옥에서 풀려난 대소가 허청이는 걸음으로 편전 마루를 걸어와
금와의 옥좌 앞에 엎드렸다. 비통한 마음을 다스리기 어려운 듯 떨리
는 음성으로 대소가 말했다.

　"폐하! 소자, 미련하고 우둔하여 하늘같이 존귀한 폐하를 위험에 처
하시게 하고, 이 나라 백성들에게 불안을 안긴 용서받지 못할 죄를 지
었습니다. 폐하, 어리석은 소자를 벌하여 주십시오!"

　"……."

　"폐하께서 관용을 베푸시어 소자를 용서하여 주신다면 이번 임둔과
진번군의 원정에 백의종군하여 한의 적도를 무찌르는 데 앞장서겠습
니다."

　스스로 한스러움을 참지 못하는 듯 무릎을 꿇고 엎드린 대소의 어
깨가 거칠게 떨리고 있었다. 대소의 뒤편에 시립해 있던 주몽이 금와
에게 읍하고 아뢰었다.

　"폐하! 신 호위총관 아룁니다. 이번 대왕 폐하 시해 기도 사건에 가
담했던 자들을 엄히 추문한 바, 대소 형님은 사건과 무관한 것으로 밝
혀졌습니다. 현토의 양정이 형님을 속이고 부여궁에 자객을 들이기
위해 야장들 속에 자객을 숨겨놓은 것이었습니다. 형님은 스스로 조
선의 유민이라 내세우는 저들의 거짓을 믿고 부여로 데려왔을 뿐이었
습니다."

　"……."

"폐하, 양정의 교활한 간계를 살펴 방비하지 못한 것은 중한 책임을 면키 어려운 일이나, 모두가 강철검을 개발하기 위한 충정에서 비롯된 일이니, 부디 너그러이 헤아려 주시길 청합니다."

"대소는 고개를 들어라!"

금와가 부복한 대소를 무거운 시선으로 바라보며 입을 열었다.

"너는 부여의 왕자로서 한낱 한군漢郡의 태수에게 참으로 수치스러운 조롱을 당하였다. 이는 곧 우리 부여의 수치인바, 너는 이번 전쟁에서 용전분투하여 만군에 앞서는 군공을 세움으로써 이 수치와 모욕을 씻으라. 알겠느냐?"

"반드시 그리하겠습니다, 폐하! 소자를 믿어주십시오!"

중원족에 맞서

동쪽 하늘 한편으로 막 푸른빛이 잡히기 시작하는 이른 새벽이었다. 어디선가 나직한 북소리가 어두운 하늘과 땅을 깨우기라도 하듯 느리게 들려오고 있었다. 군대의 행렬을 선도하는 행고 소리였다.

푸른 어둠에 잠긴 도성 거리를 따라 일단의 기마가 천천히 나아가고 있었다. 갈기가 눈처럼 흰 백마 위에 황금빛으로 번쩍이는 갑주를 입은 금와대왕과 원정대장군 흑치, 그리고 부장군 주몽을 위시한 장수들이었다. 그 뒤를 기치와 창검을 앞세운 위풍당당한 기마대의 무리가 따르고, 다시 그 뒤로 늠름하고 씩씩한 걸음의 보병대가 한도 끝도 없이 이어졌다. 한의 임둔군과 진번군을 정벌하기 위한 원정군의 출정이었다.

잠귀 밝은 노인들의 새벽잠을 어지럽히며 조용히 부여성을 나선 정벌군이 마침내 동남쪽을 바라고 진군을 시작했다. 동편 하늘에서 막

몸을 일으킨 태양의 붉은빛이 젊은 장졸들의 얼굴을 붉게 물들이고 있었다. 한결같이 드높은 기세와 용맹으로 충만한 모습들이었다.

'부여의 원정군이 부여의 강역을 막 벗어나려 할 즈음이었다. 대열을 선도하던 기마대의 장수가 말을 몰아 금와에게 달려왔다.

"폐하! 정체를 알 수 없는 자들이 나타나 폐하를 뵙겠다며 간청하고 있습니다."

진군 행렬이 멈추고, 금와가 부여군의 행군을 가로막고 나선 일단의 무리들 앞으로 나섰다.

"너희들은 어떤 자들인데 감히 대왕의 군대를 가로막고 나섰느냐?"

금와의 물음에 낯선 무리가 바닥에 무릎을 꿇으며 엎드렸다. 초라한 하호下戶의 복색을 한 50여 인의 사내들이었다. 개중에는 젊은 사내뿐 아니라 중년 고개를 넘긴 늙은이들도 섞여 있었다.

무리의 우두머리로 보이는 자가 한 걸음 나아와 큰절을 한 다음 말했다.

"폐하! 저희들은 망국 조선의 후예로, 나라를 잃은 뒤 천하를 이리저리 떠돌아다닌 지 오래입니다. 비록 나라를 잃고 뿌리 없는 티끌처럼 이곳저곳으로 불리며 쏠리며 살아가고 있지만, 아직도 잃어버린 왕국을 되찾으려는 꿈을 버리지 않고 있습니다. 그러던 중 부여의 대왕께서 대군을 몰아 한의 군현을 정벌하러 나섰다는 소식을 듣고 그 대열에 동참하고자 이렇게 불원천리 달려왔습니다. 부디 바라옵건대 저희들을 솔하로 거두시어 몽매에도 잊지 못하는 왕국 부흥의 대열에 동참할 수 있는 기회를 허락하여 주십시오."

"으음……."

금와는 알 수 없는 감동에 젖어 옛 조선의 유민들을 바라보았다. 한결같이 부랑자와도 같은 헐벗은 입성에 손에는 죽창과 낫, 괭이 같은 조악한 무기와 농구들이 들려 있었다. 하지만 자신을 바라보는 그들의 눈길은 잃어버린 조국을 향한 간절한 열망과 강렬한 의지가 여름날의 태양처럼 뜨거운 빛을 발하고 있었다.

"그대들의 뜻이 참으로 가상하도다. 하지만 이 전쟁은 짐의 정예한 군사들도 감당하기 벅찬 전쟁이 될 것이다. 자칫 귀한 생명을 상할 수도 있으니 그대들은 잠시 물러가 전쟁의 결과를 기다리도록 하라. 짐은 반드시 이 전쟁에서 승리함으로써 그대들의 간절한 소망이 이루어지도록 하겠노라!"

"폐하의 말씀 천만 감사하나 이는 저희들의 뜻을 헤아리지 못하신 처사입니다. 저희들이 정든 고향과 가족들을 버리고 떠나온 것은 오직 살아서 조국의 부흥을 보려는 뜨거운 열망 때문입니다. 살아서 조국의 부흥을 보지 못하는 것이 가장 큰 수치이며, 죽어서 조국의 부흥에 동참하는 것이 가장 큰 기쁨입니다. 부디 이러한 저희들의 뜻을 물리치지 말아주십시오."

불덩어리를 삼킨 듯 뜨거운 열기가 가슴속에서 용솟음치는 느낌에 금와는 느꺼웠다. 금와가 고개를 끄덕이며 말했다.

"그대들의 소망대로 이루어질 것이다. 흑치 대장군!"

"예, 폐하!"

"이자들을 장군의 예하에 두고 원정에 참여케 하시오."

"그리하겠습니다, 폐하!"

진군은 다시 계속되었다. 하지만 그것은 시작일 뿐이었다. 임둔군으로 향하는 곳곳에서 부여군은 전쟁에 참가하기를 간절히 원하는 옛 조선의 유민들을 만났다.

군郡의 변경을 방비하는 수비대와 몇 개의 현성을 가벼이 깨뜨리고 부여군이 임둔군의 치소인 동이현東暆縣 성에 당도한 것은 부여 도성을 떠난 지 보름 만의 일이었다.

이미 부여군의 원정 소식을 전해들은 듯 적들은 성벽을 따라 넓게 판 해자垓字 앞에 높직한 목책 진지를 세우고, 무장한 갑병을 벌여 세워 다가올 공격에 대비하고 있었다. 해자 너머 멀리 보이는 성루 위 장대에 갑주를 두른 임둔의 장수들이 부여군을 내려다보고 있었다.

"폐하! 임둔의 동이성입니다!"

주몽이 빗긴 저녁 햇살 속에서 부릅뜬 눈으로 장대를 건너다보며 말했다. 굳은 표정으로 해자를 가로지르는 석교와 성문, 그리고 성벽 위의 망루를 찬찬히 바라보는 금와의 눈길에도 알 수 없는 감개가 어린 듯 보였다.

금와가 말고삐를 당겨 부여군을 향해 돌아섰다. 성 밖 드넓은 평지 위로 기마대와 보병대가 광대한 인마人馬의 운해를 이루며 벌여 서 있었다. 금와가 군대를 향해 입을 열었다.

"제장과 군사들은 들어라! 우리들은 적도에게 유린당한 신성하고 거룩한 땅을 하늘의 신과 그 백성들에게 되돌리기 위해 멀고 험한 길을 걸어 이곳에 왔다. 궤멸을 눈앞에 둔 중원의 침략자들을 마주한 이때, 무엇을 주저하고 무엇을 망설일 것인가! 이는 정正으로 사邪를 침이며 의로움으로 불의를 제압함이니, 무엇이 두렵고 무엇이 어려울 것인가. 이제 우리가 의로운 창검을 드는 순간 적들은 바람에 흩어지는 안개와 같이, 햇살에 스러지는 이슬과 같이 무너지고 사라질 것이니 장졸들은 용기를 가지고 대전對戰에 임하라! 아버지 하늘의 신과 어머니 물의 신이 우리를 가호하실 것이다!"

해일과도 같은 함성이 대지를 뒤덮으며 허공을 향해 솟구쳐 올랐다.

"부여국 만세!"

"금와대왕 만만세!"

공성攻城은 이튿날 새벽에 시작되었다. 세상이 아직 푸른 어둠에 싸인 시각, 천지를 깨뜨릴 듯 요란한 행고 소리와 함께 진격을 알리는 소라 소리가 어둠을 찢으며 검은 하늘 위로 울려 퍼졌다.

"군사들은 진격하라!"

"진격하라!"

대장군 흑치의 진격 명령을 부장들이 말을 달리며 소리쳐 전했다.

충거衝車*를 앞세운 공성대가 거센 함성과 함께 적의 목책 진지를 향해 나아가고, 그 위로 포거抛車**에서 쏘아올린 돌과 바위들이 허공을 날았다. 동시에 목책 진지 뒤에 포진하고 있던 임둔군의 궁수들이 소낙비와 같이 화살을 쏘아대기 시작했다.

충거에 부딪힌 진지의 목책이 요란한 소리를 내며 한편으로 기울기 시작했다. 진지 안팎에서 처참한 비명이 터졌다. 임둔군의 맹렬한 저항에도 불구하고 목책 진지는 오래지 않아 허물어졌다.

부여군의 진영에서 성급한 승리의 함성이 솟았다. 기세를 탄 부여군이 적의 진지를 유린하며 해자 위에 가로놓인 석교로 물밀듯 나아갔다.

충거가 성문을 들이쳤다. 성벽을 따라 운제雲梯***가 놓이고 용감

＊충거 : 큰 나무로 성에 충격을 주는 공격 무기.
＊＊포거 : 돌을 날리는 공격 무기.
＊＊＊운제 : 성을 공격할 때 쓰는 높은 사다리.

한 군사들이 성벽을 오르기 시작했다. 그 위로 퍼붓듯 화살과 돌과 불이 쏟아졌다.

치열한 공성전은 나절이 지나도록 이어졌다. 갑주를 입은 임둔군의 태수가 장대에 올라 긴 칼을 휘두르며 전투를 독려했다.

마침내 성문이 고통스러운 소리를 내지르며 무너져 내렸다. 성문이 뚫리자 부여의 기마대가 거센 물줄기처럼 성문 안으로 질주해 들어가기 시작했다.

"성문이 무너졌다!"

기세가 오른 부여군이 일제히 한층 더 가열한 공격을 퍼붓기 시작했다. 성 안 곳곳에서 치열한 백병전이 벌어지고 있었다. 성 안으로 돌입한 부여군이 남쪽 성루를 점거했다. 공격의 선봉을 이끄는 이는 원정군 좌군사령관 주몽이었다. 앞을 막아서는 적병을 환도로 풀을 베듯 베어 넘기며 주몽이 종횡무진 앞으로 나아갔다.

"네 이놈!"

임둔군의 기마대를 이끌던 연환갑連環甲* 차림의 장수 하나가 긴 협도를 을러메고 주몽의 앞을 막아섰다.

"보잘것없는 부여의 하룻강아지들아. 내가 상대하여 주마!"

호통을 치며 나서는 적장을 향해 주몽이 바람처럼 말을 몰아 달려갔다.

쨍!

마상에서 적장의 협도와 주몽의 환도가 서너 차례 맞대고 떨어지기를 거듭했다. 하지만 대전은 오래 이어지지 못했다. 주몽의 환도가 중

---

* 연환갑 : 쇠고리를 꿰어 만든 사슬로 된 갑옷.

천에 뜬 햇빛을 받아 한 차례 빛을 발한 순간, 적의 장수가 처절한 비명을 올리며 바닥으로 허물어져 내렸다.

와!

적장이 일순간에 목 없는 고혼이 되어 바닥에 나뒹구는 것을 목격한 부여군이 기세를 올리며 적의 대열을 들이치기 시작했다. 그렇잖아도 슬금슬금 겁먹은 얼굴로 뒤를 살피던 임둔군이 그와 때를 같이하여 꼬리를 감추며 달아나기 시작했고 적의 대열은 급격하게 허물어졌다. 달아나는 적을 짚단 베듯 베어 넘기며 부여군은 적성의 깊숙한 곳으로 거침없이 내달았다.

그로부터 싸움은 그저 잔인한 살육에 다름 아닌 양상으로 전개되었다.

◆ ◆ ◆

임둔 공략은 성공적으로 마무리되었다. 어느덧 검은 하늘 위로 만월이 둥두렷이 떠오른 한밤, 부여군은 임둔군 치소인 동이현성의 태수 관아로 돌입했다. 이미 관아의 위사들마저 창칼을 돌려 잡고 달아나버린 뒤라 저항은 전혀 없었다.

"와! 우리가 이겼다!"

"부여국 만세!"

"금와대왕 만세!"

"주몽 왕자 만세!"

승리의 기쁨에 겨운 군사들이 일제히 함성을 올렸다. 그 가운데서도 가장 큰 환호와 기림을 받은 것은 공성에 단연 눈부신 활약을 한 주

몽 왕자였다. 성문이 무너지자 가장 먼저 기마대를 이끌고 성 안으로
들어선 주몽은 저항하는 임둔군을 종횡무진으로 무찌르며 적의 저항
을 봉쇄했다. 문을 닫아건 채 저항하던 관아를 깨뜨리고 안으로 돌입
해 잔당을 쓸어버린 것도 주몽이었다.

태수 관아의 너른 대청에 올라앉아 대장군 흑치의 전황 보고를 받
는 금와의 얼굴에 감개무량한 빛이 가득했다. 하루 낮 동안에 걸친 치
열한 전투에 부여의 많은 군사들이 죽고 상했다. 하지만 한의 성을 마
침내 깨뜨려 함락시킨 승리의 기쁨이 이를 잊게 할 만큼 컸다. 금와가
좌우에 시립한 장수들의 면면을 일일이 살피며 그 군공을 치하했다.
금와의 눈길이 바른편에 자리한 주몽을 향했다.

"부장군의 공이 컸다. 마땅히 큰 은상으로 치하함이 합당하다."

"황송합니다, 폐하! 하지만 임둔 태수를 놓치고 말았습니다. 그자를
포박하기 위해 따로 일대를 붙였으나 종내 종적을 찾을 수가 없었습
니다. 신의 불찰입니다."

"아마도 성문이 열리기 전에 미리 겁을 먹고 도망한 듯하다. 그러니
귀신인들 그자를 잡을 수 있었겠느냐. 누구의 탓도 아니니 송구할 일
도 아니다."

사졸들 또한 넉넉히 군량미를 풀어 배불리 먹이고 난 뒤 감발을 풀
어 쉬게 했다. 새벽이 이슥한 즈음에 진번군 공략을 위한 작전 회의가
임둔 태수가 버리고 간 집무실에서 열렸다.

대왕과 주몽을 비롯한 원정군의 수뇌들이 내일의 진군을 위한 전략
회의에 골몰해 있던 그 시각, 사졸들이 잠든 장막 안 한편에서 대소는
터질 듯한 분노에 몸을 떨고 있었다. 왕자나 장군의 직을 떼고 사졸이
되어 치른 전쟁은 한 마디로 악몽과도 같은 것이었다. 알 수 없는 분노

가 몸 안에서 폭발할 듯하여 그 자신 물불을 가리지 않고 적들을 찌르고 베었다. 하지만 승리의 영광은 자신의 것이 아니었다.

군사들이 터뜨리는 함성이 대소의 귀에 아직도 쟁쟁하게 되살아났다.

"주몽 왕자 만만세!"

만면한 웃음으로 군사들의 환호에 답하는 주몽을 떠올리자 욕정처럼 놈에 대한 살의가 스멀스멀 온몸에서 솟아나기 시작했다. 옆자리에 누워 잠든 병졸들이 코고는 소리와 함께 토해내는 독한 입 냄새에 머리가 어지러울 지경이었다.

대소는 자리에서 일어나 군막 밖으로 나섰다. 새벽이슬을 피하기 위해 사졸들의 군막이 세워진 곳은 임둔군 태수의 사저 마당이었다. 대소는 희뿌연 달빛이 소금가루처럼 뿌려지고 있는 마당을 느린 걸음으로 서성였다. 그러자 어느 때 하나의 생각이 계시처럼 대소의 머릿속을 찾아왔다. 걸음을 멈춘 채 대소가 눈길을 들어 어둠에 싸인 하늘을 가만히 바라보았다. 몸을 돌린 대소가 담장 곁의 커다란 나무 아래로 걸어갔다. 그리고 곁의 어둠도 알아채지 못할 만큼 나직한 소리로 불렀다.

"거기 있느냐?"

그러자 잠시 후 담장의 짙은 어둠 속에서 나로가 스며드는 물처럼 소리 없이 나타나 읍했다.

"부르셨습니까, 왕자님?"

"오늘 밤을 돋워 현토성에 다녀오너라! 지금부터 내가 하는 말을 한마디도 빠뜨리지 말고 태수 양정에게 전하여라. 이리 가까이 오너라!"

나로의 귓전으로 입을 가져간 대소가 나직한 소리로 무언가를 속삭이기 시작했다.

♦ ♦ ♦

이튿날 병사들의 객로를 위로하는 휴식이 하루 주어진 다음 다시 진번군으로의 진군이 시작되었다. 임둔성은 막하의 장수에게 기병 3천 기와 보병 5천을 맡겨 방비하게 했다. 아직도 승리의 기쁨에서 벗어나지 못한 군사들은 오랜 행군과 전투에도 여전히 의기충천한 낯빛이 되어 진군에 나섰다.

부여군이 진번군의 경계에 이르렀을 때 부관이 다가와 주몽에게 고했다.

"장군님!"

"무슨 일인가, 부관?"

"방금 전방을 살피기 위해 보냈던 척후병이 임둔군 병사 하나를 생포하여 돌아왔습니다. 전투에서 낙오한 잔병인 듯한데, 그자가 놀라운 말을 하였습니다."

"……."

"성을 빠져나온 임둔군의 태수와 그 아전들이 지금 군의 서북쪽 정석산에 숨어 있다고 합니다. 현토성에 몸을 의탁하러 가던 중 부상자가 있어 아직 정석산을 벗어나지 못한 채 산중에 머물고 있다고 합니다."

"그 병사를 내게 데려오게."

"알겠습니다, 장군님!"

부관의 보고는 포로의 자백과 조금도 어긋남이 없었다. 주몽은 곧 날랜 병사 스물을 조발하여 별동대를 조직한 뒤 스스로 임둔 태수의 수포收捕에 나섰다.

임둔군 포로를 앞세우고 바람처럼 말을 몰아 당도한 곳은 정석산 자락에 위치한 박달나무 숲이었다. 부여군 본진을 이탈하여 나온 지 한나절이 지났을 무렵이었다. 금와왕과 흑치 대장군에게 보고하지 않은 것은 형편이 워낙 촌각을 다투는 일이었고, 임둔 태수가 머물고 있다는 곳이 본대의 행렬에서 그리 멀리 떨어진 곳이 아닌 까닭이었다. 임둔 태수를 포박하여 돌아간 연후에 고하리라는 생각이었다.

박달나무가 빽빽한 숲을 헤집고 나서자 붉은 흙이 드러난 비탈이 있고, 그 아래 계곡 자락의 널찍한 공터에 한 무리의 군사들이 숙영을 차리고 있었다. 경황없이 도피했음에도 어디서 구했는지 네모고리풍*이 두어 채 쳐져 있었고, 매어둔 마필들도 보였다. 공터 한편에 지난밤 사그라진 화톳불의 잔재가 검게 자리하고 있었다. 열다섯 남짓한 군사들과 또 화복華服 차림을 한 그만한 수의 사람들이 공터 이곳저곳에서 앉거나 누워 쉬고 있었다. 하지만 어떤 자가 태수이고 아전인지는 가늠할 길이 없었다.

가히 가관이라 할 만한 것이 군사들의 모습이었다. 몇은 창대를 베고 누워 잠이 들어 있었고, 몇은 군복인지 야회복인지 구별 못할 차림에 게으른 손으로 연신 사추리를 긁어대며 희희덕거리고 있었다.

날카로운 눈길로 공터의 상황을 헤아려 가늠한 주몽이 별동대에게 지체 없이 공격을 명했다. 한눈에도 군의 기강이 풀어질 대로 풀어져 보이는 오합지졸을 두고 망설일 까닭이 없었던 것이다.

"이놈들! 모두 꼼짝 말아라!"

벽력같은 소리를 지르며 주몽의 부관이 말을 몰아 비탈을 달려 내

---

* 네모고리풍 : 천막의 일종.

려갔다. 뒤이어 별동대의 기병 20여 인이 뒤를 따라 일제히 쏜 화살이 되어 아래쪽을 향해 질주해갔다.

난데없는 기습에 적들이 주섬주섬 자리에서 일어서고 있었다. 하지만 기습과 그로 인해 예상한 반응은 거기까지였다. 주몽의 군사들이 함성을 지르며 공격해 내려오는 것을 발견한 공터의 군사들은 진작부터 예견하고 있던 일이라는 듯, 놀라는 시늉조차 없이 재빨리 바닥에 던져두었던 창칼을 거두어 들었다. 그리고 이내 대오를 정연히 갖추며 공격에 대비하기 시작했다.

정작 더 큰 놀라움은 이제 주몽과 그의 별동대 쪽으로 돌아왔다. 내닫는 걸음으로 한달음에 임둔군의 잔병들을 무너뜨리려던 기대는 문득 터지는 처절한 비명과 함께 산산이 깨어졌다.

"으악!"

공터를 향해 말을 몰아가던 부여의 군사 하나가 허공을 향해 애처로운 비명을 올리며 바닥으로 굴러 떨어졌다. 어디선가 바람을 가르며 날아온 쇠뇌 살이 군사의 가슴을 꿰뚫었다. 가슴에 박힌 화살은 뼈를 뚫고 등 뒤까지 튀어나와 있었다. 연이어 이곳저곳에서 속속 비명이 솟아올랐다.

놀란 눈으로 주변을 살피는 별동대 군사들의 눈에 지축을 뒤흔드는 듯한 굉음과 함께 갑주와 마갑으로 중무장한 기마병들이 비탈의 앞과 뒤로 물밀듯 밀려오고 있는 게 보였다.

"장군님! 함정입니다!"

부관이 당황한 얼굴로 주몽을 향해 소리쳤다. 모든 것이 잘못되고 있다고 생각했다. 척후병에게 사로잡힌 임둔군의 패잔병도, 불과 20기의 군사로 임둔 태수의 수포에 나선 일도, 자신의 성급한 공격 명령도……. 주몽은 매복하고 있던 적의 공격에 허무하게 쓰러지는 부여의 군사를 바라보며 자신의 경솔한 행동을 뼈저리게 후회했다. 하지만 이미 늦은 일이었다. 우선은 혈로를 뚫어 별동대를 적들의 포위에서 빼내는 일이 급했다. 주몽이 환도를 휘두르며 앞을 막아서는 한병漢兵들을 향해 달려갔다.

"병사들은 나를 따르라! 모두 이곳을 벗어나라!"

훌쩍 허공을 날 듯 앞으로 달려간 주몽의 말이 적의 기마대와 맞부딪쳤다. 동시에 주몽의 환도가 허공을 가르며 날았다. 기세등등하게 밀려오던 한의 병사 하나가 구슬픈 비명을 올리며 바닥으로 쓰러졌다. 주몽이 다시 환도를 휘두르며 앞을 막아서는 적을 베어나갔다. 뒤를 따라 부관과 부여의 군사들이 적들을 향해 뛰어들었다. 곧 쇠와 쇠가 부딪치며 내는 금속성이 계곡을 가득 메우는 가운데 치열한 백병전이 펼쳐졌다.

베어도 베어도 죽음을 모르는 저승의 악귀처럼 헤아릴 수조차 없는 적들이 창칼을 앞세우며 밀려들었다. 절망적인 상황이었으나 주몽은 포기하지 않고 안간힘을 다해 칼을 휘둘렀다. 위험이 있으면 살길도 있게 마련인 법. 비록 절체절명의 위기 속에 던져졌지만 하늘이 자신을 이리 허무하게 죽이지는 않으리라는 믿음이 가슴속에서 불꽃처럼 피어올랐다…….

◆ ◆ ◆

"주몽 왕자로부터는 아직 소식이 없는가?"

역정이 묻어나는 금와의 목소리가 군막을 울렸다. 막하 장수 가운데 하나가 군례를 올리고 답했다.

"임둔 태수를 잡기 위해 군사를 데리고 북쪽으로 떠났다고 합니다. 곧 돌아올 터이니 너무 심려 마십시오, 폐하!"

"으음……. 진번군의 공략을 눈앞에 둔 때에 부장군이란 자가 본진을 이탈하다니……. 흑치 대장군!"

"예, 폐하!"

"오늘 밤, 진번성을 공략할 것이오! 공성대와 기마대, 보병대의 대오를 정연히 하여 진격 명령을 기다리도록 하시오!"

"군령을 받들겠습니다, 폐하!"

금와의 진공 명령은 자시子時 무렵에 내려졌다. 공격을 알리는 소라소리가 밤하늘을 찢으며 울려 퍼지자, 임둔성에서의 승리에 고무된 부여의 병사들이 충거를 앞세우고 물밀듯이 진번성을 향해 진격했다. 칠흑 같은 어둠과 깊은 정적에 잠겨 있던 하늘과 땅이 일순 소스라치며 비명을 질러대는 형국이었다. 포거에서 날아간 바윗돌들이 요란한 소리를 내며 성벽을 때렸다. 군사들을 독려하는 장수들의 외침이 어두운 밤하늘을 흔들었다.

진번군의 맹렬한 저항은 시간이 흐를수록 힘을 잃어가는 느낌이 확연했다. 부여왕 금와가 전열의 선봉에서 지휘하는 부여군의 기세가 워낙 거센 탓이었다. 머리 위로 쏟아지는 소낙비 같은 화살에 쓰러지고 꺾이면서도 부여군은 쉴 새 없이 성문을 향해 밀려들고 성벽을 타고 올랐다.

축시丑時 무렵 적의 성문이 깨어졌다. 때를 기다리던 부여군의 기마대가 성문을 열어젖히며 성난 파도처럼 밀려들어갔다. 그 선봉에 금와가 있었다.

적들의 저항은 미미했다. 모래펄을 휩쓰는 해일처럼 부여의 군사들이 성 안을 휩쓸며 쏟아져 들어갔다. 성 안 깊숙이 들어간 금와의 기마대가 태수의 관아를 향해 거침없이 달려가고 있을 때였다.

"폐, 폐하!"

전열의 선두에 선 부장 하나가 말머리를 당기며 금와를 향해 소리쳤다. 부장의 시선이 향한 곳을 바라보는 금와의 눈에 경악의 빛이 어렸다. 성 안 대로를 따라 좌우로 늘어선 크고 작은 가옥들 사이사이로 땅에서 솟아오른 듯 무장한 기마갑병과 보병들이 밀물처럼 쏟아져 나오며 부여군을 에워싸고 있었다.

"폐하, 적의 계교였습니다! 성 안에 대군을 숨겨놓고 우리를 끌어들인 듯합니다."

부장이 다급한 소리로 말했다. 철벽처럼 앞을 막아서는 대군들 속에서 연환갑 차림의 한 장수가 말을 몰아 앞으로 나섰다. 마갑을 씌운 우람한 호달마 위에 올라앉은 장수가 껄껄 웃음을 터뜨리며 소리쳤다.

"……하하하! 금와, 오랜만일세. 이런 곳에서 다시 자네와 만나다니 감개가 무량하구먼. 하하하!"

장수의 말에 금와가 놀라 소리쳤다.

"너, 너는 양정?"

"그렇네. 이 양정이 여기서 옛 벗을 기다린 지 오래라네. 하하하……. 혹 자네가 오지 않으면 어쩌나 노심초사하였다네. 반가우이, 금와."

양정의 교활한 꾀가 한눈에 보이는 듯했다. 탄식을 참는 한숨이 금와의 입에서 흘러나왔다. 뱀같이 교활하고 야수같이 잔인한 양정이었다. 그런 양정을 미리 경계하고 대비하지 않은 것이 불찰이었다. 그런데 이자는 어떻게 이리도 정확히 부여군의 행적을 꿰뚫어 계교를 마련해두고 있었단 말인가.

당장 화급한 일은 눈앞의 형편이었다. 하지만 달리 방도를 마련하고 말고 할 만한 상황이 아니었다. 금와는 칼을 뽑아들고 그 자신 양정을 향해 달려들며 공격을 명했다.

양쪽 군사들 사이에 일제히 함성이 일면서 곧 성 안 거리에 일대 난전이 펼쳐졌다. 피아를 구별하기조차 어려울 만큼 지근거리에서 펼쳐지는 치열한 단병접전이었다. 나의 것인지 적의 것인지 모를 피가 온몸을 적시고 참혹한 비명이 쉴 새 없이 귓전을 때렸다.

"폐하를 보위하라! 폐하를 보위하라!"

처음부터 금와를 바라고 달려드는 적들이었다. 사방에서 물밀듯 밀려드는 적을 왕의 호위대가 몸을 던져 막아내고 있었지만, 이미 외다리로 미끄러운 비탈에 버티고 선 형국이었다. 막힐 것 없는 기세로 달려온 부여의 기마대 또한 금와와 진배없는 처지였다. 곳곳에서 부여의 군사들이 적의 칼과 창에 베이고 찔린 채 쓰러져갔다.

바른편에서 한의 군사가 금와의 가슴을 향해 단창을 찌르며 달려들었다. 가까스로 몸을 뒤틀어 창끝을 피한 금와가 환도를 휘둘러 적의 허리를 베었다.

"으악!"

달려들던 기세와는 달리 처절한 비명을 올리며 단창의 군사가 바닥으로 쓰러졌다. 그러자 등 뒤에서 창검을 다잡고 있던 적병 둘이 동시에 고함을 지르며 금와의 머리와 허리를 향해 뛰어들었다. 뒤늦게 공격을 알아챈 금와가 몸을 피하려 했지만 이미 늦은 뒤였다. 재빨리 칼을 휘둘러 허리 쪽으로 날아드는 창을 빗겨냈다. 하지만 섬뜩한 느낌과 함께 가슴에 강한 통증을 느끼며 금와는 말에서 굴러 떨어졌다. 쓰러진 금와의 몸 위로 창칼이 쏟아지려는 그 순간이었다.

"네 이놈들!"

땅을 뒤집어엎을 듯 엄청난 고함과 함께 거구의 장수 하나가 바람같이 말을 달려와 금와를 에워싼 적병들 속으로 뛰어들었다. 날래게 칼을 휘둘러 날아드는 창칼을 물리친 장수가 금와를 향해 팔을 뻗었다.

"폐하! 어서 말에 오르십시오!"

대장군 흑치였다. 가슴의 통증을 참으며 금와가 흑치의 팔에 이끌려 말잔등에 올랐다. 흑치가 그런 와중에도 창을 내뻗는 적병 하나를 번개 같은 솜씨로 베어 쓰러뜨렸다.

한 팔로 금와의 겨드랑이를 껴안은 흑치가 달려드는 적을 베어 넘기며 소리쳤다.

"퇴각하라! 퇴각하라!"

대리청정

눈 간 데마다 파릇한 신록이 눈부신 여름의 초입이었다. 산천과 초목마다 자신의 내면에 감추어둔 강렬한 생명력을 저마다 잎으로 꽃으로 줄기로 표출하는 계절이었다.

하지만 이 밝고 청신하고, 왕성한 생명의 기운으로 가득 찬 계절에도 부여 도성은 두터운 암운이 무겁게 드리운 듯한 느낌이었다. 저잣거리나 주택가를 오가는 사람들의 표정에 한결같은 우울과 슬픔과 불안이 드리워져 있었다. 지난날 임둔과 진번 정벌이 실패로 돌아가고 위풍당당하게 떠났던 대왕의 군대가 뚝비 맞은 강아지 형상이 되어 돌아온 이후부터였다. 원정의 실패는 부여성 사람들에게 커다란 충격을 주었다. 하지만 그보다 더 큰 충격은 대왕 금와가 적의 칼에 부상을 당해 아직까지도 혼수상태에서 깨어나지 못하고 있다는 사실이었다.

나라 안의 용하다는 의원이 날마다 왕의 침전을 드나들고 마우령을 위시한 신궁의 모든 신녀들이 식음을 잊고 천제께 기도를 드렸지만 별무효험이었다. 가늠할 수 없는 깊은 잠의 늪에 빠진 금와는 종내 깨어날 줄을 몰랐다.

패전의 소식과 왕의 유고는 온 부여에 커다란 슬픔과 좌절과 우울을 드리웠다.

진번성 공략에 나섰던 기마대는 양정의 계략에 빠져 궤멸에 가까운 타격을 입었다. 대장군 흑치가 적병의 도검에 중한 상처를 입은 금와를 구하여 본진으로 돌아올 수 있었던 것은 신령이 도움이 없었더라면 불가능한 일이었다. 의식을 잃은 대왕을 바라보는 부여의 모든 장수와 군사들은 육친을 잃은 듯한 슬픔과 함께 무서운 분노를 느꼈다. 부여의 모든 장졸들은 뜨거운 눈물을 쏟으며 왕의 복수를 다짐했고, 원정대장군 흑치는 전열을 재정비해 진번성 공략을 다시 준비했다. 비록 첫 번째 공략이 실패로 돌아갔고 왕마저 중한 부상을 입었지만 원정군에는 아직도 5만 정병이 건재해 있었다.

하지만 부여군은 적의 비웃음을 등 뒤로 한 채 쓸쓸히 퇴각에 나섰다. 부여 왕자 대소의 강력한 반대 때문이었다. 이번 원정에 별다른 직을 제수 받지 않고 백의종군한 대소였다. 하지만 왕의 유고로 왕자로서의 위엄을 회복한 대소는 대장군 흑치와 막하의 장수들에게 퇴각을 강력히 주장하였다. 대왕의 목숨이 경각에 놓였다는 것이 그 하나의 이유였고, 이미 임둔성의 공략으로 원정의 한 가지 목적은 달성했다는 것이 또 하나의 이유였다. 흑치와 제장들이 강력히 반발했지만 대소의 주장을 꺾지는 못했다.

부여의 원정군이 도성에 돌아오자 또 하나의 비보가 이들을 기다리고 있었다. 대장군 막하의 장수에게 군사를 맡겨 지키게 했던 임둔군의 군성이 부여 원정군의 본진이 퇴로에 오르기 무섭게 들이닥친 양정의 군사에게 빼앗기고 말았다는 것이었다.

부여 왕실을 비롯하여 백성들의 절망과 슬픔은 그에 그치지 않았다. 왕실의 삼왕자 주몽이 전장에 나섰다가 실종되어 생사를 알 수 없게 된 것이었다. 주몽은 임둔군의 태수를 사로잡기 위해 별동대를 이끌고 정석산을 향해 나선 이후 소식이 끊겼다. 주몽을 따라나섰다가 살아 돌아온 군사에 의하면, 주몽의 별동대는 한군의 함정에 빠져 대부분 목숨을 잃고 주몽 왕자 또한 부상을 입은 채 말을 타고 달아나다 계곡의 낭떠러지 아래로 떨어졌다고 했다.

주몽이 떨어졌다는 계곡이 만학의 천 길 낭떠러지인 데다 이미 중한 상처를 입은 몸이라 필시 계곡 어딘가에서 숨을 거두고 이빨과 부리가 날카로운 짐승이나 새의 무리에게 육신을 훼손당하였으리라는 것이 사람들의 짐작이었다. 그렇지 않고 살아 있는 목숨이라면 이렇게 달포가 지나도록 아무런 소식이 없을 수가 있으랴.

금와의 의식불명이 길어지고 있었다. 금와가 깊은 잠에 빠져 있는 왕궁의 침전은 무거운 정적만이 숨 쉬는 유적의 공간이 되어버린 지 오래였다. 대왕의 행차를 배행하는 궐인의 모습은 사라진 지 오래였고, 이따금 회랑을 오가는 내관과 여관들도 행여 발자국 소리 한 점이라도 떨어뜨릴까 발꿈치를 들고 조용한 걸음을 옮겼다.

의식을 잃고 누운 지 어느새 한 달여를 넘기고 있었지만 침상에 누운 금와의 얼굴은 평소와 다름없이 건강하고 혈색이 부드러워 보였다. 금방이라도 눈을 떠 자리를 박차고 일어나 예의 그 위엄 있는 목소리로 아랫것을 부를 것만 같았다.

병색이 완연한 것은 오히려 금와의 침상을 지키고 있는 유화 부인

쪽이었다. 희다 못해 푸른빛이 도는 낯빛에 그림자 같이 조용한 태도
로 잠든 금와의 얼굴을 지켜보는 모습은 마치 사람의 형상을 본 따 만
든 유리인형처럼 투명하고 존재감이 없어 보였다. 표정과 태도 어디
에도 살아 있는 이의 생기라곤 찾아볼 수 없는 유화의 모습이었다.

침전 밖의 휘장이 열리며 무덕이 들어섰다. 걱정스러운 눈길로 유
화의 안색을 살핀 무덕이 입을 열었다.

"궁실에 미음을 마련하였습니다. 조금이라도 잡수시고 잠시 침소에
드십시오. 이곳은 제가 지키도록 하겠습니다."

"……."

"마마, 벌써 며칠째 잠을 주무시지 않으셨습니다."

"나는 괜찮으니 그만 물러가 쉬어라."

조용한 걸음으로 무덕이 물러가고 나자 방 안은 다시 물속과도 같
은 침묵 속으로 가라앉아갔다. 잠든 금와의 얼굴을 바라던 유화의 시
선이 천천히 허공을 향했다. 그곳 어디에 자신의 간절한 기원이 머물
고 있는 것을 확인하려는 듯이. 감정이 드러나지 않던 유화의 시선이
어느 순간 퉁겨진 현처럼 격렬하게 흔들리기 시작했다. 이어 공허한
눈 속으로 맑은 물기가 배어나오기 시작했다. 유화의 떨리는 입술에
서 신음 같은 소리가 흘러나왔다.

"주몽아……."

◆ ◆ ◆

"당치 않으신 말씀입니다, 대사자! 폐하께서 아직 엄연하신데 제가
조정의 시사視事를 대리하다니요?"

대소의 겸사가 자못 간절했다. 부여 왕궁의 대전. 대사자 부득불을 위시한 대소신료들이 대소에게 의식불명인 대왕을 대리해 조정의 정사를 돌보는 대리청정代理聽政에 나서도록 청하고 있었다. 하지만 대소는 벌써 몇 번이나 대신들의 한결같은 청을 고사했다. 부득불이 나서 다시 대소에게 말했다.

"폐하의 쾌차를 바라는 왕자님의 마음을 신들이 어찌 모르겠습니까. 하지만 조정의 국사는 한시도 미루거나 소홀히 할 수 없는 중한 일입니다. 왕자님께서는 속히 대리청정에 나서시어 조정과 백성의 염려와 불안을 씻어주시길 바랍니다."

"나라를 걱정하는 대신들의 마음을 어찌 모르겠습니까. 하지만 저는 천성이 어리석고 배움마저 얕아 아직 국사에 나설 만한 능력이 없습니다. 불민한 저보다는 나라의 동량이신 대신들께서 국사를 전담하심이 옳을 듯합니다."

왕자의 대리청정을 청하는 대신들과 이를 겸사하는 대소 사이에 길고 지루한 공방이 이어졌다. 저녁이 되고 밤이 이슥해질 무렵이 되어서야 마침내 만좌한 문무백관들의 청원을 받아 대소가 유고 중인 금상을 대신해 대리청정에 나서겠다고 수락했다.

"이 나라 부여의 기둥 같고 주춧돌 같은 대신들의 지엄한 영을 받들어 어리석은 대소가 대왕 폐하의 시사를 대리하게 되었습니다. 하지만 이는 참새가 대붕을 이끌고, 조랑말이 천리마의 앞길을 이끄는 일과 같아, 자칫 나라와 백성들에게 큰 질곡만 안기지나 않을까 두렵고 무거운 마음입니다. 부디 바라건대 지혜롭고 경륜이 풍부한 조정의 대신들께서 어리석은 이 몸을 가르치고 채찍질하여 바른 길로 가도록 이끌어주시길 바랍니다. 이 몸 대소 비록 불민하나 부여의 사직과 백성을 위해 몸의 수고와 마음의 정성을 다하는 견마지로犬馬之勞를 마다하지 않겠습니다."

대전을 물러난 대소가 어머니 원후가 기다리는 왕후전으로 향했다. 가슴속에서 기쁨이 활화산처럼 용솟음쳐 바르게 걸음을 옮기기가 어려웠다.

대소가 왕후전 원후의 자리 앞에 이르러 큰절을 올린 후 좌정했다. 이미 소식을 들어 알고 있는 듯 원후의 표정이 만개한 꽃처럼 벙글어 있었다.

"호호호……. 어서 오너라, 대소야. 네가 자랑스럽고 든든하구나. 이제 국왕의 직임을 대리하게 되었으니, 부디 선정을 베풀어 만백성의 공경을 받는 성군이 되도록 노력하거라."

"어머니의 말씀 깊이 명심하겠습니다."

"네가 대신들의 간청을 몇 번이나 거듭 사양하여 겸손한 태도를 보인 것을 두고 벌써 궐 안에서는 성군의 자질이 보인다고들 입을 모으더구나. 호호호, 내 자랑스러운 아들. 어찌 이리도 믿음직스러운고……."

원후의 기쁨과 치하와 자랑이 끝이 없었다. 대전 소식을 바람같이 달려와 전해준 벌개가 곁에 앉아 맞장구를 쳐댔다.

"왜 아니랍니까, 마마. 예부터 겸양은 어진 이의 첫 번째 덕목이라 하였습니다. 대소 왕자님께서는 반드시 청사에 빛나는 다시없는 성군이 되실 것입니다. 조정 대신들의 기대가 큽니다, 부군 전하!"

대소가 왕의 시사를 대리하는 부군의 위位에 든 것을 일러 부른 말이었다.

"부군 전하? 어찌 아니랍니까, 부군 전하. 호호호……. 일이 이리도

술술 풀리는 것을, 그동안 어찌 그리도 노심초사하였는지. 과시 하늘이 우리에게 무심하지는 않은 것 같습니다."

"그렇습니다, 왕후마마. 폐하께서 저리 되시고 주몽 왕자가 전장에서 죽을 줄 누가 알았겠습니까? 필시 하느님이 우리 대소 왕자님을 돕고 있는 것이 분명합니다."

"호호호. 암요, 천하의 성군이 될 몸인데 어찌 하늘이 돕지 않겠습니까. 그나저나 주몽이 놈은 아직 별다른 소식이 없습니까?"

"예. 부상을 입고 떨어졌다는 정석산 계곡으로 군사를 보내 살펴보았지만 종적을 찾을 수 없었습니다. 필시 어느 계곡의 깊은 물속에 죽은 몸이 되어 가라앉았거나, 아니면 벌써 짐승의 먹이가 되었을 것입니다."

"호호호……. 천하가 반대하는 전쟁을 그리도 하자고 날뛰더니……. 제 놈이 제 꾀에 넘어가고, 제 손으로 무덤을 판 꼴이 아닙니까. 사필귀정이란 말이 달리 있겠습니까."

신이야 넋이야 주고받던 원후와 벌개가 말을 멈추었다. 원후의 시선이 아까부터 침울한 표정으로 앉아 있는 영포를 향했다.

"영포야. 이 기쁜 날, 너는 어찌하여 그리도 시무룩한 것이냐? 너는 네 형이 대리청정하게 된 것이 기쁘지 않으냐?"

"……그럴 리가 있겠습니까. 형님의 일이 곧 내 일인데……. 형님 감축 드리우."

하지만 말을 내놓는 품이 불퉁가지가 따로 없어 무언가 심사가 단단히 꼬인 듯해 보였다. 그런 영포의 표정을 살피던 대소가 다정한 소리로 말했다.

"영포야! 이 형이 감당하지 못할 큰일을 맡고 머리끝부터 발끝까지 걱정되고 염려되지 않는 것이 없구나. 네가 이 형 곁에서 도와주어야 내가 온전히 맡은 직분을 감당할 수 있을 것이 아니냐!"

고개를 외로 꼬고 입술을 내민 영포로부터는 아무런 응대가 없었다.

◆ ◆ ◆

외방에서 돌아온 상단이 마당 한편에 부려놓는 물화로 인해 졸본 상단 여각이 저잣거리처럼 부산했다. 대청마루에 올라앉아 사람과 물화의 드나듦을 지켜보는 연타발의 얼굴에 수심이 가득했다. 이따금 그의 무거운 눈길이 무언가에 이끌리듯 대문께를 향했다. 새벽같이 집을 나선 딸아이는 저녁이 가까워오도록 돌아오지 않고 있었다.

연타발이 물화의 출입을 점검하는 사용을 불러 물었다.

"소서노한테서는 아직 연락이 없느냐?"

"예, 군장 어른."

"으음⋯⋯. 날마다 낙백한 듯 일에 뜻을 잃고 밖으로 나돈 지가 벌써 여러 날이니⋯⋯. 이 일을 어찌하여야 좋단 말이냐, 사용아."

"아마도 답답한 심사를 다스리러 홀로 말을 타고 산야를 누비고 계실 듯합니다. 너무 심려 마십시오, 군장 어른."

"⋯⋯."

근심스러운 연타발의 눈길에 말고삐를 잡고 막 대문을 들어서는 소서노의 모습이 들었다. 연타발의 얼굴 위로 얼핏 안도의 빛이 떠올랐다 사라졌다.

말고삐를 겸인에게 넘긴 소서노가 대청께로 걸어와 고개를 숙였다.

검은 기마복이 온통 땀에 젖은 모습이며 아직도 다스리지 못한 거친 숨결이 사용의 말처럼 말을 타고 지칠 때까지 산야를 누비다 돌아온 것이 분명한 듯했다. 핏기를 잃은 창백하고 여윈 얼굴이 먼지 하나라도 어깨에 내려앉는다면 그대로 주저앉아버릴 것처럼 지쳐 보였다.

주몽의 실종 소식이 전해진 다음부터 날마다 대해온 딸의 안타까운 모습이었다. 딸과 나누고 싶은 말이 가슴을 가득 채울 만큼 많았지만 연타발은 애써 마음을 다독였다.

"피곤해 보이는구나. 그만 들어가 쉬도록 하여라."

"……."

읍을 하고 돌아서는 소서노의 뒷모습을 연타발의 안타까운 눈길이 뒤따랐다.

중문을 지나 처소가 있는 안채로 걸음을 옮기는 소서노에게 사용이 다가갔다.

"아가씨!"

"……."

"오이와 마리, 협보가 아까부터 아가씨를 기다리고 있습니다."

지치고 침울해 보이던 소서노의 얼굴에 오래 기다리던 기별을 비로소 받은 때의 반짝하는 생기가 돌았다.

"지금 어디에 있어?"

"행랑채에서 잠시 기다리라 일렀습니다. 곧 아가씨께 데려오겠습니다."

"아냐. 내가 그곳으로 가겠어."

소서노가 앞서 걸음을 옮겼다.

졸본 상단의 여각 행랑채에서 소서노와 마리 등이 마주 앉았다. 조금 전의 반가움과 조바심과는 달리 소서노는 얼굴 가득 두려운 빛을 띤 채 선뜻 물음을 내놓지 못했다. 앞에 앉은 사내들의 기색을 살피던 소서노의 얼굴빛이 점차 절망감으로 어두워졌다.

"아가씨……."

"……."

"송구합니다, 아가씨."

"말해. 아무 말이든……."

"주몽 왕자님께서 한군의 추격을 받아 추락하셨다는 계곡과 아래쪽의 하천과 강을 샅샅이 살폈지만 왕자님의 종적을 찾지 못하였습니다."

풀 죽은 목소리로 마리가 말했다. 숨을 참고 있던 소서노의 입에서 가느다란 한숨이 흘러나왔다.

"그리고 이것……."

협보가 손에 들고 있던 것을 앞으로 내밀었다. 손때가 묻어 반질한 윤이 나는 단궁檀弓이었다.

"이것은……?"

"주몽 왕자님께서 애지중지하시어 한시도 몸에서 멀리하지 않으셨던 활입니다. 왕자님이 추락하신 벼랑 아래에 떨어져 있었습니다."

금성산에서 해모수가 손수 박달나무를 잘라 만들어주었다는 그 단궁이었다. 주몽의 활을 바라보는 소서노의 눈에 와락 눈물이 차올랐다.

"……."

"아마도 왕자님께서는 추락 직후 놈들의 손에……."

협보가 울먹이는 소리로 중얼거리듯 말했다. 맥없이 고개를 숙이고 있던 오이가 벌떡 고개를 들더니 거칠게 소리쳤다.

"쓸데없는 소리 마! 주몽 왕자님은 돌아가시지 않았어. 반드시 살아 돌아오실 거야!"

"……."

잠시 후 가슴 가득 솟구치는 슬픔과 절망을 가까스로 다스린 소서노가 입을 열었다.

"수고들 하였다. 아랫것들에게 일러둘 터이니 편히 쉬도록 하여라!"

"아닙니다, 소서노 아가씨."

마리가 결기 어린 목소리로 말했다.

"저희들은 지금 곧 다시 정석산으로 가겠습니다. 가서 산이든 바다든 바닥까지 뒤져서라도 반드시 주몽 왕자님을 찾아 뫼시고 돌아오겠습니다. 꼭 그리하겠습니다, 아가씨."

"……."

주인이 바뀐 부여의 조정에 세찬 변화의 바람이 몰아닥치고 있었다. 여전히 의식을 찾지 못하고 있는 아버지 금와를 대신해 대소가 조정의 시사를 대리하면서부터 생긴 변화였다.

대리청정을 시작한 대소가 가장 먼저 손 댄 일은 금와대왕에게 충성을 바쳐온 원로대신들을 조정에서 몰아낸 일이었다. 오랫동안 부여 조정의 중추가 되어온 대신들이 가당치 않은 이유로 파직되거나 스스로 사직하여 향리로 돌아갔다. 그리하여 생긴 조정의 빈자리는 사출도에서 올라온 젊은이들로 채워졌다. 간혹 대소의 이러한 처사에 항의하거나 반기를 든 대신들은 난데없는 죄목으로 모진 혹형을 당하거나 심지어 목숨을 잃기도 했다.

때는 염천의 오뉴월. 온 부여 땅이 한여름의 폭염으로 단 숨을 내쉬고 있었으나 부여 궁궐에는 한겨울 삭풍과도 같은 매서운 찬바람이 불고 있었다. 이어 대소는 선대 이래 유지되어온 나라의 정강政綱을 대대적으로 손보기 시작했다. 그 대표적인 것이 한과의 화친 정책이었다. 중원에 있는 한의 왕에게 엄청난 물화를 조공으로 보내 한을 상국으로 받들겠다는 뜻을 스스로 고하였으며, 현토와 낙랑, 임둔과 진번군에도 사신을 보내 선린과 호혜를 약속했다. 머지않아 현토군 태수의 딸과 국혼國婚이 있을 것이라는 소문이 돌기 시작한 것도 이때부터였다.

대신들이 물러간 편전에 홀로 앉아 생각에 잠겨 있던 대소 앞에 벌컥 문이 열리며 누군가가 들어섰다. 성큼성큼 걸어와 선 자는 아우인 영포였다.

"네가 웬 일이냐?"

대소의 물음에 영포가 흥, 코웃음부터 쳤다.

"왜요, 형님! 저는 이제 이곳에 나타나면 안 되기라도 한답니까?"

얼굴 가득 술기가 불콰하고 말조차 어눌했다.

"많이 취한 듯하구나. 그만 돌아가 쉬도록 해라!"

"흥! 그렇지 않아도 매일 지겹게 쉬고 있으니 그런 걱정일랑 마십시오, 형님. 내 오늘은 형님에게 따질 일이 있어 이렇게 찾아왔습니다."

"말해보아라!"

"왜 저를 병관부령에서 내쫓으셨습니까? 그것은 아버님께서 저에게 내리신 직책입니다. 제가 대체 무슨 잘못을 하였다고 하루아침에 멀쩡한 관직을 빼앗았습니까?"

"……."

"만약 그 일이 저한테 맞지 않다고 판단하셨다면 마땅히 다른 직책을 주셨어야지, 나라 안의 그 많은 직임과 직무 중에 유독 저한테만 아무것도 맡기지 않는 까닭이 무엇입니까? 제가 형님이 불러 세운 그 시시한 놈들보다 못하다는 것입니까?"

"……."

"어디 말씀을 해보십시오, 형님!"

"영포야. 그 일은 나도 안타깝게 생각하고 있다. 하지만 지금은 아버님이 보위를 지키시지 못해 내가 국사를 주재해야 하는 형편이다. 지금은 그간 나라의 잘못되고 어긋난 것들을 바로잡고 펴는 일을 하고 있는 중이다. 지금은 나라의 기틀을 잡는 일이 무엇보다 화급하다. 너에게는 차후에 더 큰일을 맡길 것이니 기다리도록 해라."

"흥, 기다리라구요? 언제까지 말입니까? 말라 죽은 고사목에 꽃이 피고, 어제 태어난 손자 놈 턱에 수염이 날 때까지요?"

"네 이놈! 그만 닥치지 못하겠느냐?"

"좋습니다! 벼슬을 떼든 붙이든 형님 마음이니, 뜻대로 하십시오. 하지만 이제는 나도 더 이상 가만히 두고 보지는 않을 겁니다. 이 영포도 이제 더는 가만있지 않을 거라구요!"

"이놈의 자식이! 한 번 더 헛소리를 지껄이면 위사들을 불러 네놈을 하옥시킬 것이다. 당장 물러가거라!"

◆ ◆ ◆

부여궁으로 유화 부인을 찾아온 사람이 있었다. 여관 무덕의 성화에 끌려 잠시 자신의 처소로 돌아와 쉬고 있던 유화에게 소서노란 여인이 뵙기를 청한다는 전갈이 있었다. 졸본 출신의 대상인 연타발의 딸로, 언젠가 주몽이 이들 상단에 몸을 의탁했었다는 얘기를 들은 적이 있었다. 그런데 그 처녀가 무슨 일로 나를 만나려 한다는 말인가…….

무덕의 뒤를 따라 들어서는 여인을 본 유화가 마음속으로 나직이 감탄의 소리를 냈다. 언젠가 아들과 함께 소금산이 있는 고산국을 다녀온 후 궁궐에서 벌어진 연회에서 먼빛으로 본 적이 있는 여인이었다. 하지만 지금 가까이서 본 여인의 모습은 마치 달나라의 항아가 현신한 듯 참으로 고귀하고 아름다워 보였다.

"마마! 저는 졸본 상단 연타발 군장의 여식인 소서노입니다. 하늘같이 고귀하신 분을 뵙게 되어 기쁘고 영광스럽기 그지없습니다."

"어서 오세요. 그렇잖아도 아가씨를 한번 보고 싶어하던 참이었어요. 전날엔 아들이 아가씨 상단에 큰 은혜를 입었다고 들었어요. 늘 고마운 마음으로 만나게 되기를 기대하였어요."

"은혜라니, 당치 않은 말씀이십니다. 오히려 저희가 왕자님에게 큰 도움을 받았습니다."

연회의 그 화려하고 흥성했던 분위기 탓이었을까. 오늘 보는 소서노는 전날에 보던 것보다 한결 여위고 안색도 창백해 보였다.

"그래, 어인 연유로 나를 찾아오셨소?"

무덕이 내어온 따뜻한 차를 나눈 뒤 유화가 물었다. 소서노가 잠시 주위를 살피는 눈치를 보이더니 나직한 목소리로 말했다.

"마마께서는 전일 부여 왕실의 신녀이던 여미을님이 부여를 떠나신 일을 기억하고 계시리라 믿습니다."

"기억하고 있어요."

"부여에서 몸을 피한 여미을 신녀께서는 그간 저희 졸본 상단이 마련한 곳에 머무르고 계셨습니다. 그런데 어제 신녀께서 다시 부여로 돌아오셨습니다."

"오……."

"대왕 폐하께서 아직 의식을 회복하지 못하셨다는 소식을 듣고 여미을 신녀께서 손수 폐하를 치료하기 위해 오신 것입니다."

"그게 사실이에요?"

"그렇습니다, 마마. 여미을 신녀께선 그 일을 마마께서 주선해 주시기를 바라십니다."

"아가씨가 참으로 반가운 소식을 가져왔군요. 하지만 왕실의 형편이 좋지 않습니다. 지금 왕실에는 폐하의 쾌유를 바라지 않는 세력들이 있습니다. 그들은 곧 전날 여미을 신녀를 죽이려 했던 자들입니다. 만약 여미을 신녀가 저들 눈에 띄기라도 한다면 목숨이 위태로울 것이 분명합니다."

"……."

"하지만 폐하의 치료는 잠시도 지체할 수 없는 화급한 일입니다. 내 방법을 마련하여 오늘 밤 사람을 보낼 터이니, 신녀께선 준비하고 기다리시라 전하세요."

"알겠습니다, 마마."

밀랍처럼 창백하던 유화의 얼굴에 비로소 엷은 화색이 내비치기 시작했다. 부드러운 표정으로 소서노를 건너다보던 유화의 시선이 문득 찻잔을 든 그녀의 손으로 향했다. 유화의 눈길 속에 놀라는 빛이 뚜렷이 떠올랐다.

"아가씨, 그 가락지는……?"

유화의 시선이 향한 곳을 알아챈 소서노가 가만히 고개를 숙여 보이고 말했다.

"주몽 왕자님께서 부여를 떠나기 전, 소녀에게 주신 물건입니다. 왕자님의 어머님께서 가장 사랑하는 분으로부터 받은 귀한 물건이라 들었습니다."

"오······!"

"분에 넘치는 일이란 걸 모르지 않으나, 늘 감사하고 황송한 마음으로 간직하고 있습니다."

비로소 유화는 아들과 이 아름다운 처녀 사이에 무슨 일이 있었던지 한눈에 들여다본 듯 깨달은 느낌이었다. 그러자 잠시 잊고 있던 고통과 슬픔이 가슴속에서 되살아나 헉, 숨이 막히는 느낌이었다. 날마다 가슴을 물어뜯고 신경을 날카로운 칼로 저미는 듯한 그 지독한 고통과 슬픔이었다.

유화는 앞에 앉은 처녀의 눈 속에 안개 같은 슬픔이 차오르는 것을 보았다. 그 슬픔은 이내 눈물이 되어 처녀의 볼을 타고 흘러내렸다.

유화가 가만히 손을 내밀어 소서노의 손을 잡았다. 따뜻하고 작은 손이었다. 아들이 사랑한 손. 아들이 마주 잡았을 이 손······.

마침내 유화의 눈에서도 주체할 수 없는 눈물이 흘러내리기 시작했다.

"그랬군요. 내 아들이 이렇게 아름답고 지혜로운 처녀와 사랑을 나누고 있었다는 것을 나는 알지 못하였군요. 내 진작 그런 줄 알았더라면 아가씨를 불러 자주 이야기라도 나누었을 것을······. 아가씨 혼자 겪었을 그 슬픔과 외로움과 고통을 생각하니 내 가슴이 아프군요. 미안해요······."

"마마······."

"아가씨. 내 아들 주몽은 강한 아이입니다. 반드시 살아서 우리 곁으로 돌아올 거라고 나는 믿어요. 아가씨도 그때까지 슬픔을 참고 기다리세요. 이제부터는 나도 용기를 가지고 버텨낼 테니까요."

소서노의 울음소리가 더욱 높아갔다.

◆ ◆ ◆

유화 부인의 침전에서 물러난 소서노가 궁문을 향해 걸어가고 있을 때였다. 회랑 저편에서 한 무리의 사람들이 다가오고 있었다. 한결같이 화려한 복색들로 보아 왕실 귀인의 행차일 터였다.

무리의 앞에서 걸어오는 이는 대소였다. 소서노를 발견한 대소가 적이 놀란 표정을 지었다. 소서노가 길을 드티어 물러서며 인사를 올렸다.

"아가씨가 여긴 어인 일이오?"

임둔군과 진번군 원정 이후로는 얼굴을 대한 적이 없던 대소였다. 소서노가 공손히 읍을 하고 말했다.

"조정의 중한 직임을 받으셨다 들었습니다. 경하 드립니다."

대소가 주변을 물리친 다음 잠시 묵연한 태도로 소서노를 바라보았다. 이윽고 그가 다시 물었다.

"궁궐엔 어인 걸음이냐고 물었소."

"유화 부인께 문안을 드리고 나오는 길입니다."

대소의 얼굴에 냉소가 비쳤다.

"흥. 유화 부인에게 문안이라? 그러고 보니 문안이 아니라 조문을 온 모양이구려. 주몽이의 죽음은 나도 매우 애석해하고 있던 참이오."

"……."

"그래, 조문은 잘 하였소? 미리 연통을 하였더라면 나도 함께 갈 것을 그랬소."

"그럼 이만……."

소서노가 고개를 숙인 뒤 걸음을 옮겼다. 대소가 나직이 소리쳤다.

"멈추시오!"

대소가 천천히 다가와 소서노 앞에 우뚝 섰다. 차가운 빛이 뿜어져 나오는 듯한 눈길로 말없이 소서노를 노려보던 대소가 입을 열었다.

"내 말 잘 들으시오, 소서노 아가씨. 주몽 그놈은 죽었소. 그리고 이제 부여는 나 대소의 손 안에 들었소. 주몽도 이전의 주몽이 아니며, 나 또한 이전의 대소가 아니오. 아가씨가 나를 이전의 나로 대한다면 더 이상 용서치 않겠소."

"……."

"내 조만간 사람을 보내 연타발 군장과 그대를 궁으로 초대할 것이오. 그때 나에게 기쁜 소식을 전해주길 바라오."

"저의 마음은 이전이나 지금이나 달라진 것이 없습니다. 복숭아나무와 오얏나무는 꽃과 과일이 아름답고 향기로워서 가만히 있어도 저절로 그 나무 밑에 길이 생기는 법입니다. 왕자님께서도 스스로 덕을 높이 쌓으시면 자연히 어진 이들과 아름다운 여인들이 많이 따를 것입니다."

"닥쳐라!"

대소의 노한 음성이 주위를 울렸다.

"내 말 잘 듣고 명심하여라. 나는 반드시 너를 내 아내로 삼을 것이다. 반드시! 만약 끝내 너를 갖지 못한다면 난 너를 부숴버릴 것이다.

너뿐만 아니라 네 아비와 졸본 상단과 계루국까지 깡그리 부숴버리고
말 것이다. 내 말 명심하도록 하여라!”

대소가 돌아서 걸음을 옮겼다. 성큼성큼 걸어가는 대소의 뒷모습을
바라보는 소서노의 눈에 두려운 빛이 떠올라 있었다.

◆ ◆ ◆

소서노가 유화 부인을 방문하고 돌아간 날 밤이었다. 만물이 깊은
잠에 빠진 늦은 밤, 부여궁 유화 부인의 침전은 아직도 등빛이 밝았다.
여전히 자리옷으로 갈아입지 않은 평상복 차림의 유화가 방 한가운데
놓인 탁자 앞에 초조한 모습으로 앉아 무언가를 기다리고 있었다. 열
린 창밖으로 숯처럼 까만 어둠이 건너다보이고, 사방을 가득 채운 정
적 속으로 이름 모를 밤새의 울음소리가 끊어질 듯 들려왔다. 바람은
전혀 느껴지지 않았지만 이따금 한 차례씩 등불이 크게 흔들렸고, 그
럴 때마다 유화는 가슴이 철렁 내려앉을 만큼 놀란 심정이 되어 사방
을 두리번거렸다.

얼마나 시간이 흘렀을까.

이윽고 방문 쪽에서 나직한 발자국 소리가 들리더니 문이 열리고
무덕이 들어섰다. 유화가 먼저 몸을 일으켜 다가가며 물었다.

“그래, 어찌 되었느냐?”

대답 대신 무덕이 뒤를 돌아보았다. 방 안의 등빛이 미치지 못하는
방문 입구 쪽에 평민 복장을 한 여인이 서 있었다.

“여미을님!”

여미을이 걸음을 옮겨 불빛 아래 모습을 드러냈다. 그녀가 부여를

떠난 것이 언제였던가. 여미을은 여전히 그 서늘한 아름다움과 고결한 기품이 온몸 가득 느껴지는 모습이었다.

"그간 강녕하신지요, 부인."

"잘 오셨습니다. 참으로 감사합니다, 여미을 신녀님."

유화가 여미을을 방 안으로 이끌었다. 그러고는 무덕을 돌아보며 물었다.

"어려운 일은 없었느냐?"

해가 지고 어둠이 깊어지기를 기다려 무덕이 홀로 궁 밖의 연타발 상단 여각으로 가 여미을을 데려온 것이었다.

"예, 별다른 어려움은 없었습니다. 궁을 들고 나는 데는 마마께서 주신 패물이 큰 도움이 되었습니다."

"수고가 많았구나."

여미을이 먼저 대왕의 침전으로 안내해줄 것을 청했다. 무덕이 앞장서고 유화와 여미을이 따랐다.

금와는 여전히 깊은 잠의 늪에 빠져 있었다. 금와의 모습을 바라보는 여미을의 눈에 깊은 정한이 드러나 보였다. 여미을이 천천히 다가가 금와의 침상 곁에 앉았다. 그리고 손을 내밀어 금와의 맥을 짚어나가기 시작했다. 안색을 살피고 입 안을 살피고 체온을 가늠했다. 뜨거운 차 두어 잔을 마실 만한 시간이 지나자 여미을이 나직한 탄식을 흘리며 몸을 일으켰다.

"어떠세요? 폐하께서 쾌유하실 수 있을까요?"

"너무 중한 상처를 입으셨습니다. 이미 날붙이의 독이 뼈와 염통까지 침범한 상태입니다. 여태껏 살아 계신 것이 가히 기적입니다. 워낙 강한 체질과 뛰어난 정신력을 가진 분이신지라……."

"그러면 어찌합니까, 여미을님!"

여미을이 돌아서서 무덕이 대신 들고 온 보퉁이를 끌렀다. 보퉁이 안에서 나온 것은 크고 작은 여러 개의 침통과 마른 쑥과 약초, 그리고 용도를 짐작하기 어려운 몇 가지 기구들이었다.

여미을이 유화를 돌아보며 말했다.

"부인께선 그만 처소로 돌아가 쉬십시오. 기도와 치료는 적게 잡아도 이틀이상 걸릴 것입니다."

"저는 돌아가지 않겠습니다. 여미을님께선 절 의식하지 말고 치료에 임하세요."

"치료의 효과를 짐작할 수 없습니다. 폐하의 몸은 이미 돌아가신 것이나 진배없습니다. 다만 까닭은 알 수 없으나 무언가가 폐하의 영을 놓아주지 않고 있어 차마 이승을 떠나지 못하고 계십니다. 이런 형편이니 제 치료가 얼마나 효험이 있을지 짐작키 어렵습니다. 다만 인간의 노력을 다한 연후, 하늘의 뜻을 기다려볼 뿐입니다."

그로부터 온 밤이 지나고 새벽이 오도록 여미을은 금와의 침상에 매달려 치료에 몰두했다.

새로운 하루가 밝고 나절이 지났다. 여미을은 여전히 금와의 침상을 떠나지 않고 있었다. 그 곁에서 유화가 초조한 얼굴로 그들을 지켜보고 있었다.

나절가웃이 지나고 어느덧 저녁이 다가올 무렵, 무덕이 다급한 걸음으로 금와의 침전에 뛰어들었다.

"마마!"

누구든 방 안으로 들이지 말라는 여미을의 당부 때문이 아니더라도 유화의 얼굴이 절로 찌푸려졌다. 유화가 나직한 소리로 꾸짖었다.

"무슨 일인데 이리도 경망스러우냐?"

"큰일 났습니다, 마마! 대소 부군 전하께서 이곳으로 오고 계십니다!"

"대소가? 그게 정말이냐?"

미상불 큰일이 아닐 수 없었다. 유화가 신색이 바랜 얼굴로 침상을 돌아보았다. 여미을은 무덕의 말을 들었는지 못 들었는지 금와의 360개 기혈 하나하나를 손끝으로 짚어가며 막힌 기혈을 열기 위해 안간힘을 쓰고 있었다. 유화가 조용히 몸을 일으켜 밖으로 나섰다.

금와가 몇몇 대신과 내관을 대동하고 금와의 침전을 찾았다. 문 앞에서 유화가 굳은 얼굴로 그를 맞았다.

"국사에 바쁜 부군이 이곳엔 어인 일인가?"

"아버님을 뵈러 왔습니다."

"그럴 수 없네. 그만 돌아가게."

"그냥 돌아가라니, 그게 대체 무슨 말씀이십니까?"

유화의 눈길이 전에 없이 차갑고 모질었다. 대소가 적이 놀란 얼굴로 그런 유화를 보고 있었다.

"폐하께서 생사의 갈림길에 계실 동안 한 번도 아버님을 뵈러 오지 않더니 이제야 나타난 이유가 뭔가? 대체 무슨 낯으로 이곳에 나타났단 말인가?"

"말씀이 지나치십니다. 국사가 바빠 자주 찾아뵙지 못한 것은 송구한 일이나, 그렇다고 절 문전박대한단 말입니까?"

"아무튼 여러 말 할 것 없고 그만 돌아가게. 난 절대 허락할 수 없네."

"이보세요, 부인!"

대소의 목소리에 노기가 실려 있었다.

"내가 누군 줄 아시오? 부여 권력의 중심이며 죽은 자도 살릴 수 있는 힘을 가진 대소요. 감히 나와 맞서려는 것이오?"

"흥, 내 어찌 그대가 누군지 모르겠는가! 하지만 내가 사리에 어긋나지 않은 일을 하였다면 부군이 아니라 저승에서 온 사자라 한들 무엇이 두렵겠는가."

"으음……."

대소가 무어라 노성을 터뜨리려다 끙, 소리를 냈다. 할 수 없는 일이라는 듯 대소가 천천히 돌아섰다. 점점 멀어져가는 대소를 바라보며 유화가 나직이 한숨을 몰아쉬었다.

그때였다.

문득 걸음을 멈춘 대소가 고개를 돌려 이편을 바라보았다. 그 눈길 속에 짙은 의혹이 어려 있었다. 대소가 몸을 되돌려 금와의 침소를 향해 다시 걸어왔다. 대소가 성큼성큼 걸음을 옮기며 소리쳤다.

"누구든 앞을 가로막는 자는 국법으로 엄히 다스리겠노라!"

대소가 앞을 막아서는 유화를 물리치며 곧바로 금와의 침소로 걸어 들어갔다.

"아……."

유화의 얼굴이 공포로 하얗게 바래갔다.

방 안으로 들어선 대소가 목격한 것은 텅 빈 방 한가운데 놓인 침상에 누운 금와였다. 여전히 깊은 잠에 빠진 듯 평온한 모습이었다. 실망한 표정의 대소가 방 안을 휘둘러보았다. 하지만 별다른 이상은 발견되지 않았다. 다만 방 안에 떠 흐르는 낯선 향기가 맡아질 뿐이었다.

왕의 침전을 돌아 나오려던 대소가 문득 걸음을 멈추었다. 방 안을 가득 채우며 풍겨오던 그 청신하고 은은한 향기 속에 떠오르는 한 얼굴이 있었다. 서둘러 방을 나선 대소가 시립한 호위총관을 향해 다급한 소리로 명했다.

"즉시 주위를 샅샅이 살피거라. 수상한 자가 있으면 남녀를 불문하고 포박하여 나에게 끌고 오너라!"

"예, 부군 전하."

왕의 침전과 뜰, 후원까지 샅샅이 뒤졌지만 별다른 것은 발견되지 않았다.

주몽의 뒤를 이어 새로이 호위총관에 보임된 마가 출신의 원종阮琮이 고하는 말을 들으며 대소는 고개를 갸웃거렸다. 금와의 침전에 떠흐르던 낯선 향기는 분명 여미을의 것이었다. 어린 시절 신궁에 몰래 숨어들어 기도실과 신당을 호기심에 찬 눈길로 살피며 살금살금 걷다 보면, 문득 난데없는 불안감처럼 코끝에 와 닿곤 하던 그 향기였다.

여미을이 왕의 침전에?

그럴 수 있는 일이었다. 깊은 잠에 빠져 생사를 알 수 없는 금와를 치료하기 위해 찾아왔을 터였다. 비록 깊은 은원으로 얽힌 금와와 여미을의 관계지만 지금 금와는 생사를 알 수 없는 처지가 아닌가.

전날 유화 부인을 만나고 돌아가던 소서노와 조우했던 기억을 떠올렸다. 여미을과 유화와 소서노……. 여미을의 잠적과 왕의 침전에 떠돌던 향기에 대한 비밀의 내막이 어렴풋이 가닥이 잡혀왔다.

괘씸한 것들…….

대소가 역정을 내듯 버럭 소리를 질러 호위총관을 불렀다.

"전하, 호위총관입니다."

"여미을이 아직 부여 도성을 빠져나가지는 못하였을 것이다. 성문

을 지키는 위병들에게 엄히 일러 성을 나서는 자를 철저히 살피도록
해라. 그리고……."

"……."

"지금 곧 날랜 군사들을 따로 내어 졸본 상단의 여각을 밤과 낮을
가리지 말고 엄히 지켜라. 여각을 들고 나는 것들은 개미새끼 한 마리
라도 놓치지 말아야 한다. 필시 그 가운데 여미을이 있을 것이다."

"그리 행하겠습니다, 전하."

◆ ◆ ◆

하늘과 땅을 온통 불태울 듯 뜨겁게 달구던 태양의 열기가 조금씩
숙지기 시작하는 하오 무렵이었다. 부여 도성에 있는 졸본 상단 여각
의 대문이 조용히 열리더니 송아지가 끄는 수레 한 대가 밖으로 나섰
다. 화려한 지붕이 달린 가마방을 얹은 독차犢車였다. 염천의 날씨에도
사면을 여러 가지 치레거리를 단 화려한 차양으로 가로막아 가마의
주인을 알아볼 수 없었지만, 화려한 외양으로 보아 왕실의 지친에 버
금가는 귀인의 행차임이 분명해 보였다. 수레의 고삐를 잡은 노복 뒤
로는 건장한 사내들이 따르고, 그 뒤를 손에 보따리를 든 비녀 서넛이
따랐다.

여각을 나선 수레는 성문이 있는 남쪽을 향해 천천히 나아가기 시
작했다. 대갓집 귀인의 일상적인 바깥나들이 같아 보이는 한가로운
걸음이었지만 노복과 비녀들의 몸가짐에는 무언가 알 수 없는 긴장과
신중함이 엿보였다.

여각 앞의 대로를 벗어난 수레가 복잡한 저잣거리로 접어들었다.

저자 구경을 나온 호기심 많은 처녀같이 마냥 느린 걸음으로 저잣거리를 빠져나온 수레는 다시 미로처럼 복잡한 주택가로 방향을 바꾸었다.

다시 한참의 시간이 지난 뒤 수레가 인적이 드문 어느 조용한 주택가 골목에 이르렀을 때였다.

"꼼짝 마라!"

어디선가 우렁찬 호통 소리가 들리더니 사방에서 무장한 군사들이 쏟아 부은 자갈처럼 우르르 몰려나와 수레를 둘러쌌다.

"왜, 왜들 그러시오?"

노복들 중 나이가 들어 보이는 패랭이 차림의 사내가 질겁한 얼굴로 말했다. 창칼을 앞세운 흉흉한 모습으로 사방을 온통 에워싼 병사들 사이에서 장교복을 입은 장수가 나섰다. 궁성의 호위총관 원종이었다. 아침부터 몸을 숨긴 채 졸본 상단의 여각을 지켜보던 그가 마침내 대문을 나서는 수상한 수레를 발견하고 예까지 은밀히 뒤를 밟아 온 것이었다.

"손가락 하나라도 까딱하는 자들은 즉시 목을 벨 것이다, 이놈들!"

호기로운 호통으로 노복들의 움직임을 주질러 앉힌 원종이 패랭이를 쓴 사내에게 물었다.

"수레 안에 탄 자가 누구냐?"

"그, 그건 우, 우리 상단의……."

"하하하……. 가소로운 놈들. 네놈들이 이리 위장을 한다고 내 모를 줄 알았더냐? 여미을! 당장 수레에서 내려 밖으로 나오지 못할까!"

원종이 수레를 향해 소리쳤다. 순간 노복들의 얼굴에 긴장한 빛이 떠올랐다. 차양으로 가려진 가마 안에서는 아무런 응대도 없었다.

원종이 성큼성큼 큰 걸음으로 다가가 차양을 걷어 젖혔다.

"무슨 일이 이리도 소란하느냐!"

열린 가마 속에서 침착하고 조용한 소리가 흘러나왔다. 가마 안을 들여다보던 원종의 얼굴이 순간 흙빛으로 변했다.

"너, 너는……."

천천히 수레에서 내려서는 이는 한 손에 쥘부채를 든 백면서생 차림의 사용이었다.

"오호라. 궁성의 신임 호위총관이시구면. 그런데 어인 일로 길을 가로막고 이리도 소란인 게요?"

"여, 여미을은 어디 있느냐!"

"여미을이라 하였소? 하하하. 호위총관께서 오뉴월 더위를 자셨나, 어찌 이리도 하시는 말씀이 사리에 닿지 않는단 말이오. 장사치를 잡아놓고 신녀를 내놓으라니, 대체 이 무슨 경우인지 모르겠구려."

"이, 이런……."

어리둥절해하는 원종의 얼굴에 낭패한 기색이 역력했다. 그 순간 떠오르는 생각이 있는지 몸을 돌려 노복과 비녀들 쪽으로 시선을 던졌다.

아뿔싸.

원종의 얼굴이 분노로 왈칵 붉어졌다. 수레를 뒤따르던 비녀 가운데 하나가 보이지 않았다.

"이, 이런 죽일 놈들! 그 하녀 옷을 입은 계집은 어디로 갔느냐?"

사용이 느긋한 표정으로 응대했다.

"호위총관께서는 갈수록 요령부득의 말씀만 하십니다. 대체 여미을 신녀는 무어고 하녀 옷을 입은 계집이란 또 무엇입니까? 여기 있는 것이 우리 상단의 비녀가 아니면 대체 누구란 말입니까? 정 의심이 나시면 어디 한번 잡아서 데려와 보십시오."

"이, 이런 죽일 놈들. 여봐라! 지금 당장 성문으로 가서 쥐새끼 한 마리도 성을 빠져나가지 못하도록 방비하라 일러라!"

그렇게 소리치는 원종이었지만 이미 대가님 행차 뒤에 나팔 부는 격이란 생각이 가슴을 쳤다. 하녀 복색을 한 여미을이 저잣거리에서 몸을 빼 달아났다면 벌써 성문을 나서고도 남을 시간이었다. 수레가 저잣거리를 그리도 느리게 빠져나온 데는 달리 까닭이 있었던 것이다.

원종이 바드득 이를 가는 모습으로 잡아먹을 듯 사용을 노려보았다.

"죽일 놈들. 네놈들이 감히 나를 속이고 신녀를 빼돌려? 그러고도 무사할 줄 알았더냐?"

"하하하. 호위총관의 사정이 딱한 듯하나 내 갈 길이 바빠서 그 하소연을 한가롭게 마저 듣고 있을 수가 없구려. 다음에 기회가 닿는다면 한번 소상히 듣도록 하겠소. 그럼⋯⋯."

조용히 몸을 돌린 사용이 다시 수레에 몸을 실었다.

◆ ◆ ◆

금와왕의 유고로 슬픔에 빠져 있던 부여에 뜻밖의 길사吉事가 있었다. 왕의 장자인 왕자 대소가 혼례를 올린 일이었다. 누구도 예상치 못하였을 만큼 갑작스럽게 이루어진 혼사였다. 왕이 환후 중임을 들어 조정의 대신들이 혼사를 미룰 것을 간했지만 대소의 뜻이 금강석만큼

이나 단단했다.

비록 국왕이 와병 중이지만 장차 왕위를 이어받을 왕자의 국혼이
성대하고 호화롭지 않을 리 없었다. 화려한 혼례에 이은 성대한 잔치
가 열흘이나 이어졌다.

장차 부여국의 왕후가 될 왕자비는 현토군 태수 양정의 딸 양설란
이었다. 대소가 처음 자신의 혼례에 대해 말을 꺼냈을 때, 왕실과 조정
의 사람들은 그 상대가 양정의 딸이라는 사실에 하나같이 경악한 표
정을 지었다. 도성 내외의 뜻있는 이들로부터 현토 군수 딸과의 혼례
가 불가함을 주장하는 주청이 빗발처럼 날아들었다. 하지만 대소는
차가운 무관심과 거친 노여움으로 그들의 주청을 물리쳤다. 대소는
한의 거기장군 출신이자 현토군 태수인 양정과의 혼인이 장차 부여국
에 항구적인 평화를 가져올 초석이 되리라 주장하고 끝내 이를 관철
시켰다.

온 도성이 들썩거릴 만큼 흥성했던 대소 왕자의 혼례가 끝난 지 사
흘 후의 일이었다. 연타발 상단의 여각에 뜻밖의 손이 찾아왔다. 며칠
전 혼례를 올린 대소 왕자였다.

산전수전을 다 겪은 천하의 연타발이고 담대하기로 사내들도 따르
지 못한다는 소서노였지만, 예기치 못한 대소의 방문에 모두 당황해
하는 기색이었다. 연타발의 사랑에 마주 앉은 세 사람은 잠시 말없이
아랫것이 내어온 차를 들었다. 찻잔을 내려놓은 대소가 선선한 웃음
을 지으며 말했다.

"이 몸의 혼례에 참석하여 함께 기뻐하고 또 과한 폐물까지 내놓으
셔서 무어라 감사하여야 할지 모르겠소."

연타발을 대하는 대소의 말이 하대로 바뀌어 있었다. 하지만 연타

발은 개의치 않고 공손한 태도로 말했다.

"천만의 말씀입니다. 다시 한번 전하의 길례를 감축드립니다."

"고맙소. 내 오늘은 군장께 한 가지 청을 드리러 왔소."

"말씀해보시지요."

"군장의 여식 소서노를 아내로 맞고 싶소이다. 내 오늘은 군장께 나의 뜻을 분명히 전하고 확답을 받으려 하오."

연타발이 들고 있던 찻잔을 떨어뜨릴 만큼 놀란 얼굴로 대소를 바라보았다.

"이 아이를 아내로 맞고 싶다 하셨습니까?"

"그렇소."

"허나 부군 전하께서는 불과 며칠 전에 혼례를 올리신 몸이 아닙니까?"

대소가 재미난 농이라도 들은 양 껄껄 웃음을 터뜨렸다.

"하하하! 그것이 무슨 상관이란 말이오? 장차 부여의 군왕이 될 내가 계집 한둘쯤 더 거느린다고 누가 흉을 볼 것이오. 전날의 혼인은 우리 부여의 사세가 그러해서 불가피하게 한 일이니 군장은 괘념치 마시오. 내가 진작부터 소서노에게 마음을 두어온 것을 군장도 모르는 바 아니지 않소."

그려놓은 그림 같은 모습으로 두 사람의 대화를 듣고 있던 소서노가 대소를 올려다보며 말했다.

"그러니까 저를 왕자님의 꽃계집으로 삼으시겠다는 말씀입니까?"

"꽃계집? 하하하……. 말이야 꽃계집이든 측실이든 양재든, 무슨 상관이겠느냐? 나에게 여인은 소서노 너 하나밖에 없는 것을."

"그렇게는 할 수 없습니다!"

"무엇이? 그렇게는 할 수 없다?"

"저는 이미 마음을 허락한 정인이 있습니다."

소서노의 말에 연타발이 놀란 소리를 냈다.

"소서노야!"

대소가 얼음처럼 차갑게 굳은 얼굴로 소서노를 노려보았다. 분노를 참는 듯 사리문 입술 사이로 나지막한 신음이 흘러나왔다.

"마음을 준 정인이 주몽이더냐?"

"……."

"주몽은 죽었다. 이제는 세상에 없는 놈이다. 그런데도 아직 정인 타령을 하며 내 뜻을 거절하려는 게냐?"

"제 정인은 죽지 않았습니다. 가까운 곳에 살아 있습니다."

"하하하……. 아무튼 좋다. 그놈이 죽든 살았든, 나는 상관이 없다. 하지만 나는 반드시 너를 내 것으로 만들고 말 것이다. 보름 후에는 너의 대답을 듣고 싶다. 그때까지 대답이 없다면 졸본 상단에 주어진 모든 상권을 박탈하고 너희들을 부여에서 추방할 것이다."

"부군 전하……."

연타발이 경악한 얼굴로 말했다. 대소가 오만한 얼굴을 들어 연타발을 바라보며 말을 이었다. 말하는 순간 얼음이 되어 떨어질 것 같은 차가운 음성이었다.

"내 말을 잘 들으시오, 연타발 군장. 더 비극적이고 참혹한 일은 그 뒤에 일어날 것이오. 소서노가 끝내 내 말을 따르지 않는다면 나는 부여의 대군을 일으켜 계루국을 진멸시킬 것이오. 내가 군사를 발하는 날, 계루와 졸본 상단은 지상에서 영원히 사라지고 말 것이오!"

"……."

먹구름이 드리운 듯 어두운 빛을 띤 연타발의 얼굴이 천천히 먼 허공을 향했다. 얼굴을 뒤덮은 길고 풍성한 흰 수염이 가늘게 떨리고 있었다.

한백 고을의 여인

적요한 밤이 깊어갔다.

밤이 얼마나 깊었고, 새벽은 얼마나 가까웠을까. 옥사 흙벽 위에 손바닥만 하게 난 창 너머로는 온통 캄캄한 어둠만 건너다보일 뿐, 희미한 별빛 한 점 비쳐들지 않았다.

사방은 온통 가늠할 수 없는 깊이의 어둠만이 가득했다. 모든 살아 있는 생명을 차가운 침묵으로 잠재우는 이 어둠의 힘. 새벽은 결코 오지 않을 것이며, 아무도 이 어둠의 권세를 거스를 수 없으리라……

그 거역할 수 없는 권위의 어둠 속에 한 젊은이가 정좌한 채 불꽃같은 눈으로 밤의 한가운데를 응시하고 있었다. 젊은이의 몸은 질긴 삼끈으로 단단히 포박된 채였다.

초저녁까지만 해도 이따금 옥사 밖을 오가던 간수의 발자국 소리마저 사라진 지 오래였다. 어디선가 여린 풀벌레 소리와 희미한 개 짖는 소리가 정적의 일부분처럼 들려올 뿐이었다.

어둠과, 이 어둠 속의 옥사와, 어둠 속에서 희미하게 풍겨오는 건초 냄새와…… 그리고 그 가운데 무기력하게 앉아 있는 자신이라는 존재. 젊은이에게는 이 모든 것이 지극히 비현실적인 것으로 느껴졌다. 나는 대체 누구이며 이곳은 또한 어디인가.

모든 존재에는 그 존재의 머리 위에서 거역할 수 없는 강력한 힘으로 삶을 희롱하는 운명이 자리하고 있다. 오늘 자신을 이 어둠 속, 이 캄캄한 옥사로 던져 넣은 것도 그 운명의 힘일 터였다.

젊은이는 캄캄한 어둠 속에 온몸을 맡긴 채 자신을 이곳으로 데려온 운명의 힘에 대해 생각하기 시작했다.

◆ ◆ ◆

눈을 뜨자 온통 낯선 풍경이 시선 속으로 왈칵 달려들었다. 그는 간신히 고개만을 들어 사방을 둘러보았다. 방 안이었고, 그는 혼자 침상에 뉘어져 있었다. 화려하진 않으나 정갈한 방이었다. 머리맡에 놓인 작은 탁자와 그 위에 놓인 커다란 청동 거울과 각종 장신구와 화장구들로 보아 방의 주인은 여자인 듯했다. 몸을 일으키려 하자 격심한 가슴의 통증이 느껴졌다.

주몽은 비로소 자신의 몸을 살펴보았다. 얇은 비단 이불 아래에서 자신의 상체는 벌거벗겨진 상태였고, 부드러운 천이 가슴을 친친 동이고 있었다. 문득 사방에서 자신의 몸을 향해 날아들던 날카로운 칼날과 악귀처럼 뒤를 쫓던 한나라 병사들의 고함 소리가 악몽처럼 떠올랐다.

그때 희미한 발자국 소리가 들리더니 누군가가 방 안으로 들어섰다. 비단 화복 차림의 젊은 여인이었다.

"어머!"

자신을 바라보고 있는 주몽을 본 여인이 화들짝 놀라는 소리를 냈다. 여인의 손에는 청동 주전자와 죽그릇을 담은 소반이 들려 있었다.

"깨어나셨군요?"

얼굴 가득 환한 미소를 띠며 여인이 침상으로 다가왔다. 밝은 성품이 그대로 드러나 보이는 꾸밈없는 미소였다. 여인보다 먼저 다가와 코끝을 간질이는 향기를 주몽은 느꼈다. 순간 주몽의 마음을 묶고 있던 경계의 사슬이 툭 소리를 내며 풀어지는 느낌이었다. 아, 이 향기……

나는 얼마나 오래 잠들어 있었던 것일까. 바닥을 알 수 없는 깊은 잠 속에서 끊임없이 주몽의 생명을 노리며 달려들곤 하던 잔인하고 끔찍한 악몽들. 그 악몽으로부터 자신을 지켜준 것이 바로 이 향기였다고 주몽은 기억했다. 주몽은 눈앞의 여인이 가슴의 상처로 인해 죽음과 힘겨운 싸움을 벌이고 있을 때 자신을 간호하여준 사람이란 것을 알 수 있었다. 주몽이 더듬거리며 말했다.

"고맙습니다, 아가씨."

다시 여인이 꽃봉오리같이 밝고 환한 미소를 지었다.

"정말 다행이에요, 이렇게 깨어나셔서. 벌써 열흘이나 의식을 잃고 누워 계셨어요."

"어디인가요, 이곳은?"

"동가강 가에 있는 한백 고을입니다. 산책을 나갔다가 강가에 의식을 잃고 누워 계신 공자님을 발견하였습니다."

자신을 바라보는 여인의 눈길 속에 낯선 사내에 대한 궁금증과 호기심이 짙게 어리어 있는 것을 주몽은 보았다. 그때 문 밖으로부터 말소리가 들리더니 한 중년의 남자가 들어섰다.

"공자가 깨어났다는 것이 사실이냐?"

붉은 낯빛과 검은 수염이 중후한 위엄을 풍기는 중년이었다.

주몽이 가슴의 통증을 견디며 몸을 일으켰다. 중년이 손을 내밀어 만류했다.

"예는 천천히 차려도 되니 우선은 몸을 안돈하시오. 이 몸은 한백 고을의 군장인 예천涷泉이라고 하오. 이 아인 내 여식 소야少椰라 하오."

"이 몸을 살려주신 은혜, 무어라 감사드려야 할지 모르겠습니다. 저는 부여국의 왕자 주몽이라 합니다."

주몽의 말에 부녀가 한결같이 놀라는 소리를 냈다.

"오, 부여의 왕자시군요! 발견될 당시 갑주 차림이라 예사 분은 아니라 여겼습니다만. 그런데 어찌하여 이렇게 중한 상처를 입고……."

"저희 부여는 한의 임둔과 진번 두 군을 공략하기 위해 원정에 나섰습니다. 임둔을 함락하고 진번으로 향하던 중에……."

주몽은 자신이 한나라 군사의 함정에 빠져 생명을 잃을 뻔한 일을 자세히 얘기했다. 예소야가 연신 안타까움을 참는 소리를 냈다. 예천 또한 주몽의 얘기에 깊은 관심을 보였다.

"가히 하늘의 신령께서 왕자님의 목숨을 돌보셨군요. 정석산 계곡의 낭떠러지에서 추락한 몸이 이곳까지 떠내려 오다니……."

"두 분 은인의 도움이 없었더라면 불가능한 일이었습니다."

"허허, 그 치하는 이 아이가 받아야 할 것이오. 밤낮을 잊고 왕자님을 구완한 것은 이 아이였으니 말이오."

예천의 말에 여인의 얼굴이 붉게 달아올랐다.

"……군장님!"

어두워진 낯빛의 주몽이 예천을 불렀다.

"말씀하시오."

"부여군은 어찌되었는지 혹 소식을 들으셨는지요? 진번군을 함락시키고 승전하였는지요?"

"자세한 건 나도 모르오. 하지만 진번군을 공략하던 중 부여국 왕이 부상을 당해 퇴각하고 말았다는 소문은 들은 적이 있소이다."

"오……."

주몽이 크게 낙심한 듯 나직이 신음을 흘렸다.

"폐하의 부상이 어느 정도라 하였습니까?"

"거기까진 모르겠소. 왕자께선 너무 염려 마시고 몸을 추스르시오. 내 사람을 놓아 부여국의 형편을 살펴보겠소."

당장 부여로 길을 나서려는 주몽을 예천이 가까스로 만류했다. 우선 먼 길을 나설 만한 몸을 만들어야 하니, 그때까지만 한백 고을에 머물라고 일렀다.

주몽의 상처는 빠르게 회복되어갔다. 예소야의 정성을 다한 구완의 힘이 컸다. 하지만 원정의 실패가 준 마음의 상처는 몸의 상처보다 훨씬 깊고 중한 듯했다. 주몽은 때 없이 우울한 낯빛이 되어 먼 눈길로 부여가 있는 북녘 하늘을 더듬곤 했다.

주몽과 예소야는 이따금 함께 고을길을 산책했다. 땅이 그리 드넓지는 않았지만 한백 고을은 경개가 뛰어나고 물산이 풍부한 곳이었다. 군장인 예천의 수완이 뛰어나 넓지 않은 경지와 적은 인구에도 상당한 재부를 구가하고 있었다.

한백 고을의 재부의 원천은 임산물이었다. 이곳에서 생산되는 각종 목재와 열매, 수피는 인근 나라들에 소문이 자자할 정도로 품질이 좋았다. 특히 경계 안의 험준한 산에서 생산되는 갖가지 약초와 약재들은 그 약성이 뛰어나 멀리 서역으로부터 상인이 찾아올 정도였다.

"부여는 어떤 곳인가요? 전 아직 한 번도 이곳을 벗어나본 적이 없어요. 그래서 궁금해요. 세상이 얼마나 넓은지, 사람들은 어떻게 살아가고 있는지……."

"부여는 이곳보다 훨씬 북쪽에 있는 나라지요. 해서 수목도 꽃나무보다는 아름드리 침엽수가 더 많구요. 여름은 짧고 겨울은 길지요. 겨울이면 눈이 많이 와서 봄이 올 때까지는 온통 눈세상이 된답니다. 12월이 되면 온 나라 사람들이 참가하는 영고라는 축제를 벌여요. 이때는 날마다 큰 잔치가 벌어지고 갖가지 경기가 펼쳐지지요."

"가보고 싶어요, 왕자님의 나라에. 틀림없이 매우 아름다운 나라일 거예요. 사람들도 친절할 거구요."

예소야가 아름다운 눈망울에 호기심을 가득 담은 채 주몽을 바라보았다. 참으로 순결하고 아름다운 여인의 눈이었다. 주몽은 공연히 마음이 따뜻해지는 느낌이 들며, 그녀를 위해 무언가 자신의 귀한 것을 베풀고 싶은 충동에 사로잡혔다.

"이 몸이 부여로 돌아가면 아가씨를 초청하겠어요."

"어머, 그게 정말이에요? 꼭 그렇게 하셔야 해요. 약속해요."

예소야가 어린아이같이 기뻐하며 환한 웃음을 터뜨렸다.

그때였다. 군장의 관아가 저만치 건너다보이는 길 위에 한 떼의 무리가 다가오고 있었다. 이윽고 무리를 이끌던 젊은이가 말을 몰아 두 사람 앞으로 다가왔다. 진작부터 두 사람을 지켜보고 있었던 듯, 서두르는 빛이 없는 느린 걸음이었다.

"예소야!"

"어머, 오라버니? 이제 오시는 길이에요?"

마상에서 주몽을 차가운 눈길로 살피는 사내의 태도가 자못 오만해 보였다. 고을에서 생산된 물화를 싣고 동이 땅 곳곳을 다니며 장사를 하고 돌아오는 한백 고을의 행수 설탁薛鐸이 바로 그였다. 한때 예천과 함께 고을을 나누어 통치하던 옛 벗의 아들이었다.

"이자는 누구냐?"

경계심이 묻어나는 목소리로 설탁이 물었다. 예소야의 대답에 설탁의 표정 위로 짙은 경계심이 어렸다. 드물게 준수한 얼굴이었으나 어딘지 탐욕과 교만의 느낌이 묻어났다.

"부여국의 왕자가 어인 일로 우리 고을에 왔단 말이냐?"

"먼 길에 피곤하실 텐데, 어서 들어가 아버님을 뵈세요. 이야긴 나중에 천천히 하구요."

예소야가 말했다. 한 차례 날카로운 눈길로 주몽의 위아래를 일별한 설탁이 말머리를 돌렸다.

그날 저녁, 예천의 호통이 넓은 한백 고을의 관아를 찌렁찌렁 울렸다.

"네, 이놈! 현토성과의 거래는 결코 아니 된다고 그리 일렀건만, 어찌하여 그들에게 물건을 넘겼단 말이냐?"

"현토성도 우리에게는 하나의 상객常客일 뿐입니다. 이문을 구하는 장사꾼이 고객을 가린다는 말은 들어본 적이 없습니다."

불만스러운 목소리는 설탁의 것이었다. 다시 예천의 노성이 이어졌다.

"닥치지 못하겠느냐, 이놈! 그렇더라도 현토는 안 된다. 전날 양정이 우리 고을에 저지른 참혹한 짓을 잊었단 말이냐? 현토는 우리의 고객이 아니라 원수다. 그것을 잊었다면 네놈은 우리 고을의 행수가 될 자격이 없다! 이제부터 너는 더 이상 우리 고을의 행수가 아니다!"

끓는 물처럼 펄펄 화가 난 예천이 설탁을 질타했다. 지난날 양정이 현토군의 태수로 부임하기 전 한의 거기장군일 때, 철기병을 거느리고 동이 땅에서 행한 횡포에 고을이 쑥대밭이 되는 참화를 겪었다. 그일로 양정에게 원한을 갖게 된 예천이 현토성과 물화를 거래하고 돌아온 설탁을 매섭게 꾸짖는 것이었다.

그날 밤이었다.

만물이 잠에 든 깊은 밤, 설탁이 예소야의 방을 찾았다. 막 잠자리에 들려던 예소야가 마지못해 설탁을 들였다.

"어인 일이세요, 이 늦은 시각에?"

"예소야!"

열에 들뜬 듯한 목소리로 설탁이 예소야를 불렀다. 불쾌한 얼굴과 어눌한 말투가 적잖이 술에 취한 듯 보였다.

"취하신 모양이군요, 오라버니. 오늘은 그만 돌아가 쉬세요. 얘기는 날이 밝은 다음에 하구요."

"난 이 손바닥만 한 한백 고을이 싫어. 과거에 집착해 세상이 바뀌고 있는 것도 알지 못하는 어리석은 군장도 싫고. 난 진작부터 더 넓은 세상으로 나가 내 꿈을 펼쳐보고 싶었어. 하지만 내가 왜 지금껏 여길 떠나지 못하는 줄 알아?"

"……"

"예소야, 너 때문이야! 널 사랑하기 때문에, 너와 함께 있고 싶기 때문에, 널 갖고 싶기 때문이야!"

"오라버니……."

"군장 어른은 더 이상 날 신뢰하지 않아. 나에겐 너밖에 없어. 나와 혼인해줘, 예소야!"

설탁이 열정에 겨운 듯 비틀비틀 다가와 예소야의 몸을 안으려 했다. 예소야가 재빨리 몸을 피하며 소리쳤다.

"정신 차려요, 오라버니! 착각을 하고 있군요. 난 한 번도 오라버니를 남자로 생각해본 적이 없어요. 아버지의 신뢰는 시간이 지나면 되찾을 수 있을 거예요. 아버지의 노여움이 가실 때까지 자중하고 계세요."

"흥, 과연 그럴까? 하지만 이제 더 이상 군장 어른께 비굴하게 자비를 구하지 않겠어. 예소야 너도 날 원하잖아. 날 사랑한다고 말해줘. 널 행복하게 해줄 거야, 예소야……."

설탁이 다시 팔을 뻗어 예소야를 안았다. 순간 날카로운 소리와 함께 설탁이 뺨을 감싸 쥐고 물러났다. 예소야가 설탁의 뺨을 후려친 것이었다.

"착각하지 마세요. 난 오라버니의 여자가 될 마음이 추호도 없어요. 또다시 이 같은 무례를 범한다면 용서하지 않겠어요!"

서릿발같이 차가운 얼굴로 예소야가 설탁을 쏘아보고 있었다. 잠시 멍한 표정을 짓던 설탁이 피식 차가운 웃음을 지었다.

"이것이었어? 그동안 내가 너희 부녀를 위해 죽을 고생을 다하며 충성한 대가가 고작 이것이었어?"

"……."

"두고 봐. 반드시 이 수모를 갚고야 말 테니. 잘 있어."

설탁이 천천히 돌아서 방을 걸어 나갔다. 들어올 때와는 달리 조금도 취기가 느껴지지 않는 또박또박한 걸음이었다. 그 순간 무언지 알 수 없는 공포감이 온몸을 휩싸는 느낌에 예소야는 흠칫 몸을 떨었다.

◆ ◆ ◆

그로부터 사흘 후의 일이었다. 그날은 예천과 예소야, 주몽이 함께 가까운 산으로 사냥을 나갔다. 주몽이 그간의 보살핌에 감사하며 부여로 돌아가겠다고 하자 예천이 마지막으로 마련한 자리였다. 부여까지 먼 길을 갈 만한 체력이 돌아왔는지 가늠해보는 의미도 있는 사냥이었다.

몰이꾼을 앞세워 사냥을 시작한 지 얼마 되지 않아 예천과 예소야는 주몽의 놀라운 활솜씨에 벌린 입을 다물지 못했다. 주몽이 말을 몰아 비탈과 언덕을 거침없이 휘달리며 시위를 당기자, 쫓기던 짐승들이 어김없이 화살을 몸에 꽂고 쓰러졌다. 신묘한 활솜씨를 가졌다는 전설 속 예*의 현신을 보는 듯했다. 백면서생같이 유약해 보이던 그가 어떻게 이토록 놀라운 활솜씨를 익혔는지 놀라울 뿐이었다. 그의 이름을 주몽이라 한 까닭을 비로소 알 것 같았다.

"왕자님은 타고난 신궁이시오! 내 일찍이 세상의 기인재사들을 여럿 보았으나 왕자님만 한 분은 난생처음이오, 허허허……."

예천이 진심에서 우러난 찬사를 보냈다.

숲이 점점 깊어지고 있었다. 세 사람이 잠시 짐승을 뒤쫓기를 멈춘 뒤 담소를 나누며 박달나무 숲속을 천천히 걸어가고 있을 때였다. 문

---

* 예 : 중국 하 왕조 요 임금 때 활로 아홉 개의 해를 쏘아 떨어뜨렸다는 인물.

득 앞쪽 숲속에서 한 필의 인마가 모습을 드러냈다. 설탁이었다.

"네가 이곳엔 어인 일이냐?"

예천이 목소리에 책망하는 빛을 담아 말했다. 설탁이 빙긋 야비한 미소를 입술에 매달며 말했다.

"허면, 사냥은 되다 만 계집 같은 저자만 할 수 있는 것이오?"

"네 이놈! 무슨 무례한 망발이냐? 이분은 부여국의 왕자님이시다."

"흥! 제 놈이 왕자든 공주든 난 상관없소. 내 오늘 군장님께 한 가지 셈을 가릴 일이 있어 이렇게 왔소."

"이놈이 어디서 감히 방자스러운 입을 놀리느냐? 썩 물러가지 못할까!"

"지금껏 나는 몸이 부서지도록 군장께 충성을 다해왔소. 하지만 그간 내가 받은 것은 기껏 푼전 몇 푼일 뿐이오. 이제 당신에게 버림받은 이상 이대로 물러설 수는 없는 일이오. 나에게 그간의 묵은 고임雇賃을 내놓으시오!"

"이놈이 어디서 이런 억지를……. 그래, 원하는 것이 무엇이냐?"

"한백 고을의 군장 자리를 나에게 넘기시오!"

"이, 이런 괘씸한 놈. 아비 없는 너를 내 그동안 자식같이 귀히 돌보았건만……."

예천이 분노를 참기 어려운 듯 부들부들 두 주먹을 떨었다.

"썩 물러나지 못할까, 이놈! 두 번 다시 내 앞에 나타나지 마라. 이놈!"

설탁이 홍, 싸늘한 냉소를 날린 뒤 허공을 향해 손을 휘저었다.

진작부터 사방의 아름드리나무 둥치 속에 몸을 숨기고 있던 무장 장정들이 설탁의 손짓과 함께 우르르 쏟아져 나와 예천 일행을 에워

쌌다. 한결같이 흉흉한 살기를 드러낸 채 여차하면 예천을 도륙해버리릴 기세였다.

"이런 몹쓸 놈! 감히 고을 밖에서 부랑배들을 끌어들여 날 죽이려 하다니……."

"하하하! 사세가 이러한데 날 원망한들 어쩌겠소. 이만 먼저 저승에 가서 기다리도록 하시오."

다시 설탁이 손짓을 하자 앞에 버티고 서 있던 배자 차림의 사내가 쇠뭉치를 쳐들며 예천을 향해 달려들었다. 그 순간이었다.

휙!

허공을 가르는 바람 소리가 들리더니 배자 사내가 가슴을 부여안고 바닥에 뒹굴었다. 주몽이 날린 화살이 사내의 가슴을 꿰뚫었던 것이다.

"저놈이! 뭣들 하느냐! 저놈들을 모두 쳐죽여라!"

설탁이 고함을 질렀다. 그와 함께 사내들이 일제히 흉맹한 무기를 앞세우고 세 사람을 향해 달려들었다.

무기를 갖추지 않고 사냥에 나선 것은 크나큰 불찰이었다. 손에 든 목궁木弓과 몇 대 남은 화살로 흉맹한 적을 대적하기란 난망한 일이었다. 더구나 예소야와 예천을 두고 달아날 수도 없는 일이었다. 주몽이 목궁을 휘둘러 날아드는 칼끝을 빗긴 채 난감한 기분을 다스리던 순간이었다.

"으악!"

굵직한 비명과 함께 예천이 피를 쏟으며 말 위에서 굴러 떨어졌다.

"아버지!"

예소야가 하얗게 질린 얼굴로 비명을 올렸다. 바로 그때였다. 주몽의 말이 갑자기 허공을 날듯 뛰어오르며 안장 위의 주몽을 태질했다. 등 뒤에서 다가든 사내가 창으로 말의 잔등을 후린 것이었다.

바닥에 굴러 떨어진 주몽의 몸뚱어리 위로 막 창칼이 쏟아지려는 찰나였다.

"멈춰라!"

설탁이 사내들을 제지한 뒤 천천히 다가왔다.

"제 놈이 정말 부여의 왕자라면 달리 소용이 있을 것이다. 잠시 살려두도록 해라."

예소야가 말에서 뛰어내리더니 가슴 가득 피를 뿜으며 숨져가는 예천을 부둥켜안고 울음을 쏟았다. 차가운 웃음을 띤 얼굴로 잠시 그 광경을 지켜보던 설탁이 사내들에게 명했다.

"두 연놈을 포박해라! 이제 그만 돌아가자!"

◆ ◆ ◆

그로부터 얼마나 시간이 흐른 것일까. 예소야의 소식은 들을 길이 없었다. 설탁의 포악한 성정을 생각하자 또다시 불안감이 밀물처럼 주몽의 가슴속에 차올랐다.

자신의 처지 또한 염려스럽긴 마찬가지였다. 전날 옥사를 찾아온 설탁이 말했다.

— 네놈을 죽이는 대신 현토성으로 보낼 거다. 한의 군현과 전쟁을 벌인 부여의 왕자라면 양정이 틀림없이 큰 관심을 가질 테니까.

— 그렇잖아도 이 몸이 한백 고을의 군장 자리에 오른 후 현토성으로 가져갈 폐물이 필요했던 참인데 잘 된 일이 아니냐. 하하하…….

설탁에 대한 분노가 뜨거운 열기처럼 가슴속에서 치솟았으나 어쩔 수 없는 일이었다. 자신은 천리 먼 이역땅에서 혼자였고 또 이렇게 온몸이 꽁꽁 포박당한 처지였다…….

아비와 아들의 전쟁

적요한 가운데 밤이 깊어갔다. 부여궁 대왕의 침소에서 유화는 세상을 온통 사로잡고 있는 완강한 정적 속에 고요히 앉아 깊어가는 밤을 지키고 있었다. 바람이 느껴지지 않는데도 이따금 방 안을 밝힌 촛불이 후두둑 소스라치게 놀라며 몸을 떨었다. 그럴 때면 방 안의 정갈하던 사물이 일제히 흔들리고, 그런 다음이면 방 안을 짓누르는 정적이 더욱 농밀해졌다. 걱정스러운 낯빛으로 이따금 침소를 들여다보곤 하던 무덕의 발걸음 소리도 더 이상 들리지 않았다.

금와는 여전히 깊은 잠에서 깨어나지 못하고 있었다. 여미을의 치료에 기대를 걸었지만, 그조차도 결국은 별무소용이었다. 잠 속의 금와가 하루하루 쇠약해지고, 하루하루 죽음의 곁으로 걸어가고 있다는 생각에 유화는 가슴이 타들어가는 듯했다.

어느 때 유화가 문득 고개를 들었다. 천지에 살아 있는 생명이란 없는 듯 깊은 적요 속에서 무언가가 귓전을 두드렸다. 유화가 문 쪽으로 고개를 돌렸다. 무덕인가 하였으나 문 쪽은 텅 비어 있었다. 고개를 돌리는 유화의 귓전을 다시 무언가가 툭 두드렸다. 좀더 뚜렷하고 낯익은 음향이었다.

"부인……."

유화가 놀라 침상으로 시선을 던졌다. 언제나 반듯하게 뉘어져 있던 금와의 고개가 유화를 향해 뚜렷이 기울어 있었다. 그리고 금와의 열린 시선이 유화를 바라보고 있었다.

유화가 유령에 홀린 듯 가만히 자리에서 일어나 침상으로 다가갔다.

"폐하……."

유화의 소리에 금와가 가만히 고개를 움직였다. 온몸을 허물어뜨릴 듯한 충격이 유화의 온몸을 덮쳐왔다. 유화가 두 손으로 침상의 난간을 부여잡으며 간신히 몸을 지탱했다.

"폐하, 깨어나셨군요……!"

"부인이었구려. 내가 꿈을 꾸고 있는 것이 아닌가 생각하였소."

"오……."

유화의 두 눈에서 주체할 수 없는 눈물이 흘러내렸다. 금와가 여윈 손을 내밀어 유화의 손을 잡았다.

"고맙소, 부인. 죽음의 나락으로 떨어지려 할 때마다 부인의 목소리가 날 구해주었소. 난 그것을 생생히 기억하고 있소."

"폐하……."

"이곳은 나의 침소구려. 전쟁은 어찌되었소? 나의 군사들은?"

진번군 공략은 실패했지만 부여의 군사들은 무사히 귀환했다고 유화가 전했다. 금와의 표정 위로 낙망의 빛이 어렸다 사라졌다.

"지금은 밤이구려. 날이 밝는 대로 내가 죽지 않았음을 알리시오. 그리고 부득불 대사자와 흑치 대장군을 불러주시오."

"안 됩니다, 폐하!"

"무슨 말씀이시오, 안 된다니?"

"지금 폐하의 건재하심을 알린다면 폐하의 목숨이 위태로울 수도 있습니다. 저들이 폐하를 모살하려 들지도 모릅니다."

"저들이라니? 누가 감히 나를 죽이려 한단 말이오?"

유화는 금와가 잠에서 깨어나지 못하던 동안 부여 도성에서 일어난 변화에 대해 고했다. 시사를 대리하고 있는 대소의 전횡과 사출도 세력의 득세에 대해서. 금와의 충성스러운 신하들은 가을바람에 쏠리는 낙엽처럼 사라졌으며, 대소에게 권세를 구걸하는 비루하고 간사한 모리배들만 조당祖堂을 가득 채우고 있었다.

"폐하께서 의식을 찾더라도 더 이상 왕권을 행사하실 수 없도록 하기 위해 대소 왕자가 그리 일을 꾸몄습니다."

"으음……."

금와의 여위고 핏기 없는 얼굴이 더욱 창백해졌다. 분노와 충격을 다스리기 어려운 듯 한동안 눈을 감은 채 허공을 우러렀다. 잠시 후 금와가 말했다.

"주몽은 어찌되었소? 주몽을 불러주시오!"

"폐하……."

"어찌 그러시오? 주몽에게 무슨 일이라도 있었소?"

유화가 고하는 말에 금와는 충격을 이기지 못하고 온몸을 떨었다.

"오, 어찌 그런 일이! 그 불쌍한 아이가……. 용서하시오, 부인. 이 모두가 나의 불찰이오."

"……."

"부인, 어찌 홀로 이 큰 슬픔을 견디었소."

"어서 기력을 회복하시어 옥체를 강건히 하십시오. 하지만 지금 당장은 폐하의 건재하심을 백성들에게 알릴 방법을 찾기가 어려운 형편입니다. 그러니 잠시 때를 기다리며 왕권을 회복할 길을 도모하시는 것이 좋을 듯합니다. 더구나 폐하께선 아직 운신을 하실 만한 용태가 아닙니다."

"내 부인의 말에 따르리다. 흑치 대장군은 어찌되었소?"

"대장군의 직임을 놓고 나라의 서쪽 경계를 방비하는 북군대장군이 되어 도성을 떠나 있습니다."

"대소, 이놈……. 은밀하게 사람을 놓아 흑치 대장군에게 짐의 건재를 알리고 입궐하라 전해주시오."

◆ ◆ ◆

부여 도성을 무겁게 뒤덮고 있는 공포와 불안과 절망 속에서도 평온무사한 날들이 이어졌다. 대왕은 여전히 의식불명 상태에 빠져 있었고 대소의 전횡도 여전했지만, 조정과 백성들은 새로운 하늘을 향해 몸을 숙인 채 조용히 하루하루를 지내고 있었다. 서쪽 국경을 방수하는 북군대장군 흑치가 노모의 병환으로 잠시 도성에 들렀다 돌아갔다.

노모가 있는 도성의 본가에 들른 그날, 밤이 깊은 시각에 흑치가 조용히 자신의 집을 빠져나왔다. 그리고 옛 부하의 도움을 받아 궁성 안으로 들어갔다.

"폐하!"

흑치가 믿기지 않는 듯한 눈길로 한동안 침상 위의 금와를 바라보았다. 그러다 털썩 무릎을 꿇으며 바닥에 눈물을 뿌렸다.

"……신 흑치입니다, 폐하! 이렇게 다시 폐하를 알현하게 되니 실로 꿈인지 생시인지 알지 못하겠습니다."

"잘 와주었소, 대장군."

금와가 감개 어린 눈길로 흑치를 바라보았다.

"대장군. 짐은 지금껏 대장군의 충심을 한 번도 의심한 적이 없소."

"폐하! 신 흑치, 분골쇄신이 되더라도 폐하와 부여를 향한 충심을 버리지 않을 것입니다."

"짐이 국사를 돌보지 못하는 동안 대소 왕자와 사출도 세력이 왕실과 조정의 권력을 장악하였다 들었소."

"그렇습니다, 폐하."

"짐이 이제 병마를 물리치고 일어났으니 그간 잘못되어온 모든 것을 제자리로 돌려놓을 작정이오."

흑치가 놀란 눈길을 들어 금와를 올려다보았다. 비록 여위고 병색이 짙은 얼굴이지만 단단한 결의와 의욕이 굳게 다문 입술과 형형한 눈빛에 뚜렷이 드러나 보였다.

"하오면……?"

"대장군이 동원할 수 있는 군사가 얼마나 되오?"

"지금은 궁정 사자 벌개가 병관부를 아우르고 있어 도성의 군사는 온전히 대소 왕자의 손안에 있습니다. 소신이 부릴 수 있는 군사는 북군 소속의 2천여 명이 전부입니다. 하지만 폐하께서 광정匡正의 기치

를 높이 세우고 나라 안의 간신배들을 주멸하라는 영을 발하시면 도
성 장수들 가운데서도 내응하는 자가 적지 않을 것입니다."

"임지에서 군사를 몰아 도성으로 오는 데 얼마나 걸리겠소?"

"미리 출진을 준비하여 둔다면 이틀이면 가능할 것입니다."

"알겠소. 대장군은 임지로 돌아가 군사들이 언제라도 출진할 수 있
도록 채비하고 짐의 영을 기다리시오."

"폐하의 말씀대로 거행하겠습니다."

◆ ◆ ◆

대신들이 물러간 대전에 대소가 홀로 앉아 생각에 잠겨 있었다. 텅
빈 대전 마루가 한없이 드넓고 공허하게 느껴졌다. 대소는 지금 자신
의 마음이 이 텅 빈 공간처럼 공허하다고 생각했다.

요즈음 들어 대소는 때때로 극심한 우울과 공허감과 외로움을 경험
했다. 이해할 수 없는 일이었다. 아버지 금와를 대신해 처음 조정의 일
을 시작하던 때의 불안감과 두려움은 사라졌다. 자신의 대리청정에
불만을 나타내던 무리, 금와왕이 깨어나기를 기다리던 무리들은 모두
한 줄에 묶어 궐 밖으로 내쫓았다. 조정은 자신의 뜻에 의해 재편되었
고, 백성들도 자신의 치세를 묵묵히 받아들이고 있었다. 모든 것이 순
조로웠고 문제될 일이란 없었다. 두려워하고 염려할 일도 없었다.

그런데 때때로 폭풍처럼 몰려와 마음을 꼼짝 못하게 사로잡는 이
공허감과 우울과 외로움은 무슨 까닭이란 말인가. 부여 왕실 왕자의
신분으로 있던 때에는 한 번도 느껴보지 못한 감정이었다. 태자의 자
리에 오르기 위해 분투하고 무섭게 분노하며 증오하던 때에도 결코

느껴보지 못한 감정이었다.

대소는 여전히 의식을 회복하지 못하고 있는 아버지 금와를 생각했다. 당대의 재사를 압도할 만한 뛰어난 능력과 성군으로서의 덕을 갖춘 드문 군왕이 바로 자신의 아버지 금와였다. 그러나 평생 해모수의 망령에서 벗어나지 못한 아버지, 유화 부인에 대한 사랑의 굴레에서 벗어나지 못한 아버지, 그리하여 어머니와 자신과 영포에게 씻을 수 없는 고통과 슬픔을 안겨준 아버지였다. 그 아버지가 이제 이승과 저승의 경계에서 죽음과 힘겨운 싸움을 벌이고 있었다.

슬프거나 안타깝거나 애처로운 것은 아니었다. 다만 쓸쓸하고 공허하고 우울할 뿐이었다. 아버지가 걸어간 군왕의 길이 또한 자신이 걸어가야 할 길임을 모르지 않았다. 드넓고 화려하고 막힘이 없는 듯 보이나 기실은 좁고 위태롭고 어두운 그 길.

지금은 비록 무자비한 공포 정치로 인해 자신의 명에 순종하고 머리를 숙이고는 있지만, 조정의 늙은 여우들이 언제 반기를 들어 자신의 살을 물어뜯고 자신의 뼈를 발라 통째로 잡아먹으려 들지 알 수 없는 노릇이었다.

대소는 자신이 지금 호랑이의 등 위에 올라탔다는 사실을 알고 있었다. 무서운 속도로 질주하는 사나운 호랑이. 하지만 이제 그 등에서 내린다면 호랑이에게 잡아먹힐 일밖에 남아 있지 않으리라. 호랑이가 달려가는 곳이 어디든, 내려야 할 곳이 어디든, 끝까지 가보는 수밖에 없는 것이다…….

망연히 허공을 향해 있던 시선을 거두며 대소가 나직이 입을 열었다.

"나로, 거기 있느냐?"

"예, 폐하!"

조용한 대답과 함께 어둑한 대전 기둥 뒤에서 한 사내가 소리 없는 걸음으로 다가와 부복했다. 바람보다 가볍고 그림자보다 조용한 사내.

"무슨 일이냐? 고할 일이 있으면 아뢰거라."

"대왕 폐하께서 깨어나셨습니다."

대소가 앉아 있던 자리에서 벌떡 몸을 일으켰다.

"무엇이라 하였느냐? 다시 한번 말해보거라!"

"대왕 폐하께서 깨어나셨습니다."

나로가 앵무새처럼 똑같은 말을 되뇌었다.

"폐하께서 의식을 되찾으셨다는 말이냐?"

"그렇습니다."

"……."

대소가 천천히 자리에 몸을 앉혔다. 이 사나이에게는 오류가 없다. 두 번이나 같은 질문을 던진 것은 이 사나이를 모욕하는 일이다.

"언제냐?"

"적어도 사흘 전입니다."

"사흘 전? 그럴 리가 없다. 어제 폐하의 침소에서 폐하를 뵈었다. 그 때는 분명히 의식을 회복하지 못하셨다."

대소는 다시 자신이 그를 모욕하고 있음을 깨달았다.

"사흘 전 흑치 대장군에게 사람을 보냈고, 오늘 그가 입궐하여 폐하를 뵈었습니다."

"흑치가? 그렇다면?"

순간 오싹한 공포가 온몸을 강하게 휘어잡았다.

"그렇다면 군사를 동원하려 하는 것이냐?"

"……."

아버지가 깨어났다. 그리고 군사를 동원해 나를 죽이려 한다……. 두려움이 서서히 사라지면서 강렬한 투쟁심이 대소의 내부에서 솟구쳐 올랐다. 재미있는 일이다. 아비와 자식의 전쟁이라. 하지만 상대가 그 누구든 대소는 결코 지고 싶지 않았다.

"너는 침전의 동태를 더욱 면밀히 살피거라. 별다른 움직임이 있으면 밤과 낮을 불문하고 즉시 내게 고하여라."

"예, 전하."

잠시 어두운 얼굴로 텅 빈 허공을 응시하던 대소가 밖을 향해 버럭 소리쳤다.

"내관은 들어라. 지금 당장 대사자 부득불에게 입궐하라 전하여라!"

놀라기는 부득불도 마찬가지였다. 하지만 필요한 것은 놀라는 일이 아니라 사태의 대비였다. 한동안 생각에 잠겨 있던 부득불이 말했다.

"전쟁도 불사한다는 생각으로 단호히 대처하셔야 합니다. 힘에는 힘으로 대처하심이 옳습니다. 단숨에 상대의 불순한 기도를 꺾어야 장차의 큰 근심을 제거할 수 있습니다. 종기는 뿌리를 뽑아야 낫습니다."

"그렇다면 저들이 군사를 움직이기 전에 먼저 치는 것이 옳지 않겠소?"

"그러실 필요는 없습니다. 저들이 군사를 움직여 도성으로 올 때까지 기다렸다 대처함이 옳습니다. 방비를 소홀히 하지 않는다면 저들의 기도는 결코 성공하지 못할 것입니다."

"……."

"흑치 대장군이 동원할 수 있는 군사는 북군 2천 명이 고작입니다. 이는 도성 수비군과 병관부령 솔하의 군사로도 제압할 수 있지만, 혹 도성 내부와 호응할 수 있기 때문에 안심할 수 없습니다. 사출도의 제가에게 군사를 청하십시오. 전하의 힘과 권위를 분명히 보이실 필요가 있습니다."

◆ ◆ ◆

이튿날 조회가 끝난 정오 무렵, 대소가 금와의 침전을 찾았다. 왕자비와 태의太醫를 대동한 일상적인 문안이었다. 하지만 이를 맞는 침전의 긴장은 어느 때보다 뚜렷해 보였다.

왕의 침소 안으로 들어선 대소가 유화 부인을 향해 치사했다.

"주야로 노고가 많으시다 들었습니다. 폐하의 용태는 어떠하십니까?"

"여전하시다네."

대소가 침상으로 다가섰다. 눈같이 흰 비단 침요와 이불 속에서 금와는 잠들어 있었다. 오래도록 말없이 금와를 내려다보던 대소가 유화를 향해 돌아섰다.

"폐하께서 나날이 수척해지시는 것 같아 마음이 아픕니다. 하지만 반드시 쾌차하시리라 믿습니다."

"……"

"자주 문안드리지 못해 송구합니다."

"국사에 바쁜 몸이니 여의하겠는가. 너무 괘념치 말게."

대소가 저만치에 시립해 있는 태의를 향해 엄하게 소리쳤다.

"태의는 대체 무엇 하는 자이기에 폐하께서 이리도 차도가 없으시단 말이냐! 당장 말먹이꾼으로 내쫓아야 정신을 차릴 것인가?"

"소, 송구합니다, 전하!"

태의가 파랗게 질린 얼굴이 되어 고개를 조아렸다.

"폐하의 쾌유는 우리 온 부여의 커다란 소망이다! 앞으로 더욱 열과 성을 다해 폐하의 쾌유에 힘써라. 알겠느냐?"

"예, 전하……."

대소가 침전을 물러나 태자전으로 돌아가자 아침 일찍 사출도로 보낸 전령의 소식이 당도해 있었다. 대사자가 이를 받아 고했다.

"마가의 원달고 군장으로부터 답신이 당도하였습니다."

대사자가 내미는 비단 두루마리 봉서를 펼쳐본 대소가 얼굴 가득 웃음을 띠었다.

"군장께서 친히 군사 5천을 이끌고 도성으로 오겠다고 합니다."

"……."

잠시 후 우가와 저가, 구가로부터도 전령이 속속 당도했다. 그들 또한 군사를 몰아 도성으로 향할 것이라는 소식이었다.

"이제는 염려하실 일이 없습니다, 전하. 제가의 군사가 당도한 연후면 하늘의 군사가 몰려온다 하여도 어찌지 못할 것입니다."

잠시 안도의 한숨을 몰아쉬기도 전이었다. 진작부터 흑치의 예하에 심어놓은 첩후諜候로부터 흑치가 이미 휘하의 전군을 몰고 도성을 향해 발진하였다는 소식이 전해졌다.

"드디어 폐하께서 행동에 나서셨군요."

"하지만 저들이 도성에 먼저 당도하면 낭패가 아닙니까?"

예상보다 빠른 흑치의 움직임에 대소가 당황한 표정이었다. 부득불

또한 불안감을 감추지 못하는 얼굴이었다.

"아무래도 사람을 보내 제가들에게 출진을 서두르라고 일러야겠습니다. 자칫 부여 도성에 피바람이 몰아칠 수도 있습니다. 무슨 일이 있어도 그런 사태는 막아야 합니다."

대소의 얼굴에 어린 어둠이 더욱 짙어졌다.

◆ ◆ ◆

흑치 대장군이 이끄는 북군 군사들이 부여 도성에 당도한 것은 그로부터 사흘 후의 저녁 무렵이었다. 서북 국경은 먼 곳이었다. 또한 대군의 움직임이 도성에 알려질까 염려하여 걸음을 서둘지 못한 탓에 도성에 당도한 것은 예상보다 하루 밤낮을 넘긴 시각이었다. 도성 앞 언덕의 솔숲에 군사를 숨긴 흑치는 밤이 오기를 기다렸다. 해시亥時에 성 안 망루의 큰북이 울고 성문이 닫힌 뒤, 도성 안에 있던 옛 부하 장수가 은밀히 도성 문을 열어 내응하기로 약속이 되어 있었다.

더디게 저녁이 오고, 이윽고 사방으로 어둠이 내려앉기 시작했다. 수많은 전장을 누빈 역전의 노장이건만 시간이 흐를수록 불안과 두려움이 흑치의 가슴속을 두텁게 내리누르기 시작했다. 이윽고 어두운 밤하늘 위로 망루의 큰북이 우는 소리가 들렸다. 흑치가 휘하 제장들에게 진군 명령을 내렸다.

"진군하라!"

어둠을 밟으며 조용히 나아간 군사들이 이윽고 성문 앞에 이르렀다. 창칼의 손잡이를 단단히 거머쥔 군사들이 숨을 죽인 채 문이 열리기를 기다렸다.

무언가 잘못되었다는 생각이 든 것은 그때였다. 큰북이 울린 지 한참이 지나도록 성문은 열리지 않았다. 흑치가 초조한 마음을 억누르며 어두운 하늘을 올려다보고 있을 때였다. 멀리 성루 위에서 문득 호탕한 웃음소리가 들려왔다.

"하하하……."

흑치가 놀라 성루 위를 바라보았다. 희뿌연 하늘을 배경으로 다수의 인영이 모습을 드러냈다. 웃음을 터뜨린 것은 병관부령 벌개였다.

"하하하! 흑치 대장군, 반갑소이다! 그런데 어인 일로 그렇게 겁 많은 쥐새끼처럼 어둠 속에 웅크리고 앉아 있소이까?"

벌개의 옆으로 대소 왕자와 부득불의 모습이 보였다. 그들 곁에 늘어선 사내들을 발견한 흑치가 나직이 신음을 흘렸다.

"으음……."

대소의 좌우에 늘어선 갑주 차림의 장수들은 마가의 군장 원달고를 비롯한 제가 군장들이었다. 그렇다면 이미 성 안에 사출도의 군사들이 군집해 있음을 뜻하는 것이 아닌가. 저들이 어찌하여……. 어디서부터 일이 잘못되었단 말인가.

대소가 앞으로 나서 성문 앞의 흑치를 향해 말했다.

"대장군께서는 어인 일로 군사를 이끌고 온 것이오? 그 까닭을 말해 보시오!"

흑치는 자신들의 계획이 수포로 돌아갔다는 것을 분명히 깨달았다. 하지만 불의한 무리 가운데 무기력하게 홀로 남겨진 금와왕을 두고 물러갈 수도 없는 일이었다.

"나는 국왕 폐하의 성지聖旨를 받들어 나라를 어지럽히는 불의한 무리들을 없이하러 왔소. 그대들이 폐하의 뜻을 거스르는 반역의 무리가 아니면 어서 성문을 여시오!"

"하하하! 반역의 무리란 폐하가 계신 도성을 넘보는 그대가 아닌가. 아직 의식을 찾지 못하신 폐하께서 그런 영을 내리셨을 리가 없다. 반역을 저지르는 적도가 되어 폐하의 의로운 군대에게 진멸당하고 싶지 않으면 썩 군사를 데리고 물러가라!"

흑치는 자신이 참으로 딱한 처지에 놓였음을 알았다. 나아갈 수도, 그렇다고 물러날 수도 없는 일이었다. 마음 같아서는 당장 성문을 깨뜨리고 성을 들이쳐 왕을 핍박하고 국정을 농단하는 무리들을 깡그리 없애고 싶었다. 하지만 성을 공격할 무기조차 준비하지 못한 자신이었다.

흑치는 군사들을 물러 다시 솔숲에 진지를 벌였다. 그리고 공성攻城할 준비를 시작했다.

대소와 흑치, 성 안과 성 밖의 대치는 밤이 지나고 날이 새고 다시 하루가 지나도록 계속되었다. 온 도성이 이미 전쟁이 일어나기라도 한 듯 불안에 떨었고, 일의 연유를 따지는 백성들의 수군거림이 늘어갔다.

대소가 마주 앉은 부득불을 향해 무거운 한숨을 내쉬었다.

"아무래도 흑치를 쳐야 할 것 같소. 대치가 길어질수록 도성 안의 소문과 민심이 나빠지고 있어요."

"이미 사세의 향방이 뚜렷해진 이상 전쟁은 의미가 없습니다. 저들을 회유하여 스스로 물러나게 할 수 있는 방안을 찾아보겠습니다. 같은 군사들끼리 전쟁을 치르게 해서는 안 됩니다."

소식을 들은 금와의 표정이 침통하기 이를 데 없었다. 흑치의 군사를 이용해 대소와 그를 에우고 도는 세력을 무력화시키려던 자신의 계획은 실패한 것이 분명했다.

"도성 안에 사출도의 군사들이 그득합니다. 지난밤 군사를 이끌고 온 흑치 대장군은 성 안으로 들어오지 못한 채 지금 도성 밖에 진을 벌이고 있다고 합니다."

"대소 왕자가 흑치 대장군의 투항을 권유하고 있지만 대장군은 요지부동입니다."

"흑치 대장군이 준비를 마치는 대로 곧 공성을 시작할 것이라고 합니다."

내관이 시시각각 가져오는 소식은 한결같이 우울하고 절망적인 것이었다. 어찌하여 일이 이 지경에 이르렀단 말인가. 자신의 계획을 대소가 어찌 알고 사출도의 군사를 끌어들여 방비한 것일까. 아아, 장차 부여의 앞날은 어찌될 것인가.

밖을 지키고 선 내관의 다급한 말소리가 들리는가 싶더니 휘장이 젖혀지며 대소가 침소 안으로 들어섰다. 예기치 않은 대소의 출현에 어지간한 유화조차 나직이 비명을 올렸다.

방 안으로 들어선 대소가 침상을 향해 읍을 올렸다.

"폐하!"

대소의 태도를 지켜보며 금와는 아들이 이미 진작부터 자신의 일거수일투족을 지켜보고 있었음을 깨달았다. 그랬구나. 그리하여 일이 이렇게 되기에 이르렀구나. 금와는 비로소 아들의 교활함에 두려움을 느꼈다.

읍을 올리고 난 대소가 말없이 금와를 바라보았다. 금와가 아들을 향해 먼저 입을 열었다.

"일의 진행은 나도 들어 알고 있다. 날 찾아온 용건을 말해보아라!"

금와의 말에 대소가 망설임 없는 투로 말했다.

"지금 도성 밖에 흑치 대장군의 군사가 진을 벌이고 있습니다. 폐하께서 저들에게 물러가라고 영을 내려주십시오."

"으음……."

"폐하께서도 전쟁을 원하시지는 않으리라 생각합니다. 저들은 폐하의 영이 아니면 결코 움직이지 않을 것입니다."

잠시 무거운 얼굴로 생각에 잠겨 있던 금와가 고개를 들어 말했다.

"알겠다."

참으로 오랜만에 이루어진 대왕의 궐 안 걸음이었다. 유화와 내관의 부축을 받으며 성루에 오른 금와가 도성을 향해 진을 벌인 흑치의 군사들을 바라보았다.

소식을 들은 대장군 흑치와 휘하 장수들이 말을 몰아 성문 앞으로 다가왔다.

"폐하, 소신 흑치입니다! 잠시만 수치와 어려움을 견디시기 바랍니다. 소신 흑치, 반드시 성 안의 불의한 무리들을 무찔러 폐하를 적의 수중에서 구하겠습니다!"

가슴 가득 몰려드는 슬픔과 참담함을 다스리며 금와가 입을 열었다.

"대장군 흑치는 들으라……!"

"……."

"대장군 흑치는 군사를 거두어 임지로 돌아가라. 그것이 짐에게 충성을 다하는 길이니 지금 곧 짐의 영을 거행하라!"

"폐하! 불의한 적들을 눈앞에 두고 어찌 물러가라 하십니까!"

"짐의 영을 거역하는 무리가 곧 불의함이라. 흑치 대장군은 이를 깨닫고 어서 짐의 영에 따르라!"

"폐하!"

말에서 내린 흑치가 땅에 엎드려 절을 올렸다.

"폐하! 신 흑치, 폐하의 영을 받들겠습니다. 하지만 신은 남은 목숨을 버려서라도 폐하께 충성을 바치겠으며, 폐하를 강박하는 악한 무리들을 용서치 않을 것입니다. 부디 강녕하십시오, 폐하!"

마침내 흑치가 군사를 거두어 서북변 임지로 돌아갔다. 말머리를 돌려 떠나가는 군사들을 바라보며 성루에서 와 하는 환성이 일었다.

이튿날, 대왕의 신체가 미령靡寧하여 왕자 대소에게 대리청정을 윤허한다는 금와의 교지가 내려졌다. 조정에서는 흑치의 모반을 평정한 논공행상이 이루어져 사출도 제가들에게 자손대대에 이르는 공신의 작위를 내리고 그 자제들을 조정의 중직에 앉혔다. 금와왕이 출입을 제한당하는 연금에 든 것은 그때부터의 일이었다.

엇갈린 인연

저문 저잣거리에 초라한 행색의 세 나그네가 지친 걸음을 옮기고 있었다. 젊고 건장한 체격의 사내들이었으나 이미 많은 고을과 산야를 거쳐온 길인 듯 긴 여로의 피로가 지친 양어깨 위에 무겁게 내려앉아 있었다. 사내들은 파장에 가까운 저잣거리를 느릿한 걸음으로 걸어갔다. 주섬주섬 전을 걷고 있던 주인 사내들이 세 나그네를 발견하고 마지막 희망을 담아 손짓하기 시작했다.

하지만 사내들은 길가에 즐비한 전과 그 안의 물건들에는 반푼의 관심도 없는 듯 눈길 한번 주지 않았다. 대신 저잣거리를 오가는 사람들이 주고받는 얘기에 관심을 갖고 귀를 들이미는 모습이었다. 사내들은 드팀전 한편에 서너 명의 중늙은이들이 모여 앉아 있는 것을 보고 슬금슬금 다가갔으나 그들이 농사 얘기에 목청을 돋우는 것을 알고는 실망한 표정으로 돌아섰다.

세 나그네는 오이와 마리와 협보였다. 주몽이 떨어진 정석산의 계곡에서부터 모든 계곡과 산과 강과 인근의 고을까지 훑으며 주몽의 흔적을 찾고 있었다. 그런 지가 벌써 보름이 넘었지만 어디에도 주몽의 흔적은 발견되지 않았다. 부여를 떠날 때 안고 왔던 기대와 희망은 하루하루가 지날수록 무거운 절망이 되어 가슴을 내리눌렀다. 정말이지 주몽 왕자님은 죽어버린 것일까······.

세 사람은 허리 굽은 노파가 좌판을 벌이고 있는 국밥집의 천막 아래로 들어갔다. 그리고 국밥을 청해 한 그릇씩을 게 눈 감추듯 해치웠다. 요기를 한 오이와 마리가 막막한 눈길로 저물어오는 하늘을 건너다보고 있을 때였다.

괴춤을 부여잡고 뒷간을 찾아갔던 협보가 무언가에 당황한 얼굴을 하고 주막 안으로 들어서더니 목소리를 낮춰 말했다.

"어서 일어나!"

"왜 그래? 속이 안 좋아?"

"잔소리 말고 썩 일어나 자식아!"

오이와 마리의 뒷덜미를 끌다시피 해서 밖으로 나온 협보가 두 친구를 인적이 없는 골목으로 밀어넣었다. 그러고는 한 차례 주변을 살핀 뒤 나직하게 말했다.

"왕자님이 살아 계셔!"

"온, 이 자식이 뭘 잘못 먹었나. 배 아프다고 똥간 갔다 온 놈이 갑자기 뭔 소리여?"

"주몽 왕자님이 살아 계시단 말야!"

"그게 정말이야?"

"응. 뒷간을 찾다가 잡화전 앞에서 장돌뱅이들이 하는 얘길 들었어.

그자들이 왕자님 얘기를 하고 있었어."

"자세히 얘기해봐."

후, 길게 한 번 숨을 들이마셨다 내쉰 협보가 말을 이었다.

"인근 고을을 돌아다니며 잡화를 파는 장돌뱅이들인데, 여기서 백여 리 상거한 한백 고을이란 곳에서 큰 변란이 일어나 군장이 죽고 그 밑에 행수를 보던 자가 새 군장이 되었다는구먼."

"그런데?"

"그런데 고을에 손으로 와 있던 귀인이 옥에 갇혀 있대. 그 귀인이 부여국 왕자래."

"무엇이? 그게 사실이야?"

오이와 마리가 동시에 소리를 질렀다. 다시 한번 주변을 살핀 협보가 목소리를 죽여 말했다.

"조용히 해, 이 자식들아. 내가 돈까지 쥐어줘가며 확인하고 확인했어. 그자들이 제 눈으로 직접 본 것은 아니지만 한백 고을에서는 이미 소문이 파다하대."

"한백 고을이 어디야?"

마리들이 밤을 돌워 걸은 끝에 한백 고을에 당도한 것은 이튿날 동이 틀 무렵이었다. 날이 새기를 기다려 저잣거리를 돌며 확인한 결과 장돌뱅이들의 말이 터무니없는 흰소리가 아님은 분명했다. 부여국 왕자라는 자가 새 군장 설탁의 미움을 사 관사 옥에 갇혀 있다고 했다.

주몽의 생존 사실을 확인한 기쁨도 잠시, 마리들은 막막한 절망감에 빠져들었다. 모반에 대한 백성들의 반발을 염려한 탓인 듯 겹겹으로 위병을 세운 관사는 대왕이 사는 궁궐보다 그 경비가 삼엄했다. 의심 많고 포악하기로 소문난 설탁인지라 방비를 선 위병들의 태도 또

한 살벌하기 그지없었다. 며칠을 관사 주위를 돌며 기웃거렸지만 종
내 옥사에 갇힌 주몽을 구할 방도를 찾을 수가 없었다. 그러다 닷새째
되는 날, 설탁이 주몽 왕자를 현토성으로 데려가 양정에게 바칠 계획
이란 말을 들었다.

주몽을 현토성으로 압송하는 날이 밝았다. 화려한 비단 화복으로
한 나라 군장의 위엄을 한껏 뽐낸 설탁이 무장한 군사들의 호위 속에
관사를 나섰다. 그 뒤로 갖가지 진귀한 물화를 담은 부담바리들이 따
르고, 행렬의 맨 뒤 말이 끄는 수레 위 나무로 짠 형옥틀 안에 봉두난
발의 주몽이 앉아 있었다.

성읍을 벗어난 무리가 현토성이 있는 서쪽을 바라고 걸음을 옮겼
다. 불덩이 같은 유월의 태양이 머리 위에 떠 이글거리고 있었다.

고개 하나를 넘은 무리가 중화를 먹기 위해 갖가지 야생화가 꽃밭
을 이룬 구릉에서 걸음을 멈추었다. 군사들이 나무그늘을 골라 앉으
며 나절 걸음에 팍팍해진 다리를 쉬고 있을 때였다. 초라한 입성의 늙
은이 하나가 힘겨운 걸음으로 나무그늘 속의 설탁에게 다가오더니 넙
죽 절을 올렸다.

"한백 고을의 새 군장님!"

"……."

"군장님 은혜에 감사드립니다. 늙은이가 이 은혜를 어떻게 갚아야
할지 몰라 이렇게 군장님을 찾아뵈었습니다."

"노인은 대체 뉘시오? 또 은혜라니, 그건 무슨 말이오?"

"이 늙은이는 오래전 인근 교하 고을에서 장사치로 살던 사람인데,
전날 한백 고을의 군장인 예천이란 놈에게 속아 집과 땅을 다 뺏기고
이렇게 산에 들어와 화전을 하며 모진 목숨을 부지하고 있습니다. 그

런데 듣자니 한백 고을에 새 영웅이 나타나서 예천이 놈의 목숨을 빼앗고 새 군장이 되셨다는 소리를 들었습니다. 날마다 불구대천의 원수가 이 몸보다 먼저 죽기를 소원하였는데, 군장님께서 이 몸의 소원을 이루어주셨습니다. 감사합니다, 군장님.”

노인이 다시 자리에서 일어나 큰절을 올렸다. 봉두난발에 얼굴에는 검은 숯칠을 하여 지저분하기 짝이 없어 보이는 늙은이였다.

“허, 참……. 뭐 그랬다니 다행이구려.”

노인이 주섬주섬 품속에서 검은 나무 상자 하나를 꺼내 설탁의 앞으로 내밀었다.

“이것이 무엇이오?”

“원수 예천이 놈을 제 손으로 죽이겠다고 간직해온, 저희 집안의 오랜 가보인 황금으로 만든 보검입니다. 이제 예천이 놈이 죽었으니, 이걸 군장님께 바치겠습니다.”

황금으로 만든 보검이란 소리에 슬몃 회가 동한 설탁이 삐죽이 고개를 내밀었다. 그때였다. 나무 상자 속에서 손을 빼낸 늙은이가 팔을 뻗어 설탁의 목을 휘감았다. 무슨 일인가 사정을 깨닫기도 전에 설탁의 코앞에 시퍼런 비수가 다가와 있었다.

“이, 이놈이…….”

감발을 고쳐 매며 한가롭게 앉아 있던 군사와 노복들이 놀라 일제히 자리에서 몸을 일으켰다.

“모두 꼼짝 마라!”

늙은이가 주위를 돌아보며 소리쳤다. 놀랍도록 건장한 힘이 실린 우렁찬 목소리였다. 사방을 둘러보는 눈길 또한 늙은이의 그것이라곤 할 수 없는 형형한 것이었다.

"한 걸음이라도 움직이는 놈이 있다면 너희 군장 놈의 목을 잘라 목 없는 귀신으로 만들어버릴 것이다!"

놀라운 완력으로 설탁을 제압한 노인이 칼끝을 설탁의 목에 들이밀었다. 어지간한 설탁도 이미 얼굴이 하얗게 핏기를 잃고 있었다.

그럴 즈음이었다. 위쪽의 바위 뒤에서 건장한 두 사내가 말고삐를 잡고 걸어 나오더니 노인의 양쪽에 벌여 섰다. 오이와 협보였다.

설탁의 덜미를 틀어쥔 마리가 소리쳤다.

"당장 왕자님을 풀어주라고 해라! 어서!"

"이…… 죽일 놈들!"

"이 자리에서 당장 죽고 싶으냐, 이놈! 어서 왕자님을 풀어드려라!"

분노와 두려움으로 양 볼을 부들부들 떨고 있던 설탁이 그제야 씹어뱉듯 말했다.

"풀어주어라!"

호송을 맡은 군사가 형옥틀을 열었다. 진작부터 무리 중에 벌어진 일을 지켜보고 있던 주몽이 바닥으로 내려섰다. 오이와 협보가 달려가 고개를 숙였다.

"왕자님! 괜찮으십니까? 어디 다친 데는 없으신지요?"

"괜찮다. 너희들이 수고가 많았다."

바로 그 순간이었다. 그들이 주몽에게로 관심을 돌리는 틈을 이용하여 설탁이 팔꿈치를 내둘러 마리의 허구리를 가격했다.

"헉!"

바람 빠지는 소리를 내며 마리가 몸을 웅크렸다. 결박에서 몸을 뺀 설탁이 군사들을 향해 구르듯 달려가며 소리쳤다.

"저놈들을 잡아라! 한 놈도 놓치지 말고 모두 죽여버려라!"

보이지 않는 줄에 묶인 듯 꼼짝 못하고 제자리에 서 있던 군사들이 허둥지둥 창칼을 찾아 들었다.

"왕자님! 어서 말에 오르십시오!"

협보가 미리 준비해둔 말의 고삐를 당기며 소리쳤다. 주몽과 마리들이 비호처럼 몸을 날려 안장 위로 올라앉았다.

"가자!"

주몽이 소리치며 말머리를 돌려 구릉 아래로 달려가기 시작했다. 마리들이 힘껏 박차를 가하며 그 뒤를 따랐다.

"말을 가져오너라! 어서 저놈들을 뒤쫓아라!"

분을 참지 못한 설탁이 질러대는 고함 소리가 등 뒤에서 아련히 들려왔다.

제법 폭이 넓은 계곡의 개울 하나를 지나고 다시 고개를 넘자 뒤를 쫓던 설탁의 군사들 소리가 잦아들었다. 높직한 바위 위에 올라 아래쪽을 살피던 오이가 가쁜 숨을 몰아쉬며 말했다.

"놈들이 보이지 않습니다. 추격을 포기한 모양입니다."

"으허허허허. 그럼, 제 놈들이 감히 어딜 쫓아와, 쫓아오길. 허허허……."

생각할수록 자신들이 벌인 거사가 통쾌한지 협보가 연신 웃음을 쏟아놓았다.

"왕자님!"

마리가 말에서 내려 주몽에게 다가갔다. 주몽이 말에서 뛰어내리며 빙긋 웃었다.

"네놈들이 제법이구나. 그런 꾀를 쓸 줄도 알고."

세 사내가 주몽에게 절을 올렸다.

"저희는 왕자님이 돌아가신 줄 알았습니다. 이렇게 다시 뵙게 되니 꿈이 아닌가 싶습니다. 고맙습니다, 왕자님. 저희들을 버리고 혼자 떠나지 않으셔서……."

"그래, 나도 너희들이 보고 싶었다. 수고들 하였다."

주몽이 다가가 손을 내밀어 그들을 일으켰다. 마음 여린 협보가 눈물을 글썽이며 울먹였다.

"왕자님……."

마리가 말했다.

"왕자님, 어서 부여로 돌아가셔야 합니다. 폐하께선 아직 의식을 회복하지 못하셨고, 부여는 대소 왕자의 천지가 되었습니다."

부여 소식을 듣는 주몽의 얼굴이 슬픔과 고통으로 일그러졌다.

"……."

"많은 뜻있는 사람들이 왕자님께서 살아 돌아오시길 간절히 바라고 있습니다. 부여로 돌아가서 나라를 바로잡으셔야 합니다."

"그 전에 먼저 할 일이 있다. 모두 나를 따르거라."

주몽이 훌쩍 말 위로 뛰어올랐다. 의아한 표정을 짓고 있던 마리들이 주섬주섬 말에 올랐다.

주몽을 추격하러 나섰던 군사들이 빈손으로 돌아오자 설탁의 분노가 하늘을 꿰뚫을 듯했다.

"멍청한 놈들! 기껏 네 놈을 잡지 못하고 그냥 돌아왔단 말이냐! 버러지만큼도 쓸모가 없는 놈들!"

주몽을 놓쳤다곤 하지만 이왕 나선 현토성 걸음이었다. 현토성을 향해 걸음을 옮기려던 설탁이 문득 군사들을 향해 물었다.

"놈들이 어느 쪽으로 달아났다고 하였느냐?"

"남쪽으로 달아났습니다."

부여는 현토성의 북쪽에 있다. 순간 한 가지 생각이 번갯불처럼 머리를 쳤다. 황급하게 말 위에 올라탄 설탁이 소리쳤다.

"모두 고을로 돌아가자! 어서 서둘러라!"

설탁과 군사들이 바람같이 말을 내몰아 달려갔지만 이미 늦은 뒤였다. 주몽과 세 사내가 한백 고을의 관아를 들이쳐 별채 깊숙이 감금해 두었던 예소야를 빼내 사라지고 없었던 것이다.

◆ ◆ ◆

좌중의 시선이 일제히 소서노를 향했다. 그 가운데서도 가장 경악한 것은 아버지 연타발이었다. 아무도 예기치 못했던 소서노의 말이었다. 다만 우태만은 짐작하고 있었던 일이라는 듯 묵묵한 표정이었다.

한동안 말없이 딸의 모습을 바라보던 연타발이 조용히 눈을 감았다. 계필이 더듬거리는 목소리로 물어왔다.

"아, 아가씨. 그게 무슨 말씀이십니까? 우리 우태와 혼인을 하시겠다니요?"

"사실입니다. 우태 오라버니와 혼인을 하겠어요. 허락해주세요."

"아가씨, 대체 왜 이러십니까? 저희 부자가 무얼 잘못하기라도 하였습니까?"

"아저씨, 우태 오라버니는 어린 시절부터 저를 곁에서 지켜준 사람이에요. 저 또한 누구보다 믿고 따르는 사람이구요. 왜 우태 오라버니와 혼인하는 것을 이상한 일이라 하세요?"

"하지만 신분의 차가 엄연한데, 우태가 언감생심 아가씨를⋯⋯."

계필이 휙 고개를 돌려 곁의 우태를 잡아먹을 듯 노려보았다.

"이놈아! 너는 알고 있었냐? 말을 해봐, 이놈아. 어서!"

"⋯⋯."

계필이 묵묵부답인 우태를 향해 있는 대로 눈을 부라렸다.

"이런 몹쓸 놈이 있나. 네놈이 감히 아가씨와 혼인을 해?"

연타발이 나직한 소리로 그런 계필을 꾸짖었다.

"그만하시게. 내 잠시 딸아이와 얘기를 나눌 것이니 그만 물러들 가시게."

"예, 예. 군장 어른⋯⋯."

계필이 자리에서 일어서고 우태와 사용이 뒤를 따랐다. 연타발이 소서노를 바라보며 물었다.

"네가 그런 생각을 하게 된 연유를 짐작 못하는 바 아니다. 하지만 혼인이 도피처가 되어서는 안 될 일이다. 너의 진심을 듣고 싶구나."

"⋯⋯."

"대소 왕자 때문이라면 차라리 부여를 떠나자. 졸본으로 돌아가 예전처럼 천하를 누비는 상고로 살아가자. 그렇다면 대소도 너를 포기할 것이다."

"대소 왕자는 집념이 무서운 사람이에요. 자신의 양재가 되지 않는다면 우리 계루를 멸하겠다는 말은 결코 빈말이 아니에요. 금와왕의 권력까지 한손에 거머쥔 지금 그가 하지 못할 일이란 없어요."

"으음⋯⋯."

"제가 청혼을 받아들이지 않는다면 그는 반드시 참혹한 일을 저지를 거예요. 부여가 현토의 양정과 화친을 맺은 이후 동이는 부여의 안

마당이 되어버렸어요. 아무도 부여의 뜻을 거역할 수 없어요. 더구나 계루 같은 소국은. 하지만 저는 결코 대소의 양재가 될 수 없어요. 그건 저 자신을 죽이는 일이에요."

"……."

"우태 오라버니는 누구보다도 저를 잘 알고 저를 위해줄 사람이에요. 우태 오라버니와 혼인을 하면 대소 왕자도 더는 저를 어쩌지 못할 거예요."

"소서노야. 너는 주몽 왕자를 사랑하지 않느냐?"

단단한 결의로 빛나던 소서노의 얼굴이 순간 눈에 띄게 어두워졌다. 가슴속의 고통을 다스리려는 듯 한동안 말이 없던 소서노가 천천히 고개를 들었다. 그리고 다시 예의 결연한 눈빛으로 말했다.

"주몽 왕자는 죽은 사람이에요. 한때 그분을 마음에 둔 건 사실이지만 이제는 지나간 일일 뿐이에요. 죽은 사람이 할 수 있는 일이란 아무것도 없어요. 그건 제 마음속에서도 마찬가지예요. 더 이상 그분의 기억에 매달리지 않겠어요. 그보다 제겐 우리 계루를 구하는 일이 시급해요, 아버지."

고통을 견디는 딸의 시선을 슬몃 피하는 연타발의 표정도 어느덧 고통으로 일그러져 있었다.

연타발의 사랑을 나서 창고 앞마당을 에둘러 걸어가던 소서노가 문득 걸음을 멈추었다. 소서노의 시선이 텅 빈 마당을 향했다. 외방으로 나가는 상단이 줄어든 탓에 마당을 가득 채운 물화를 창고로 옮기느라 북새통을 이루던 것도 드문 일이 되었다.

그 북새통을 이루던 짐꾼과 물화들 사이에 그 사람이 있었다. 서툰 짐질로 끙끙대면서도 늘 성실한 태도를 잃지 않던 사람. 그러다 자신과 눈이 마주치기라도 하면 소년같이 순진한 웃음을 씨익 웃어주던 사람.

그가 자신의 상단을 찾아와 짐꾼이 되기를 청하던 날이 기억났다. 그가 고귀한 부여국 왕자란 걸 알게 된 직후의 일이었다.

평민복 차림으로 나를 찾아온 그에게 난 이렇게 말했었지.

— 고귀한 분을 알아뵙지 못하고 그동안 많은 무례를 저질렀습니다. 용서하여 주세요.

나의 말에 그는 피식 웃음을 흘리며 말했어.

— 그런 시시한 소릴랑 집어치우고, 한 가지 물어볼 게 있어. 날 상단 일꾼으로 쓰겠다는 말, 아직도 사실이야?

나는 그가 나를 놀린다고 생각했어. 부여국 왕자가 상단의 일꾼이라니……. 내가 발끈하여 말했어.

— 흥, 그러니까 그간 나의 무례한 행동을 따지러 오신 거군요.

그러자 그가 손사래를 치며 말했지.

— 아냐, 그런 것이! 난 정말 여기에 일하기 위해서 왔어.

— 하지만 여기엔 왕자님께서 하실 만한 일이 없습니다. 상단 일이란 밖에서 보는 것과 달리 매우 숙련된 경험이 필요합니다.

— 일꾼 자리는 있다고 했잖아?

그 말에 내가 얼마나 놀랐는지 지금도 웃음이 나올 지경이야.

아, 그리고 그와 함께했던 고산국 행. 그 흥겨운 축제의 밤에 그와 함께 마주 앉았던 모닥불 앞.

불땀이 사그라지는 기미를 보이자 그가 몸을 기울여 후후 바람을 불어넣었지. 그 순간 재가 날아오르고, 그가 눈을 비비며 얼굴을 찡그렸어. 불은 살아오르지 않고 눈물을 흘리며 연신 바람을 불어넣는 모습이 마치 개구쟁이 어린아이 같았어. 웃음을 참지 못한 내가 소리쳤지.

— 이리 나와보세요! 무슨 남자가 모닥불 하나 피우지 못해 쩔쩔매고 그래요!

그러곤 내가 부지깽이를 빼앗아 들고 모닥불 앞으로 다가앉았지. 모닥불이 이내 빨간 불꽃을 허공에 피워 올리며 타오르고, 그가 천진한 어린아이처럼 놀란 소리를 냈어.

— 야, 아가씨는 정말 못하는 일이 없군요!

참다못한 내가 웃음을 터뜨리며 말했지.

— 한심해.

순간 주체할 수 없는 슬픔과 함께 눈물이 소서노의 볼을 타고 흘러내렸다. 눈물로 흐려진 눈길로 둘러본 마당 어디에도 그의 모습은 보이지 않았다. 아, 이제는 이 땅 어디에서도 그의 천진한 웃음과 짓궂은 표정을 볼 수 없으리라. 이승의 삶을 살아가는 동안 어느 때, 어느 땅에서도 다시는 그를 만나지 못하리라. 아…….

소서노는 가만히 자신의 손을 쓰다듬었다. 그 손가락 사이에 그가 남겨준 옥가락지가 있었다. 그가 부여를 떠나기 전날 밤 자신을 찾아와 수줍은 표정으로 건네준 반지였다.

— 이것이 무엇이죠?

나의 물음에 그 사람이 대답했어.

— 아가씨에게 드리고 싶어요. 이 가락지는 제 어머니가 가장 사랑하는 분에게서 받은 것입니다.

그러자 나의 가슴이 무섭게 두방망이질을 쳤지. 그때껏 한 번도 경험해보지 못한 격렬한 떨림이었어.

― 이걸 왜 나에게 주는 거죠?

― ……모르겠어요. 하지만 아가씨에게 주고 싶어요. 가장 소중한 것을……. 이것은 지금 나에게 가장 소중한 것입니다.

소서노는 손을 들어 얼굴을 쓰다듬으면서야 비로소 자신이 울고 있음을 깨달았다. 아, 그는 내 곁을 떠났고, 이제 나는 그를 떠나려 한다…….

"아가씨!"

깨닫지 못하는 사이 등 뒤에 우태가 다가와 있었다. 얼굴에 흘러내리는 눈물을 닦을 마음도 내지 못한 채 소서노는 그 자리에 우두커니 서 있었다. 우태가 부드러운 음성으로 말했다.

"전 지금껏 아가씨가 매우 슬기롭고 지혜로운 사람이라고 생각해왔습니다. 하지만 이번 결정은 결코 슬기로운 것이 아닌 듯합니다. 지금이라도 마음을 바꾸세요. 제가 군장 어른께 그리 전하겠습니다."

"아니에요, 오라버니. 과거의 일은 이제 이 눈물로 모두 씻어버리겠어요. 그리고 앞으론 오라버니의 여인이 되겠어요. 평생 오라버니의 여인이 되어 살겠어요."

"아가씨……."

◆ ◆ ◆

혼례는 전격적으로 거행되었다. 대소가 그 소식을 들은 것은 졸본 상단에서 소서노와 우태의 혼례가 치러지고 사흘이 지난 뒤였다. 자신의 청혼에 대한 답을 기다리던 와중에 접한 난데없는 소식이었다.

대소가 머리끝까지 화가 난 얼굴로 소리쳤다.

"그게 사실이냐? 소서노가 혼인을 하였다는 것이?"

소식을 가져온 이는 부여의 관상官商인 졸본 상단과의 거래를 담당해온 부여의 관리였다. 그 자신 연타발의 초청을 받아 소서노의 조촐한 결혼식에 참석했다고 고했다.

"그렇습니다, 전하. 동이 제일의 거상인 연타발 상단의 혼사치고는 지나치게 조촐하였습니다."

"그 상대가 누구냐? 소서노가 대체 누구와 혼인을 하였단 말이냐?"

"상단의 행수인 우태란 자입니다. 어린 시절부터 함께 자라 오랍동생처럼 지내는 사이라 하였습니다."

"으음……."

난데없이 날아온 돌멩이에 뒷덜미를 가격당한 듯한 충격에 대소는 마음을 안정시키기 어려웠다. 자신의 눈으로 보지 않고는 믿을 수 없는 일이었다. 소서노의 정인이라면 주몽이 놈이 아닌가. 그런 소서노가 난데없이 상단 행수와 혼례를 올리다니……. 대체 뭐가 어찌된 일인지 영문을 알 수 없는 노릇이었다. 흑치의 모반을 힘겹게 진압하고 느긋하게 소서노의 답을 기다려온 자신이었다. 그런데 이런 일이…….

대소는 전날 소서노가 했던 말을 기억했다.

— 저에게는 이미 마음을 허락한 정인이 있습니다.

— 저의 정인은 죽지 않았습니다. 가까운 곳에서 살아 있습니다.

그렇다면 소서노가 말한 정인이 바로 그 행수란 자인가.

대소가 영을 내려 졸본 상단의 연타발과 소서노를 궁으로 불러들인 것 역시 그날이었다.

끓어오르는 분노를 가까스로 다스리며 대소가 물었다.

"군장의 가내에 경사스러운 일이 있었다 들었소."

"그렇습니다, 전하. 부족한 여식이 배필을 맞았습니다. 국사에 바쁜 분이시라 미리 전하께 고하지 못하였습니다. 용서를 바랍니다, 전하."

"……소서노야!"

"예, 전하!"

"네가 결국 이런 얕은꾀로 나의 청혼을 거절하였구나."

"인륜지대사인 혼사를 어찌 얕은꾀라 하십니까. 너그러운 마음으로 축하하여 주시길 바랍니다."

"축하라고? 이런 괘씸한……. 내 너에게 나의 온 마음을 기울였건만, 이렇게 날 배신하다니……. 너와 계루는 반드시 그 대가를 치르게 될 것이다."

"부드러운 남풍은 억센 가시나무에도 새싹이 돋아나게 하는 법입니다. 여인의 마음을 여는 것은 부나 권세가 아니라 따뜻한 마음입니다. 저와 혼인한 자는 비록 어리석고 미천한 자이나 여인의 마음을 어루만질 줄 아는 따뜻한 마음을 가졌습니다. 저 또한 나약한 여인인지라 그의 따뜻한 성정에 마음이 기울었을 뿐입니다. 전하께서는 너그러이 헤아리시길 바랍니다."

"시끄럽다! 너는 곧 네가 얼마나 어리석은 짓을 했는지 깨닫게 될 것이다."

졸본 상단에 놀라운 소식이 날아든 것은 그로부터 며칠 후의 일이었다. 상담商談을 나누러 대궐에 들어갔던 우태가 돌아와 침통한 얼굴로 고했다.

"군장 어른! 저희 상단에 주어졌던 소금의 전매권과 각종 교역권을 모두 회수하겠다고 통고하였습니다."

"……."

"그리고 이를 졸본 비류국에 넘겼다고 합니다."

"비류국에?"

"그렇습니다, 군장 어른! 비류의 군장 송양松讓이 전부터 현토성의 양정에게 선을 대기 위해 갖은 노력을 기울여왔다고 들었습니다. 아마도 양정의 입김이 작용한 듯합니다."

비류국은 비류수 가에 자리 잡은 다섯 소국 연맹 가운데 하나로, 나라의 강성함이 계루에는 미치지 못했으나 야심만만한 송양이 군장이 된 이후 빠르게 그 세를 확대해 호시탐탐 오국 연맹의 맹주 자리를 노리고 있는 터였다.

놀라운 일은 이에 그치지 않았다. 그로부터 며칠 후, 졸본 상단에 다시 청천벽력의 소식이 날아들었다. 대소의 훈령을 받은 관리가 상단 여각을 찾아와 졸본 상단의 추방을 통고한 것이었다. 졸본 상단은 닷새 안에 부여를 떠나야 하며, 이후 계루인이 다시 부여 땅을 밟을 경우 엄히 처벌하리라는 영이었다. 지난 여러 해 연타발이 부여에 거점을 마련한 후 야심차게 추진해왔던 계획들이 모두 허무한 물거품으로 화하고 있었다.

연타발이 분연히 대궐로 들어가 대소에게 면대를 청했다. 하지만 돌아온 것은 대소의 업무가 번다하여 만날 형편이 아니라는 응답이었다. 연타발은 포기하지 않고 날마다 대궐로 나아가 만남을 청했다. 닷새가 지날 무렵 연타발은 비로소 대소 앞으로 안내되었다.

"전하, 대체 어인 까닭으로 졸본 상단의 상권을 박탈하고 또 부여에서 내쫓기까지 하십니까? 저의 상단이 폐하와 부여를 위해 그간 갖은 노고를 마다하지 않았다는 사실을 잊으셨습니까? 지난날 부여가 한과의 교역 단절로 소금의 수급에 차질을 빚어 큰 고통을 당할 때 저의 상단은 외방에 있는 모든 상단의 소금을 모아 부여의 어려움을 도왔고, 지난 임둔과 진번군 원정에서는 기꺼이 군상으로 참여하여 부여와 생사를 같이하였습니다. 그런 저에게 어찌하여 이런 가혹한 처사를 내리십니까?"

싸늘한 눈길로 연타발을 바라보던 대소가 얼음 같은 냉소를 날렸다.

"참으로 뻔뻔하기 그지없는 자로다. 그대는 나의 관대함에 먼저 백배 사은하여도 모자랄 것이다."

"무슨 말씀이십니까, 전하?"

"연타발 군장. 너는 폐하와 우리 부여 백성들이 너에게 베푼 믿음과 우의를 배신하고 기만하였다. 네가 폐하의 믿음이 큼을 앞세워 매점과 매석, 그리고 갖은 악랄하고 교활한 상술로 선량한 부여 백성들로부터 엄청난 폭리를 취하였음을 내가 모를 줄 아느냐?"

"당치 않은 말씀입니다, 전하. 저는 부여의 관상으로서 부여 백성들을 상대로 거래를 하여 이문을 취한 적이 없습니다. 저의 결백함은 폐하께서 아실 것입니다."

"닥쳐라! 네가 나라의 법을 무시하고 갖가지 물화를 밀매하였음을 증언하는 자들이 있는데도 거짓말을 하는 것이냐?"

"저의 결백함은 하늘이 알고 땅이 알 것입니다. 그렇게 증언한 자가 누구입니까?"

"전날 네가 교활한 꾀로 그 상권을 빼앗은 도치란 자이다. 이러고도 계속 발뺌을 할 참이냐?"

연타발은 자신이 헤어날 수 없는 음모의 중심에 있으며, 자신에게 내려진 처사가 돌이킬 수 없는 일임을 깨달았다. 돌아서 나오는 연타발의 귓전에 대소의 노성이 뒤따랐다.

"네놈이 저지른 악덕을 생각하면 당장 감옥에 잡아넣고 모진 형을 안김이 마땅하지만, 내 그간의 정리를 생각해 아량을 베푸는 것이다. 다시는 네놈 꼴을 보고 싶지 않으니 썩 부여를 떠나거라!"

대궐을 나선 연타발은 상단 여각까지 말을 타지 않고 천천히 걸어갔다. 구름 한 점 없는 깨끗한 하늘이 부여의 도성 위에 드넓게 펼쳐져 있었고, 도성의 거리는 여전히 많은 사람과 수레로 붐비고 있었다. 그러나 연타발은 사람들의 표정에 짙은 불안의 그림자가 드리워져 있음을 보았다.

연타발의 입에서 길고 긴 탄식이 흘러나왔다. 동방의 대국이라는 부여의 사직과 국기가 점점 바닥에서 삐걱거리는 소리를 내며 기울어가고 있음을 연타발은 느꼈다. 장차 이 나라에 얼마나 모진 광풍이 몰아쳐 백성들이 고통을 당할는지 가슴이 돌을 얹은 듯 답답했다.

연타발은 몇 해 전 큰 뜻을 품고 부여 도성에 오던 날, 소서노와 나눈 대화를 기억했다.

— 인간사 귀천궁달貴賤窮達이 수레바퀴라 하지 않더냐. 흥성함 속에 쇠멸이 있고, 고요함 속에 시끄러움이 있는 법. 이 흥성과 평화로움이 과연 얼마나 지속될는지 뉘라서 알겠느냐…….

무슨 뜻이 있어서 한 말은 아니었다. 그때 부여는 선대 이래 다시없는 태평성대를 누리고 있었다. 도성 거리를 오가는 백성들의 얼굴은 한결같이 밝고 태도는 여유가 있었다. 단지 그들이 구가하는 풍요와 평화가 만개한 꽃처럼 어떤 조락의 시작은 아닐까 우려될 뿐이었다. 달도 차면 기울고, 주발의 물도 가득 차면 넘치는 법. 하지만 오늘의 부여 사람들은 화려한 옷차림에도 어딘지 걸음은 활기를 잃고 표정은 알 수 없는 무언가에 쫓기듯 불안해 보였다. 아, 과연 부여의 달은 기울고 왕실 화단의 꽃은 조락하고 말 것인가.

상단 여각에 들어서자 많은 사람들이 불안한 표정으로 연타발을 기다리고 있었다. 연타발이 그들을 향해 말했다.

"부여에서 우리가 할 일은 이제 끝났다. 하지만 세상은 드넓고 우리가 할 일은 많다. 졸본으로 돌아가 다시 새로운 세계를 향한 꿈을 꾸도록 하자!"

◆ ◆ ◆

대지 위로 푸른 날빛이 서서히 번져가는 시각, 다섯 필의 말이 비탈을 바람같이 달려 언덕 위로 올라섰다. 가슴 벅찬 기쁨과 희망이 담긴 내닫음이었다. 마필이 언덕에 올라서자 멀리 드넓은 개활지 너머로 거대한 성이 모습을 드러냈다. 모든 땅 위에 홀로 우뚝한, 위대한 제국 부여의 도성이었다.

아…….

주몽의 얼굴에 기쁨과 감동의 빛이 물결쳤다. 연인을 대한 소년의 마음처럼 가슴이 빠르게 고동치고 있었다. 주몽이 고개를 돌려 곁의 예소야에게 말했다.

"저곳이 부여입니다! 전날 부여에 가고 싶다고 하셨지요?"

가쁜 숨을 내쉬며 정면을 응시하고 있는 예소야의 얼굴에도 감개의 빛이 역력했다. 등 뒤에서 협보가 거친 콧김을 내뿜으며 소리쳤다.

"하아, 나는 그동안 부여성이 바람난 예펜네처럼 어디로 도망이나 가지 않았을까 걱정했더니 그냥 그대로 저기 있었네 그래. 착한 예펜

네로군. 하하하……."

"낄낄낄, 미친놈."

퉁박을 주는 마리의 얼굴에도 반가운 빛이 땀처럼 번들거리고 있었다. 다섯 마필이 다시 언덕을 달려 내려가기 시작했다.

궐문을 지키는 위사가 귀신이라도 본 듯 놀란 표정을 지었다. 협보가 그런 위병을 향해 호기롭게 소리쳤다.

"주몽 왕자님이 돌아오셨다! 당장 달려가 너희 대장에게 소식을 전하거라!"

침상 위의 금와를 알현하는 순간 주몽은 궁궐을 걸어 들어오며 느꼈던 알 수 없는 낯섦과 불안감의 정체를 뚜렷이 목격한 느낌이었다. 하마터면 그는 부여의 대왕을 알아보지 못할 뻔하였다. 그의 앞에 모습을 보인 것은 여위고 병약해 보이는 낯선 노인이었다. 언제나 위풍당당하고 위엄이 넘치던 부여국 왕의 면모는 어디에도 찾아보기 힘들었다. 주몽은 자신이 부여를 떠나 있었던 동안 부여 도성에 닥친 변화를 한눈에 목도한 듯했다.

한동안 말없이 주몽을 바라보던 금와가 떨리는 음성으로 말했다.

"돌아왔구나……. 살아서 이 애비 곁으로 돌아와주어서 고맙구나."

"폐하!"

주몽이 쏟아지는 울음을 참으며 금와를 불렀다.

"폐하, 소자 어리석은 행동으로 부여와 폐하께 크나큰 해악을 끼쳤습니다. 소자의 불충과 불효를 용서하여 주십시오."

왕의 침상을 지키고 있던 유화와의 만남도 기쁨과 감격보다는 눈물이 앞섰다. 그토록 아름답고 의연하던 어머니가 겨울나무처럼 여윈 몸피로 서 있는 것을 본 주몽이 기어코 눈물을 뿌렸다.

하지만 죽었다던 아들의 생환이 금와와 유화 두 사람에게 준 기쁨은 컸다. 시간이 지날수록 핏기 없던 얼굴에 화색이 돌면서 두 사람은 말이 많아졌다. 금와가 물었다.

"달아나는 임둔 태수를 수포하기 위해 군사를 데리고 정석산으로 갔다고 들었다. 무슨 일이 있었기에 이제야 돌아온 것이냐?"

"포로의 자백은 거짓이었습니다. 정석산에서 태수의 형적을 따라잡아 기습을 하였지만 적의 함정이었습니다."

금와가 놀란 소리를 냈다.

"포로의 자백이 거짓이었고, 모든 것이 함정이었단 말이냐?"

"그렇습니다. 어리석게도 상황을 바로 헤아리지 못한 채 저들의 흉계에 들어 데려간 군사들을 모두 잃고 말았습니다. 소자 또한 몸에 큰 부상을 입고 저들에게 쫓기던 차에 어떤 인연으로 간신히 죽을 목숨을 구하였습니다."

"……."

금와의 얼굴에 의아해하는 표정이 깃들었다. 함정이라. 급박한 전쟁의 와중에 누가 그런 흉계를 꾸몄단 말인가. 단지 스물에 불과한 군사와 왕자를 죽이기 위해.

그 자신 또한 양정의 흉계에 빠져 죽을 고비를 겪었고, 진번성 공략은 실패하고 말았다. 뱀같이 교활한 양정이지만 어찌 그리도 정확히 부여군의 움직임을 꿰뚫어 자신을 함정에 빠뜨렸던 것인가. 더구나 양정은 부여군의 퇴각을 노려 버려진 돌을 줍다시피 부여가 함락시킨 임둔성을 취하였다. 이번 전쟁의 유일한 승자는 양정이었다. 그리고 부여로 귀환한 뒤 대소는 양정의 딸과 혼인했다.

금와는 주몽이 걸려들었던 함정과 자신이 진번성에서 양정에게 당한 계략, 양정의 임둔성 함락, 그리고 대소의 혼인이 모두 하나의 실에 꿰인 구슬처럼 여겨졌다.

"으음……."

금와가 침통한 신음을 흘렸다. 주몽이 놀란 얼굴로 물었다.

"폐하, 어인 일이십니까? 혹 어디 편찮으신지요?"

"……주몽아."

"예, 폐하!"

"처신을 중하게 하여 혹 몸에 닥칠 위해를 경계하여야 한다. 지금의 부여는 이전의 부여가 아니다. 신외무물身外無物이니 부디 자중자애하여라."

"……."

어머니 유화를 통해 들은 부여의 사정은 말 그대로 청천벽력이었다. 대소가 대리청정을 하며 사출도의 군사를 끌어들여 금와를 무력화시킨 후 강박하고 현재는 그를 연금 중이라는…….

금와의 침전을 물러나오자 대소의 영을 받은 내관이 기다리고 있었다. 수렴청정에 든 부군의 위에 의젓이 앉은 대소에게선 예전에 없던 위엄이 흘러넘치고 있었다. 얼굴 가득 미소를 띤 대소가 주몽의 예를 받았다.

"네가 살아서 돌아왔다는 말을 듣고 믿지 않았더니, 정말이었구나."

"그간 평안하셨는지요?"

"내 살아서 다시는 너를 보지 못하리라 여겼더니, 우리의 연이 참으로 길고 질기구나. 적과 교전 중에 부상을 당했다고 들었는데 몸은 괜찮으냐?"

"무탈합니다. 혼례를 올리셨다 들었습니다. 경하드립니다."

"네가 없는 동안 부여에 많은 변화가 있었다. 부여는 지금 잘못된 구습을 말끔히 혁파하고 새로운 기풍을 진작시키는 일에 왕실과 조정과 백성이 모두 하나가 되어 노력하고 있다. 너 또한 이러한 변화에 적극 동참하여야 할 것이다. 경거망동으로 스스로를 어려움에 빠뜨리는 일이 없도록 하여라."

"명심하겠습니다, 형님."

"소서노의 소식은 들었느냐?"

"아닙니다. 소서노 아가씨에게 무슨 일이라도 있었습니까?"

대소의 얼굴에 순간 야비한 미소가 어렸다 사라졌다. 대소가 웃음을 감춘 듯한 표정으로 말했다.

"아니다, 네가 가서 확인해보거라. 처결해야 할 일이 많으니 이제 그만 나가보아라."

궁궐 밖에서 마리들이 기다리고 있었다. 그들도 들은 말이 있는지 한결같이 풀이 죽은 모습이었다.

"졸본 상단으로 가자!"

주몽이 말하며 걸음을 옮겼다. 순간 마리들이 얼굴 가득 당황한 빛을 띠며 서로의 얼굴을 바라보는 눈치를 보였다.

"왜들 그러는 거냐?"

마리가 주몽의 앞을 막아서며 난처한 낯빛으로 말했다.

"왕자님, 우선 주루로 가서 그간의 객고부터 푸는 게 어떻겠습니까?"

협보가 말을 거들고 나섰다.

"그렇습니다, 왕자님. 제가 아주 기가 막힌 기녀가 있는 술집을 알고 있습니다. 그리 가시죠.

"이런 싱거운 놈들. 내가 언제 기녀를 바치는 사람이더냐?"

주몽이 마리들을 무시하고 걸음을 옮겼다.

"왕자님!

앞을 가로막으며 나서는 마리의 음성이 자못 간절했다. 그제야 주몽이 무언가 예사롭지 않은 표정으로 물었다.

"왜 그러느냐? 졸본 상단에 무슨 일이라도 있었느냐?"

마리가 얼굴 가득 난처한 빛을 띠며 더듬더듬 입을 열었다. 순간 보이지 않는 화살이 날아와 가슴을 꿰뚫는 듯한 충격에 주몽은 아득해졌다.

"그게 사실이냐? 소서노 아가씨가 혼인을 하였다는 말이?"

"……"

"뭘 꾸물거리느냐! 어서 사실대로 소상히 말해보아라!"

"왕자님께서 한백 고을에 잡혀 계실 동안 우태 행수와 혼례를 올렸다고 합니다."

"……"

주몽이 마리를 거칠게 밀어내며 걸음을 옮겼다. 마리가 다시 막아서며 소리쳤다.

"왕자님……."

"저리 비키지 못할까! 그 말을 나더러 믿으라는 거냐? 소서노 아가씨가 그럴 리가 없다."

"지금 가도 소서노 아가씨를 만나실 수 없습니다."

"무슨 말이냐?"

"……"

주몽이 마리를 밀치고 그의 말고삐를 낚아챘다. 그리고 어느새 말

위에 올라 앉아 거리를 내닫기 시작했다.

주몽이 바람같이 말을 달려 졸본 상단 여각의 대문을 들어서자, 빈 마당을 빗질하던 낯익은 하인이 주몽의 서슬에 놀란 눈을 했다. 늘 많은 사람으로 북적이던 마당과 창고, 대청은 썰물이 지난 뒤인 듯 텅 비어 있었다. 놀란 주몽이 소리쳤다.

"어떻게 된 일이냐? 모두 어디로 갔느냐?"

"오늘 아침 졸본으로 떠나셨습니다, 왕자님."

"소서노 아가씨는 어찌되었느냐?"

"소서노 아가씨도 함께 떠나셨습니다."

"대체 무슨 일이냐? 소상히 말해보거라!"

"졸본 상단에 부여를 떠나라는 추방령이 내려졌습니다. 하여 군장 어른께서 상단을 이끌고 졸본으로 돌아가셨습니다."

"추방?"

예기치 못한 사태에 주몽이 아득한 표정을 지었다.

힘없이 대문을 나서는 걸음에 마리가 다가왔다. 그리고 주몽이 한 백 고을에 갇힌 몸이 된 사이, 부여와 졸본 상단에 있었던 일을 소상히 고하기 시작했다.

말없이 마리의 말을 듣고 있던 주몽이 불현듯 말 위에 뛰어올랐다. 그리고 힘껏 박차를 가하며 달리기 시작했다.

남쪽을 바라고 달리기를 한나절, 사위가 푸른 저녁빛에 물들어가는 시각 주몽은 졸본 상단의 행렬을 따라잡았다. 말을 몰아 언덕에 오르자 저 멀리 들판 위로 긴 꼬리를 가진 짐승처럼 졸본 상단의 행렬이 저문 석양빛을 받으며 앞으로 나아가고 있었다. 주몽은 긴 행렬 가운데서도 한눈에 소서노의 모습을 찾을 수 있었다. 검은 호마胡馬 위에 올라앉은 날렵한 기마복의 여인……. 그리고 그 곁에 나란히 나아가고 있는 사람은 우태 행수가 분명했다.

— 대소 왕자가 양정의 딸과 혼인을 하고도 소서노 아가씨를 양재로 들이겠다고 하였습니다. 말을 듣지 않으면 졸본 상단과 계루국을 멸하겠다고 위협을 하였다고 합니다. 소서노 아가씨는 졸본을 살리고 대소 왕자의 양재가 되는 일을 피하기 위해 결국 우태 행수를 택할 수밖에 없었습니다. 그런데 그 일이 대소 왕자의 분노를 사 추방을 당하게 되었습니다.

바람 속에서 협보의 목소리가 우렁우렁하게 들려왔다.

아…….

주몽의 가슴속에서 격렬한 슬픔의 물결이 둑을 터뜨리며 밀려왔다. 소서노, 내 사랑하는 여인. 난생처음 영혼이 떨리는 듯한 감격과 행복과 충만을 느끼게 해준 여인, 비로소 자신이 신들의 사랑 속에 거대하게 살아 있는 존재임을 깨닫게 해준 여인. 그 여인이 이제 다른 사내의 아내가 되어 그들의 집으로 돌아가고 있다. 주몽은 목이 메도록 여인의 이름을 부르며 달려가고 싶었다. 달려가 자신의 사랑을 고백하고, 자신의 말에 태워 돌아오고 싶었다. 하지만 주몽은 그 자리에 뿌리를 내린 나무처럼 꼼짝도 할 수 없었다.

아, 어리석은 나여……. 내 전 생애를 던져도 아깝지 않을 만큼 사랑한 여인을 나는 아무것도 하지 못한 채 이렇게 무기력하게 떠나보내고 있구나. 아, 어리석은 나여, 못난 나여…….

온몸으로 밀려오는 외로움에 주몽은 몸을 떨었다. 사랑하는 여인을 잃은 상실감이 순간순간 바늘이 되어 가슴을 찔러왔다. 지독한 외로움이었고 견딜 수 없는 상실감이었다. 주몽은 신체의 일부를 잃어버린 듯한 결락감에 쉴 새 없이 몸을 떨었다. 모든 것이 우주를 가득 채운 침묵과 텅 빈 공허와 저항할 수 없는 고독감 속에 스러지고, 가슴속의 지독한 고통만이 자신이 살아 있음을 증명하고 있었다.

날이 빠르게 어두워지고 있었다. 무겁게 내려쌓이는 어둠 속으로 바람이 불어갔다.

숨죽인 용

평온한 나날들이 계속되었다.

부여의 땅 위에 밝고 풍성한 가을이 당도했다. 푸른 물이 흘러내릴 것 같은 맑은 하늘 위로 밝은 햇살이 가득하고, 그 가을볕을 받은 산과 들에선 곡식과 열매가 훈훈한 향기를 풍기며 익어갔다. 사람들도 전날의 흉흉했던 소문과 불미스러운 사건들을 잊은 듯 따사로운 가을볕 속에서 편한 웃음을 나누었다.

조회를 끝내고 대전을 나서는 주몽의 앞으로 영포가 걸어오고 있는 것이 보였다. 최근 들어 영포는 조회에 얼굴을 내비치지 않는 날이 잦았다. 날마다 궁 밖 저자에 있는 기루에서 술과 여색으로 하루해를 보낸다는 소문이었다. 주몽이 고개 숙여 인사를 올리자 영포가 걸음을 멈추었다. 멀거니 건너다보는 모습에 자못 불만스러운 태가 역력했다.

"그게 사실이냐?"

영포가 불쑥 돌멩이를 내던지듯 퉁명스럽게 말을 던졌다.

"무슨 말씀이십니까, 형님?"

"네가 대소 형님에게 충성을 맹세하고 태복太僕의 자리에 올랐다는 것이 사실이냐?"

"예. 형님께서 저에게 중책을 맡기셨습니다."

"흥! 기껏 왕실의 가마나 말의 숫자 따위 세고 앉아 있는 놈이 무슨 중책이냐? 네가 가마나 말에 대해 아는 게 뭐가 있다고."

"직무를 익히려 많은 애를 쓰고 있습니다."

"한심한 놈……."

영포가 삐딱한 눈길로 흘기듯 주몽을 건너다보았다.

"주몽아!"

"예, 형님!"

"너도 눈이 있고 귀가 있으면 듣고 보아라. 이 나라가 어디 대소 형님 한 사람의 것이냐? 너도 있고 나도 있지 않으냐? 더구나 아버님께서도 이제는 거동을 하실 만큼 기력을 회복하셨다. 그런데도 대소 형님은 아직도 아버님의 외부 출입을 제한한 채 내리청성을 하고 있다. 이것이 모반이 아니고 무엇이냐?"

"……."

"말로는 부여를 안정시키기 위해 대리청정을 하고 있다지만, 사실은 형님이 보위를 탐내서 벌인 역모란 것을 아는 사람들은 다 알고 있다. 아니 그렇느냐?"

"……."

"언제까지 형님의 전횡과 폭거를 두고 볼 참이냐? 아버님은 누구보다 널 아끼시지 않았느냐? 그 은혜를 생각한다면 네가 이러고 있어서야 되겠느냐?"

"폐하께서는 아직 신체가 미령하십니다. 부여의 혼란을 다스리고 안정시킨 것은 대소 형님의 공로입니다. 이제는 조정과 백성들도 대소 형님을 믿고 따르고 있습니다. 형님께서도 나라와 조정에 이바지할 일을 찾아보심이 좋을 듯합니다."

"이런 얼빠진 놈. 네 눈에는 이게 안정으로 보이냐? 네놈이 이리도 어리석은 놈인 줄 내 미처 몰랐구나."

"……."

"그래, 형님 밑에서 천년만년 사냥개 노릇이나 하며 부귀영화를 누리거라! 한심한 놈!"

영포가 씹어뱉듯 말을 던지고 돌아섰다.

휘적휘적 걸어가는 영포의 뒷모습을 바라보는 주몽의 얼굴이 짙은 그늘이 드리운 듯 어두웠다. 반역, 모반, 전횡과 폭거……. 영포의 말들이 가슴속에서 큰 북처럼 공명을 일으켰다. 하지만 무엇을 어떻게 할 것인가. 아직 환후 중인 아버지와 절해고도와 같이 외로운 어머니가 저들의 수중에 있고, 자신 또한 밤낮없이 번득이는 감시의 눈길 속에 있는 것을.

— 용이 겨울에 고요히 엎드려 있는 것은 몸을 보존하기 위함이다. 그러나 그렇다고 죽은 것은 아니며, 때가 되면 구름을 타고 하늘을 날아 천하를 뒤흔든다.

자신이 부여로 다시 돌아온 날 어머니 유화가 한 말이었다.

◆ ◆ ◆

화가 펄펄 난 얼굴로 궐문을 나선 영포가 사거리에 우뚝 서서 하늘을 올려다보았다. 가슴에서 열불이 치솟아 올라 머리통이 터질 것만 같았다. 온 왕실과 조정이 대소를 에워싸고 하나가 되어 돌아가고, 자신 따위는 아예 안중에도 없지 않은가. 말이 왕자고 대소의 아우이지, 사람 알기를 숫제 똥 친 막대기 취급이었다.

패씸한 놈.

이게 모두 형인 대소 때문이란 생각이 들자 증오심이 쓴물처럼 목젖을 통해 기어 올라오는 느낌이었다.

감히 나를 이렇게 괄시해? 나라를 통째로 먹으려는 음흉한 놈이.

화가 머리 꼭대기까지 차올라 기분 같아서는 지나가는 아무나 부여잡고 난장이라도 놓고 싶은 심정이었다. 영포는 마음을 다스리며 성큼성큼 걸음을 옮겼다.

그럴 수는 없지. 천하의 영포가 이렇게 괄시를 받으며 살 수는 없는 노릇이지. 암……..

영포의 걸음이 멎은 곳은 저잣거리에 있는 도치의 객전이었다. 부영이란 종년을 미끼로 주몽으로 하여금 태자 경합을 포기하게 한 일 이후로는 첫 걸음이었다.

영포를 본 도치가 뜨악한 표정으로 인사를 하는 둥 마는 둥 했다. 영포에 대한 불만이 양쪽 볼따구니에 조롱박처럼 매달린 표정이었다.

"이놈아, 인사를 하려면 제대로 해야지!"

"고귀하신 왕자님께서 이렇게 천한 곳에 어인 걸음이십니까?"

도치 놈조차 사람을 괄시하는가 싶어 속에서 불끈 불덩이가 솟았지만 끙 마음을 눌러 앉혔다.

"이리 와서 앉아보아라. 내 할 말이 있다."

도치가 마지못해 똥 싼 바지 꿰찬 꼴로 어기적거리며 다가와 앉았다. 영포가 목소리를 낮추어 말했다.

"지금부터 내가 하는 말을 잘 들어라, 도치야. 네가 나를 좀 도와야겠다."

"쳇! 일 없습니다. 제가 또 왕자님 말에 속아 넘어갈 줄 아십니까?"

"뭐라, 이놈?"

"제가 그동안 왕자님한테 어떻게 했는지 잊으셨습니까? 이 도치, 왕자님 이 시키시는 일이라면 물불을 가리지 않고 뛰었습니다. 목숨을 걸고 옥저에서 소금을 밀매하여 바쳤고, 청동전 천 냥짜리 부영이 년을 그냥 주몽 왕자에게 내주었습니다. 그런데 저에게 돌아온 게 뭡니까? 저 왕자님하고 일해서 고린전 한 푼 득 본 게 없습니다. 이번 일만 해도 그렇습니다. 연타발이 부여에서 쫓겨난 후 그간의 공을 생각하면 부여의 소금 전매권은 마땅히 저한테 주시는 게 인간의 정리지요. 그런데 쓰다 달다 말 한 마디 없이 걸음을 딱 끊으시니, 사람의 정이란 게 그런 게 아닌 법입지요, 왕자님."

묵묵히 듣고 있던 영포가 입을 열었다.

"온, 사내가 되어서 쩨쩨하긴. 이 영포 왕자님은 그런 시시한 걸로 생색을 내지 않는다. 이번 일만 성사되면 그깟 소금 전매권이 문제냐?"

"……."

"이번 일만 성사되면 네놈은 이 나라에서 첫째가는 공신이 될 게다. 대대손손 왕실과 조정의 칭송을 받는 공신 말이다."

"대체 무슨 일인데 그러십니까?"

도치가 무슨 흰소리인가 하는 표정이면서도 은근히 관심을 보였다. 영포가 한당에게 일러 방문을 지키게 한 다음 더욱 소리를 낮춰 말했다.

"도치야! 지금부터 내가 하는 말은 너와 나만 알고 귀신도 몰라야 한다."

"……"

"지금 부여는 호랑이 없는 산에 살쾡이가 호랑이 노릇을 하고 있다. 내가 살쾡이를 몰아내고 호랑이가 되어야겠다."

"예? 호랑이는 뭐고 살쾡이는 다 뭡니까?"

"쯧, 이런 무식한 놈 같으니라구. 다시 말해, 내가 이 나라 역적을 몰아내고 나라를 구해야겠다는 말이다."

도치가 점점 요령부득의 표정을 지었다. 화가 난 영포가 버럭 소리를 질렀다.

"내가 이 나라 왕이 되어야겠다는 말이다, 이 미련한 놈아!"

그제서야 도치가 불 맞은 황소마냥 펄쩍 뛰는 시늉을 했다.

"와, 왕자님! 그런 큰일 날 소리를……!"

"왜 안 되느냐? 대소 형님도 왕 노릇을 하는데 나라고 안 된다는 법이 있느냐? 대소 형님은 힘으로 이 나라 왕의 권력을 빼앗은 역적이다. 나는 그 꼴을 두고 볼 수 없다. 내 손으로 형님을 없애고 왕의 권력을 되찾아야겠다."

"여, 영포 왕자님……"

"하지만 아버님도 이제는 흘러간 옛 물이 되고 말았다. 그러니 내가 왕위에 오른들 누가 뭐라 하겠느냐?"

"하지만 지금 왕실과 조정이 모두 대소 왕자님께 충성을 다하고 있는데 왕자님 혼자서 어떻게……."

"걱정할 것 없다. 고기를 사면 뼈도 사게 되는 법이 아니냐. 형님만 없애면 까짓 조정 대신들이야 금방 비루먹은 강아지가 되어서 꼬리를 사릴 게다."

"하지만 지금 대소 왕자님의 권세가 하늘을 찌르는데 무슨 수로 거사를 하시겠다는 말씀입니까?"

"허, 그놈 참 말 많은 놈일세. 네 발 짐승도 넘어질 때가 있고, 대궐 담장에도 개구멍이 있는 법. 찾아보면 반드시 기회가 올 것이다. 이번 일만 성공하면 너에게 공신에 값하는 상훈을 내릴 것이니, 너는 나를 도와라."

"……."

"우선은 솜씨 좋은 칼잡이들을 규합해 준비를 해놓고 있거라. 기회를 봐서 단번에 해치워버릴 것이다."

◆ ◆ ◆

"왕자님!"

궐문을 나서는 주몽의 앞을 불쑥 막아서는 사내가 있었다. 숱 많은 수염이 온통 얼굴을 가린 털북숭이 협보였다. 주몽이 반가운 빛을 띠며 말했다.

"협보로구나. 내 그렇잖아도 너희들을 볼까 해서 나선 참이다. 그간 잘 지냈느냐?"

한백 고을에서 돌아온 후 마리들은 마땅히 할 일이 없어 하루하루 저잣거리에서 빈둥거리는 중이었다. 실종된 주몽 왕자를 찾으러 궁궐 호위무관 자리를 던지고 나온 데다 졸본 상단마저 떠나버린 터수였다. 염려스러워하는 주몽의 말에 협보가 씨익 사람 좋은 웃음을 웃었다.

"걱정 마십시오, 왕자님. 예전처럼 야바위꾼 노릇은 하지 않으니까요. 낄낄. 예소야 아가씨께서는 잘 지내고 계십니까?"

"그래. 이젠 낯선 궁궐 생활에도 어느 정도 적응을 한 듯하구나."

한백 고을에서 함께 떠나온 예소야는 어머니 유화 부인과 함께 생활하고 있었다. 마땅한 거소를 찾기 어려워 주몽이 청을 하자 흔쾌히 허락하였던 것이다. 아들의 목숨을 살린 은인일뿐더러 워낙 품성이 어질고 음전하여 유화 부인이 이즈음엔 딸처럼 귀하게 여기는 눈치였다.

"그런데 네가 어쩐 일이냐? 무슨 일이라도 있는 게냐?"

"왕자님을 만나러 반가운 손님이 와서 기다리고 있습니다. 절 따라오십시오."

협보가 휘적휘적 앞서 걸음을 옮겼다. 객점의 한 방에서 주몽을 맞은 것은 뜻밖에도 모팔모와 무송이었다.

"아니 대장, 무송 형님! 갑자기 소식도 없이 부여에는 어쩐 일이시오?"

"허허허! 왕자님이 저승에서 살아 오셨다길래 사람인지 귀신인지 확인 차 들렀습니다."

모팔모가 흔쾌한 듯 껄껄 웃음을 터뜨렸다. 주몽 또한 기쁜 마음을 주체하기 어려워 마주 웃었다.

"그래, 졸본의 연타발 군장께선 무고하시오?"

"그게……. 군장 자리를 소서노 아가씨에게 물리셨습니다."

뜻밖의 소식이었다. 늘 패기만만하고 위엄이 넘치던 연타발 군장이 아니었던가.

"그래요? 아직 그럴 만큼 연만하신 것은 아니지 않소?"

"부여에서의 실패에 큰 충격을 받으신 듯하였습니다. 부여를 떠나 졸본으로 오신 다음 바로 그렇게 결정하셨습니다."

"으음……."

몇 번이나 입 안에서 말을 공글린 끝에 주몽이 물었다.

"소서노 아가씨께서도 안녕하시오?"

"예. 계루국의 새 군장으로 백성들의 사랑과 신망을 받고 계십니다. 헌데 비류국의 송양이 현토군의 양정을 등에 업고 졸본 오국 연맹의 맹주 자리를 넘보고 있어 걱정이 큽니다."

"송양은 어떤 자요?"

"비류국의 젊은 군장으로 탐욕스럽고 야심만만하기 그지없는 자입니다. 현토의 양정에게 선을 대 부여에서 연타발 상단이 가지고 있던 소금 전매권과 각종 교역권을 넘겨받은 뒤 장차 계루를 제치고 졸본의 좌상이 되려 하고 있습니다."

무송의 말이었다. 무송이 말을 그치기를 기다리던 모팔모가 방 한쪽에서 기다란 장방형의 오동나무 상자 하나를 가져와 내밀었다.

"이것이 무엇이오?"

"칼입니다."

의기양양한 모팔모의 말이었다. 그런 모팔모를 바라보는 주몽의 얼굴에 순간 번쩍하고 불이 켜진 듯했다.

"대장, 혹시……?"

"그렇습니다, 강철검입니다!"

"오, 성공하였군요, 대장!"

"왕자님께서 그토록 기다리시던 강철검입니다."

모팔모가 열에 들뜬 듯 떨리는 목소리로 말했다. 주몽이 서둘러 상자를 열었다. 거기 한 자루 도검이 모습을 드러냈다.

주몽이 두 손으로 칼을 들었다. 그리고 천천히 허공을 향해 칼을 뽑았다. 검신에서 뿜어져 나오는 흰빛이 방 안을 순간적으로 환하게 밝힌 듯했다. 한눈에 보기에도 예사롭지 않은 느낌을 주는 칼이었다.

"오, 이 칼이 바로 그 강철검이란 말이오?"

"그렇습니다, 왕자님. 비밀은 바로 왕자님께서 가져오신 가루에 있었습니다."

"그 우골분은 이미 대장이 시도해보았다 하지 않았소? 여러 짐승의 뼛가루와 조개껍질 가루까지도."

"우골분이 아니라 그 안에 함께 있던 황토였습니다."

"황토?"

"그렇습니다. 그 황토가 바로 비밀의 열쇠였습니다. 끓는 쇳물에 황토를 넣은 뒤 주조하자 단조한 것처럼 단단하고 부러지지 않는 강철이 만들어졌습니다.* 이제는 예전처럼 쇠를 수백 번 수천 번 두드리지 않고도 주물로 강철검을 간단하게 생산할 수 있게 되었습니다. 이

---

* 낮은 온도에서 녹여 만드는 주철(생철)은 탄소가 너무 많이 들어가서 잘 부러지는 특징이 있다. 그래서 주철에 함유된 탄소를 빼낼 물질, 즉 탈탄제를 넣어준다. 그리고 다시 가열하여 탄소를 태우는데, 이것이 철을 볶는 것과 같다고 해서 '초강법'이라고 불렀다.
주철이 잘 부러지지 않도록 하는 다른 방법으로 쇳물에 황토 같은 규소 물질을 넣기도 한다. 이 경우 탄소를 제거하지 않아도 철이 단단해져서 잘 부러지지 않는다. 황토에는 규산철과 산화철 성분이 들어 있기 때문에 생철의 쇳물 속에 뿌리면 탄소를 산화시켜 탄산가스로 날려 보내 탄소량을 줄임으로써 생철을 강철로 만들 수 있는 것이다.

제 왕자님께서 원하시는 만큼 강철검을 대량으로 만들어낼 수 있습니다."

칼을 들어 바라보는 주몽의 눈빛이 감동으로 붉게 물들어갔다. 얼마나 기다려온 강철검이란 말인가. 주몽이 모팔모를 돌아보며 떨리는 음성으로 말했다.

"수고했소, 모팔모 대장. 참으로 수고하였소. 대장의 장한 노력은 온 동이 땅 사람들에게 다시없는 장거로 기억될 것이오."

"왕자님……."

"소서노 군장에게는 사실을 말하였소?"

"아직 말하지 않았습니다."

"그렇다면 강철검 개발 사실을 밝히고, 철기방을 강철검을 대량 생산할 수 있는 구조로 만드시오. 이 일은 곤경에 처한 계루에도 큰 도움이 될 것이오."

"알겠습니다, 왕자님!"

모팔모와 헤어져 궁으로 돌아가는 길이었다. 마리가 굳이 궁성 앞까지 배웅을 하겠다고 따라나섰다. 눈치를 살핀 주몽이 물었다.

"할 말이 있으며 하여라."

"도치의 행동이 수상합니다, 왕자님."

"어떻게 수상하단 말이냐?"

"최근 들어 영포 왕자님과 만나는 일이 부쩍 잦습니다. 그리고 뒷골목의 칼잡이들을 모아 검술 훈련을 시키는데, 그 수가 오십에 이르고 있습니다."

"……."

"무언가 꿍꿍이속이 있음이 분명합니다."

"앞으로도 계속 그자의 행동을 살피거라. 영포 형님의 성정과 요즘의 처지를 생각하면 무슨 일을 벌이든 그리 이상한 일도 아닐 듯하다."

◆ ◆ ◆

그로부터 며칠 뒤의 어느 날, 부여 도성에 한에서 온 사신이 당도했다. 요란하지 않은 단출한 걸음이었으나 그가 가져온 소식은 온 부여를 큰 충격에 빠뜨리기에 충분했다.

"그 말은 한의 장안으로 볼모를 보내란 말이오? 그것도 부여 왕실의 왕자를?"

"볼모란 말은 당치 않습니다, 전하. 저희 대한의 황제 폐하께서는 지난번 임둔과 진번 두 군의 원정과 같은 불미스러운 일이 다시는 일어나지 않도록, 양국 간에 우호 관계를 돈독히 하기 위한 하나의 징표로 부여의 왕자를 맞으려는 것입니다. 이 점 부여국 부군 전하께서는 널리 혜량하시기를 바랍니다."

어떤 명분을 앞세우고 어떤 수사로 감싼다 하더라도 이것은 명백하게 부여국 왕자를 질자質子로 데려가겠다는 말이었다. 하지만, 그럼에도 이를 잘라 거절하거나 호통을 쳐 물리치기가 어려운 것이 부여의 처지였다. 대신들의 주장과 의견이 여름날의 소낙비처럼 대전 마루 위에 자욱하게 쏟아졌다.

"질자라니, 이건 우리 부여에 대한 모욕이자 명백한 폭거입니다. 이는 한나라가 우리 부여를 속국으로 생각하고 있다는 뜻입니다. 절대 이에 응하여서는 아니 됩니다."

"하지만 이후의 일도 생각하지 않을 수 없지 않소. 한이 비록 오만하고 방자하다 하나 그 뜻을 거스른다면 어렵게 얻은 부여의 안정이 송두리째 흔들릴 수도 있소."

"전쟁을 해야 한다면 해서라도 이를 물리쳐야 합니다. 부여의 왕자를 저들의 볼모로 내어줄 수는 없습니다. 장차 열조列朝를 어찌 뵈려고 그런 망발을 한단 말이오?"

"일이 이렇게 된 데에는 조정 대신들의 반대를 무릅쓰고 원정에 나선 주몽 왕자의 책임이 큽니다. 질자를 보내야 한다면 마땅히 주몽 왕자를 보내야 합니다."

그렇게 주장하고 나선 것은 병관부령 벌개였다.

갑론을박이 분분한 대전을 나선 대소는 격심한 피로를 느꼈다. 하루도 바람 잘 날이 없음은 약소국의 비애인가. 대소는 한의 오만함에 분노를 느꼈다. 하지만 분노가 가져올 것은 파괴적인 결말밖에 없다. 피곤하고 비애스럽고 분하지만, 좀더 시간을 두고 생각해보자. 나는 부여 만백성의 안위를 책임진 자가 아닌가. 대전을 마당삼아 참새 떼처럼 재재거리는 조정대신들의 소리 따윈 당분간 잊어버리자. 그리고 다시 한번 천천히 생각해보기로 하자…….

저만치에서 영포가 걸어오고 있었다. 순간, 가슴속에서 왈칵 반가운 마음이 솟아올랐다. 그러고 보니 영포를 본 지도 오래인 듯했다. 내가 그동안 저 아이에게 너무 매정했구나. 아직은 철이 없는 어린아이 같은 아우가 아닌가.

"오랜만이구나. 내 그렇지 않아도 널 한번 보려던 참이다."

"무슨 일로 저 같은 놈을 보려 하십니까, 부군 전하?"

말에 가시가 박혀 있었다.

"너도 이제는 조정을 위해 일을 해야 하지 않겠느냐? 재부조의를 도와 조세 징수를 담당하는 일을 해봄이 어떻겠느냐."

"조세라구요? 흥……. 제가 셈에 어둡다는 건 전하도 잘 아시질 않습니다. 제게 무슨 망신을 주려고 어울리지도 않는 일을 하라고 하십니까?"

"너는 부여의 왕자로 이 나라를 이끌어나가는 데 중추적인 역할을 해야 할 인물이다. 국정을 이끌려면 다양한 일을 익힐 필요가 있지 않으냐?"

영포가 감연히 코웃음을 쳤다.

"흥, 국정을 이끈다 하셨습니까? 그런 대단한 일은 모든 것을 두루 잘 아는 전하께서 하시고 이 못난 아우는 그저 술이나 마시고 계집질이나 하며 살겠습니다. 그게 제 깜냥에는 맞으니까 말입니다."

가슴속에서 불끈 분기가 솟구쳤지만 대소는 애써 마음을 다스렸다.

"영포야! 너와 나는 서로에게 단 하나뿐인 형제가 아니냐. 내가 어찌 너를 미워하고 어찌 핍박하겠느냐. 단지 너를……."

대소의 말허리를 자르고 영포가 말했다.

"전하의 깊은 뜻은 이미 뼈저리게 깨닫고 있으니 어리석은 아우는 이만 가보겠습니다."

영포가 성큼성큼 걸음을 옮기기 시작했다. 영포의 뒷모습을 바라보는 대소의 얼굴에 어쩔 수 없는 자식이란 체념의 빛이 어렸다.

◆ ◆ ◆

후원 뜰의 화단에 구절초와 쑥부쟁이 같은 가을꽃이 만발해 있었다. 따사로운 가을볕이 비치는 뜰을 두 여인이 조용한 걸음으로 거닐고 있었다. 유화가 자애로운 웃음을 띤 얼굴로 말했다.

"궁에서의 생활이 불편하지는 않으냐?"

"예, 마마."

"모든 것이 낯설고 불편할 터인데 다행이구나. 어려운 일이 있으면 언제라도 내게 말하거라."

"마마와 왕자님께 큰 짐이 되어 송구합니다."

예소야가 낯빛을 붉히며 말했다. 유화가 고개를 저었다.

"그럴 리가 있느냐? 너는 주몽이의 목숨을 구하여준 사람이니 나에게도 생명의 은인이나 마찬가지인 것을. 하늘같은 은인이 참화를 당하여 창졸간에 적막한 처지가 되었으니 내 일인 듯 안타깝기 그지없구나. 너의 원한은 머지않은 날에 주몽이 반드시 갚아주리라 약속하였느니라."

"……"

"이제는 이곳이 내 집이고, 나와 주몽이 너의 피붙이라 여기고 편히 지내도록 하여라."

"마마의 은혜, 하해와 같습니다……."

고개를 숙이는 예소야의 눈시울이 붉어졌다. 그때였다. 여관 무덕이 당황한 걸음으로 뜰을 걸어와 유화 앞에 머리를 조아렸다.

"마마……."

"무슨 일이냐?"

"마마……."

불안한 표정으로 유화가 다그쳤다.

"무슨 일이냐고 묻지 않느냐? 어서 고하거라."

"……마마, 주몽 왕자님께서……. 방금 어전회의에서 한의 질자가 되어 가기로 결정되었다고 합니다."

"무엇이!"

가을 햇살 아래 유화의 얼굴빛이 하얗게 바래고 있었다. 아주 짐작치 못한 일은 아니나 막상 소식을 대하자 하늘이 무너져 내리는 듯 아득한 충격이 몰려왔다. 곁의 예소야 또한 커다란 충격을 받은 듯한 표정이었다.

"그렇다면 주몽 왕자님께서 한나라로 가시게 된다는 말이오?"

"그렇습니다, 아가씨."

햇살 화사한 뜰 한가운데 두 여인이 막막한 절망감에 사로잡힌 채 망연한 모습으로 서 있었다. 그런 그들을 궐문 바깥에서 가만히 지켜보는 눈길이 있었다. 대소의 왕자비인 양설란이었다.

"저기 유화 부인과 함께 있는 젊은 여인은 누구냐?"

설란의 물음에 현토성에서 데려온 여관이 고했다.

"한백이란 이름의 작은 고을에서 온 여인이라 합니다. 그곳 군장의 딸로 전쟁 중에 부상을 입은 주몽 왕자님의 목숨을 구하였다고 합니다."

"그런 여인이 어찌하여 부여에 와 있는 것이냐?"

"한백 고을에서 부족 간에 변란이 일어나 아비가 죽고 갈데없는 처지가 된 것을 주몽 왕자님이 데려오셨다고 합니다."

"현토성에서 사람이 오면 저 여인에 대한 얘기도 빠뜨리지 말고 전하도록 하여라."

"알겠습니다, 마마."

"……그만 가자."

먼 눈길로 잠시 예소야를 건너다보던 설란이 몸을 돌려 걸음을 옮기기 시작했다.

◆　◆　◆

"주몽아!"

"예, 전하……."

"네가 지난 전쟁에서 구사일생하여 돌아온 후, 나와 조정을 위해 일심으로 충성되게 일해온 것을 알고 있다. 그런 너에게 이토록 무거운 짐을 지우게 되어 안타깝구나."

대소의 목소리가 자못 은근했다. 두 사람은 대소의 처소에 마련된 간소한 주안상 앞에 마주 앉아 있었다. 주몽에게 술잔을 따라 건넨 대소가 말을 이었다.

"하지만 이 일은 우리 부여의 장래와 백성들의 안위를 좌우할 수도 있는지라 결코 가벼이 생각할 수 없다. 어찌하겠느냐? 이 형의 뜻에 따르겠느냐?"

"……."

"전날 뵈니 네 어머니 유화 부인께서도 많이 쇠약해지셨더구나. 내게도 어머니와 같은 분이니 네가 없더라도 내가 편안히 모실 것이다. 너는 아무 염려 말거라."

주몽은 순간 온몸에 소름이 돋는 듯한 공포를 느꼈다. 주몽은 그런 말을 하는 대소의 저의를 모르지 않았다. 만약 자신이 그의 뜻을 거역한다면 어머니 유화에게 잔인한 보복이 내려지리라는 노골적인 위협이었다.

주몽은 무서운 분노가 가슴속에서 끓는 물처럼 솟아오르는 것을 가까스로 참았다. 하지만 그렇다 한들 지금 자신이 할 수 있는 일은 아무것도 없었다.

"알겠습니다, 형님. 형님의 뜻을 받들겠습니다."

"그래! 허허허, 고마운 일이다. 주몽아."

"……."

"세상일이 어찌 오직 한 가지 나쁜 일만 있겠느냐. 한의 장안은 대륙의 중심으로 수많은 나라의 문물과 인종들이 저자처럼 만물상을 이룬 곳이다. 천하의 문물과 뛰어난 인재들을 접하여 견문을 넓힐 수 있는 곳이니 마음먹기에 따라서는 이보다 좋은 기회가 어디 있겠느냐?"

"형님의 말씀 명심하겠습니다."

"나는 닷새 후 사출도의 순수巡狩에 나설 것이다. 얼마나 걸릴지 모를 일이나 부여로 돌아와서 네가 장안으로 떠나는 것을 보도록 하겠다. 그동안 편히 지내도록 하여라."

대소의 앞을 물러나오는 주몽의 마음이 쇠로 된 추를 드리운 듯 무거웠다. 장안으로 한의 질자가 되어 떠나야 한다. 하지만 더 큰 염려는 이미 소식을 전해 들었을 어머니 유화의 상심이었다.

저녁 문안을 올리려고 들른 자리에서 그런 주몽의 걱정은 곧 확인이 되었다. 침착한 태도를 유지하려 애쓰고 있었지만 유화는 종내 고개를 외로 돌리며 눈시울을 붉히고 말았다. 금와왕의 와병 이후 어떤 일에도 당황하거나 두려움을 모르던 유화가 눈에 띄게 약해져가고 있었다.

"주몽아, 아무래도 내가 너에게 잘못을 한 것 같구나. 용이 구름을 얻어 하늘을 날아오를 때까지 몸을 낮추고 자중하라 이른 말이 이런 결과가 될 줄을 몰랐구나. 차라리 부여를 떠나 다른 세상에서 네 뜻을 펼치게 할 것을……."

"너무 심려 마십시오, 어머니. 저는 괜찮습니다."

"아니다. 아직은 늦지 않았다. 지금이라도 부여를 떠나거라. 떠나서 새로운 세상에서 너의 원대한 꿈을 펼치거라."

"하오나 소자, 아직 부여를 떠날 수 없습니다."

"어찌 그러느냐? 이 어미와 폐하 때문이냐?"

"……."

"그렇지 않다. 대소가 아무리 무도하다 한들 설마 아버지인 폐하와 무기력한 나를 어찌하겠느냐? 그런 걱정일랑 말고 어서 부여를 떠나거라."

"……형님은 사람들이 짐작하지 못할 일도 능히 저지를 사람입니다. 형님의 관용과 자비에 두 분을 맡기고 떠날 수는 없습니다."

주몽은 금성산의 그 쓸쓸한 구릉에서 대소의 무장병들에게 참혹한 죽음을 당한 아버지 해모수를 기억했다. 이제 다시 연약한 어머니를 분노한 원수의 손아귀에 맡길 수는 없는 일이었다.

"어머니, 너무 심려 마십시오. 닭이 제 분수없이 하늘을 날아오르지만 하늘에 오래 머물 수는 없는 일입니다. 어려움을 견디며 때를 기다리면 반드시 좋은 날이 올 것입니다."

동이의 땅을 향하여

주몽의 침묵을 유화는 불안한 눈길로 지켜보고 있었다. 질자가 되어 장안으로 가기로 결정된 이후에도 주몽의 태도에는 별다른 변화가 보이지 않았다. 이전처럼 아침이면 조정으로 나가 맡은 직무를 처결하고, 오후엔 자신의 방에 앉아 책을 읽거나 홀로 인적이 드문 왕궁 안의 숲길을 거닐었다. 자신의 신세를 한하거나 분노를 드러내는 태도 따위는 전혀 엿보이지 않았다.

하지만 유화에게는 어딘지 주몽의 그 침묵이 알 수 없는 불안으로 다가왔다. 마치 엄청난 파괴력을 가진 폭풍이 닥치기 직전의 고요 같은 느낌이었다.

"주몽아!"

유화가 주몽을 불렀다. 뜰 어귀에 심어진 신나무의 붉게 물든 나뭇잎이 한잎 두잎 정갈하게 빗질된 마당 위로 내려앉는 가을날의 오후였다.

"예, 어머니."

"장안으로 가겠다는 마음에는 변함이 없느냐?"

"그렇습니다."

"그렇다면 이 어미의 말을 들어 보아라. 너는 예소야를 어떻게 생각하느냐?"

"예쁘고 요조한 처녀지요. 어째서 그러십니까?"

"그 아이를 밉지 않게 여긴다면 네가 장안으로 떠나기 전 혼례를 올리는 것이 어떻겠느냐?"

무심한 태도이던 주몽이 그제서야 놀란 표정을 지었다.

"혼례라 하셨습니까?"

"소야는 불의의 일로 부모를 잃고 너를 의지해 산 설고 물 설은 이곳으로 왔다. 그런데 다시 너마저 떠나고 나면 그 아이의 처지가 얼마나 더 외롭겠느냐? 너 또한 낯선 장안 땅에서 곁에 소야가 있다면 큰 위로가 될 것이고. 다행히 소야가 너를 마음으로 따르는 눈치이니 너만 마음을 낸다면 어려움은 없을 것이다. 폐하께서도 이미 허락하신 일이다."

뜻밖의 말에 주몽이 얼굴을 붉히며 당황한 태도를 보였다.

"저……. 는 한번도 생각해 보지 않은 일이라……."

"그럼 이제라도 생각해보거라. 착하고 영리한 것이 세상 여느 명문의 규수와 비하여도 부족함이 없는 아이다. 너의 좋은 배필이 될 것이다."

"……."

"네가 소서노란 여인을 사랑하였다는 것을 알고 있다. 하지만 이미 엇갈린 운명을 어이하겠느냐?"

그날 저녁 무렵의 일이었다. 오랜만에 주몽이 성 밖 걸음을 했다. 쓸쓸한 심사를 가눌 길이 없어 나선 걸음이 마리들이 있는 객점으로 향했다. 그렇지 않아도 주몽을 기다리고 있었던 듯 반기는 기세가 전에 없던 일이었다.

"무슨 일이라도 있었느냐?"

"왕자님. 아무래도 도치가 큰일을 치르고야 말 것 같습니다. 그간 본계산에 숨겨놓고 날마다 검술 훈련을 시키던 칼잡이들에게 내일은 거사를 하겠다고 큰소리를 쳤다고 합니다."

"내일?"

"그렇습니다. 무슨 일인지는 모르나 도치 놈의 기세가 여간 아닙니다."

"영포 형님은?"

"날마다 본계산으로 나가 놈들의 훈련을 지켜보고 있습니다."

순간 주몽의 뇌리에 오늘 낮 대소가 한 말이 섬광처럼 떠올랐다.

— 나는 닷새 후 사출도의 순수에 나설 것이다. 얼마나 걸릴지 모를 일이나 부여로 돌아와서 네가 장안으로 떠나는 것을 보도록 하겠다.

"으음……."

"어찌하여 그러십니까, 왕자님."

"영포 형님과 도치가 노리는 것은 대소 형님이다."

"예?"

마리들이 한결같이 놀란 소리를 내며 눈을 휘둥그레 떴다. 협보가 믿기지 않는다는 표정으로 말했다.

"아무리 막무가내인 도치 놈이지만 설마 그런 무모한 짓을 벌이기야 하겠습니까? 대소 왕자는 지금 부여의 국왕이나 다름없는 자리에 앉아 있는 분인데…….”

“영포 형님의 성정이라면 능히 그럴 수 있다. 아마도 내일 대소 형님이 사출도 순수에 나서는 것을 노려 기습하려는 계획일 게다.”

“그런데 왕자님. 한 가지 이상한 일이 있습니다.”

마리의 말이었다.

“이상한 일이라니, 무엇이 말이냐?”

“도치가 훈련시킨 칼잡이들에게 계루국의 갑옷을 나눠주었습니다. 아마도 내일 거사를 계루의 갑옷으로 위장하여 치르려는 것 같습니다.”

“무엇이!”

주몽이 나직하게 놀란 소리를 냈다. 영포의 얕은꾀가 한눈에 들여다보이는 듯했다. 아마도 거사가 실패할 경우 그 책임을 계루로 돌릴 생각일 것이며, 설혹 성공한다 하더라도 이 엄청난 음모의 희생양이 필요할 것이다…….

주몽의 눈빛이 한층 깊은 생각 속으로 가라앉아갔다.

◆ ◆ ◆

이튿날 아침 일찍, 대소 왕자 일행이 부여 도성을 떠났다. 사출도 순수가 시작되었다. 첫 방문지는 남동쪽 반남 땅의 구가였다.

부여 왕을 대리하는 왕자의 행차 치고는 단출한 규모였다. 행렬의 앞에 붉은 나관 차림의 대소가 마상에 올라앉아 있고, 그 뒤로 몇몇 대신들과 내관들이 따랐다. 20여 인의 무장 호위무사들이 앞과 뒤에서 행렬을 보위하고 있었다.

성문을 나선 대소 일행이 방죽산 자락의 시누대숲 앞에 이르렀을 때였다. 갑자기 바람도 없는데 시누대숲이 한 차례 떨리는 느낌이더니, 숲 속으로부터 바람을 가르는 휘파람 소리가 한 차례 들려왔다. 그와 동시에 선머리에서 행렬을 선도하던 호위무사 하나가 날카로운 비명을 지르며 말 아래로 떨어졌다.

그와 동시에 요란한 함성이 일며 위쪽의 시누대숲과 아래쪽의 바위들 틈에서 무장한 갑병들이 쏟아져 나오기 시작했다.

호위총관 원종이 놀라 소리쳤다.

"웬 놈들이냐!"

하지만 기습자들은 이미 단단히 먹은 마음이 있는 듯 다짜고짜 창검을 앞세워 대소를 향해 달려들었다. 대소의 앞을 막아서던 호위무사 몇이 적들의 칼날 아래 피를 쏟으며 나동그라졌다.

"전하를 보위하라!"

당황한 원종이 말을 몰아 달려가며 소리쳤다. 앞서 달려오던 칼잡이 하나가 원종의 말발굽에 짓밟히며 고통스러운 비명을 내질렀다. 경험 많은 몇몇 무사들이 뒤이어 달려드는 적들을 베어 넘기며 재빨리 대소의 앞과 뒤를 방비하기 시작했다. 이어 정신을 수습한 호위무사들이 적의 공격을 막아내면서 대소를 중심으로 점차 피아 간에 전열이 형성되어갔다. 기습적인 공격으로 단숨에 호위대를 제압하고 대소를 죽이려던 적들의 기도는 그로써 좌절되었다.

궁성 수비대 가운데서도 무술 솜씨가 빼어난 자로 가려 뽑은 대소의 호위대였다. 하지만 상대는 세 곱절이 넘는 머릿수에다 칼을 휘두르는 품이 한결같이 모질고 잔인하기 그지없는 칼잡이들이었다. 기습자들은 호위무사들의 칼에 죽어 넘어지면서도 먹이를 향해 달려드는 사냥개마냥 무자비한 공격을 멈추려 들지 않았다. 대전이 길어지면서 전투 경험이 풍부한 호위무사들마저 당황해하는 기색이 뚜렷했다. 싸움의 형편을 지켜보던 대소가 소리쳤다.

"멈추어라! 나는 부여의 왕자다. 웬 놈들인데 감히 이 나라 왕자를 해치려 하는 것이냐? 당장 칼을 거두지 못할까!"

하지만 기습자들은 대소의 호통 따윈 아랑곳하지 않은 채 오직 눈앞의 상대를 쓰러뜨리는 데만 혈안이 된 모습이었다.

어설퍼 보이는 갑옷이 아니더라도 이자들은 결코 군사들이 아니었다. 세상의 어느 곳에도 이토록 무질서하고, 이토록 모질고, 이토록 탐욕스럽게 적을 공격하는 군사들은 없다. 아마도 이들은 엄청난 돈에 매수된 자객들일 게 분명했다.

마상에서 적들의 움직임을 살피던 대소가 칼을 뽑아들고 난전 속으로 뛰어들었다.

"이놈들!"

그 자신 한때 부여제일검이라 칭송받던 대소였다. 길지 않은 시간에 벌써 두어 명의 칼잡이들이 대소의 칼날 아래 목숨을 잃고 쓰러졌다. 하지만 피를 쏟으며 죽어 넘어지는 동료를 보면서도 적들은 그악스럽게 대소를 향해 달려들었다.

이곳저곳에서 적들의 칼날에 쓰러지는 호위무사들이 늘어갔다. 대소의 바른편에서 다가드는 적들을 막아내고 있던 나이 든 호위무사마저 적의 칼날에 고통스러운 비명을 올리며 쓰러지는 것이 보였다. 대소 역시 달려드는 적들을 맞아 가까스로 위험한 순간들을 넘기기에 급급한 형편이었다. 떼어내도 떼어내도 달라붙는 악귀처럼 끊임없이 공격해 들어오는 적들을 보며 대소는 점차 두려움을 느꼈다.

세의 우위를 확신한 적들의 공세가 더욱 거세고 날카로워졌다. 살아남아 적을 대적하는 호위무사들은 채 다섯도 되지 않아 보였다. 이전엔 느껴본 적이 없는 공포와 절망감이 대소를 덮쳤다.

이런 하찮은 놈들이…….

곧 맹렬한 분노가 대소의 몸속에서 솟구쳐 올랐다. 이렇게 된 이상한 놈이라도 더 베어 죽인 후 장렬한 죽음을 맞을 수밖에 없다…….

"이놈들!"

대소가 벽력같은 노성을 터뜨리며 적들을 향해 뛰어들었다. 그런 순간이었다.

대소를 향해 칼을 세워들고 달려들던 칼잡이 하나가 갑자기 비명조차 지르지 못한 채 바닥에 나뒹굴었다. 쓰러진 사내의 뒷목에 한 대의 화살이 꽂혀 있었다. 이어 대소의 바른편에서 또 한 사내가 고통스러운 비명을 토하며 거꾸러졌다.

대소의 눈길 속에 저편 언덕 아래에서 바람처럼 말을 몰아 달려오는 한 떼의 인마가 보였다. 무리의 앞에서 마사희馬射戲라도 벌이듯 자유자재로 화살을 날리며 달려오는 것은 주몽이었다.

하늘에서 내려온 듯 땅에서 솟아오른 듯, 갑자기 나타난 스물 남짓한 사내들로 인해 싸움은 전혀 다른 양상을 띠기 시작했다. 예기치 않은 공격을 받은 기습자들이 눈에 띄게 당황한 태도를 보이며 주춤거리고 있었다. 순식간이라 할 만한 사이에 절반 가까운 적들이 풀밭 위에 피를 뿌리며 쓰러졌다. 나머지 또한 그 세차던 기세는 어디로 갔는지 겁 먹은 얼굴로 뒤쪽을 흘깃거리며 달아날 궁리를 하고 있었다.

주몽이 말을 몰아 천천히 대소 앞으로 다가섰다. 두려움과 안도와 놀라움이 범벅이 된 표정으로 대소가 주몽을 건너다보았다.

"주몽아!"

"다친 데는 없으십니까, 형님?"

"난 괜찮다. 네가 아니었더라면 꼼짝없이 큰일을 당할 뻔했구나. 고맙다."

고개를 돌려 마리들과 무사들이 달아나는 적을 뒤쫓아 베어 넘기는 것을 바라보던 주몽이 말에서 내려서며 말했다.

"무사하셔서 다행입니다. 이자들은……."

"알고 있다. 계루의 군사들이 아니란 것을. 호위총관!"

싸움 중에 정신이 절반쯤 나가 있던 원종이 어디선가 나타나 고개를 조아렸다.

"예, 전하!"

"살아 있는 자가 있는지 살펴 이자들의 정체가 무엇인지 반드시 밝히도록 하여라!"

어느새 위엄과 침착을 회복한 대소가 주몽을 건너다보았다.

"그런데 네가 어떻게 알고 이곳에서 나를 구하였느냐?"

"아랫것들과 어울려 사냥을 하고 있었습니다. 싸우는 소리가 들려 달려온 것인데, 형님께서 화를 면하셔서 다행입니다."

"…… 너는 이자들이 누구라고 생각하느냐?"

"……."

주몽이 죽어 널브러진 기습자들의 시신을 건너다보며 천천히 고개를 저었다.

◆　◆　◆

　도치 객전의 2층 내실에 앉은 영포의 표정이 가뭄에 마른 논바닥처럼 초조해 보였다. 아까부터 좌불안석, 자리에 오래 앉아 있지 못하고 뒤 마려운 강아지처럼 방 안을 오락가락하는 도치 또한 초조하기는 마찬가지였다. 밖에서 나는 작은 소리에도 연신 귀를 기울이던 도치가 후, 긴 한숨을 내쉬며 영포 앞에 다가와 앉았다.

　"한당이, 이 망할 자식……. 시간이 벌써 이렇게 지났는데 뭘 하느라 아무 소식이 없는 거야?"

　그러다 맞은편에서 초조한 표정을 짓고 있는 영포를 보고는 슬그머니 위로하는 소리를 했다

　"너무 염려 마십시오, 왕자님. 아마 지금쯤 일을 무사히 끝내고 돌아오는 중일 겁니다."

　"……."

　그때 문 밖에서 다급한 발자국 소리가 들렸다. 도치가 꽁지에 불을 켠 모양으로 후다닥 자리에서 일어나 문 쪽으로 걸어갔다. 한당이 들어섰다.

　"바, 방주님……!"

　"이 자식아! 얼마나 기다렸는지 알아? 대체 어찌되었어?"

　눈썹이 희고 언제나 창백하던 한당의 얼굴이 땀과 알 수 없는 두려움으로 번들거리고 있었다.

　"어서 말을 해, 이놈아!"

　"서, 성공할 뻔하였습니다. 우리 아이들이 대소 왕자의 호위무사를 모두 도륙할 참이었습니다. 그런데 어디선가 주몽 왕자가 무사들을

이끌고 나타나 우리 아이들을 모두 죽이고 말았습니다. 저만 간신히 목숨을 부지해 이렇게 도망쳐 왔습니다."

"주몽이?"

영포가 끄응, 절망적인 신음을 흘렸다.

"이 멍청한 놈이 큰일을 망쳐놓았구나. 이런 망할 놈의 자식."

"아이쿠!"

도치가 머리를 감싸 쥐며 의자에 주저앉았다. 돌멩이처럼 딱딱해진 공기 속에 세 사람이 잠시 주저앉아 있었다. 한당이 떨리는 목소리로 입을 열었다.

"방주님, 이제 어떻게 합니까? 곧 대소 왕자의 군사들이 들이닥칠 텐데……."

"왕자님, 저희와 함께 잠시 몸을 피하시는 게 어떻겠습니까?"

"그러면 더 의심만 받게 된다. 이런 경우를 대비해서 계루 군사로 위장한 것이 아니냐. 쉽게 발각되지는 않을 것이니 너무 걱정 말고 조용히 상황을 살피도록 해라."

영포가 그렇게 다짐을 두곤 서둘러 방을 나섰다.

하지만 그들의 운은 채 반나절이 지나지 않아 끝이 났다. 거리를 가득 메우며 몰려온 군사들이 도치의 객전으로 들이닥쳤다. 그리고 굴비를 엮듯 도치와 한당과 식솔들을 엮어 궁궐로 압송했다.

휘황한 횃불이 대낮처럼 밤을 밝힌 대궐 마당에서 취문이 시작되었다. 포박된 채 마당에 꿇어 앉혀진 도치와 한당이 두려운 눈을 들어 앞을 바라보았다. 거기 높다란 대 위에서 대소가 얼음같이 차가운 눈길로 두 사람을 바라보고 있었다. 그 곁에 불안한 기색을 무표정으로 감춘 영포가 서 있었다.

"네놈 이름이 도치냐?"

등줄기에 서늘한 한기가 느껴지도록 냉랭한 대소의 음성이었다.

"그, 그렇습니다, 전하……."

"오늘 내가 당한 변고를 모르지는 않을 것이다. 날 죽이려 한 것이 네놈이냐?"

도치가 겁먹은 얼굴로 더듬거리며 발명했다.

"와, 왕자님. 저흰 모르는 일입니다. 저희는 아무 죄가 없습니다……."

"이런 죽일 놈! 네놈 수하 가운데 살아남은 자가 이미 다 토설을 한 일이다. 다시 한번 거짓을 고하면 이 자리에서 당장 목숨을 끊어놓을 것이다!"

도치의 얼굴이 하얗게 바랬다. 두려움에 떠는 도치의 눈길이 영포를 향했다.

"다시 한번 묻겠다. 날 죽이려 한 것이 네놈이냐?"

"…… 용서하십시오, 왕자님. 이놈이 그만 무언가에 씌어서……."

다시 대소의 냉혹한 음성이 이어졌다.

"그렇다면 네놈에게 그 일을 사주한 자가 있을 터. 그것이 누구냐? 거짓을 고한다면 살아서 내일을 맞지 못할 것이다."

두려움에 떠는 도치의 눈길이 다시 영포를 향했다.

"왕자님……."

영포가 침통한 얼굴로 도치의 눈길을 외면한 채 허공을 우러렀다.

"저희는 죄가 없습니다. 영포 왕자님이 찾아와 시키는 대로 하지 않으면 죽인다고 강요하셔서……. 죽을죄를 졌습니다, 왕자님."

성큼성큼 대에서 내려온 대소가 위사의 칼을 빼앗아 도치의 목을 겨눴다. 덜덜 턱을 떨며 도치가 간신히 말했다.

"저, 전하…….. 저희는 그저 시키는 대로…….."

도치의 말은 이어지지 못했다. 대소의 손에서 칼이 번득이는가 싶더니 이내 도치의 목이 바닥에 나뒹굴었다.

"으악!"

곁의 한당이 제풀에 비명을 내지르며 바닥에 주저앉았다. 대소가 원종에게 명했다.

"이놈을 데려가 참수하여라!"

피 묻은 칼을 든 대소가 영포를 향해 걸어갔다. 대소가 물었다.

"네놈이 나를 죽이려 한 까닭이 무엇이냐?"

불길 같은 눈으로 잠시 대소를 쏘아보던 영포가 입을 열었다.

"그건 나보다 형님이 더 잘 알 것이 아니오. 형님은 이 나라를 강탈한 역적이고 아버지에게는 인륜을 저버린 패륜아요. 이제 다 알려진 일이니 형님 마음대로 처결하시오."

"이놈이!"

대소가 칼을 들어올려 영포를 베려 했다. 그 순간이었다.

"안 된다, 대소야!"

뒤늦게 소식을 듣고 달려온 원후가 영포의 앞을 가로막고 나섰다.

"대소야! 그럴 리가 없다. 영포가 널 죽이려 했을 리가 없다. 무언가 오해가 있을 것이다!"

"이미 이놈이 자백한 일입니다. 저리 비키십시오, 어머니."

"안 된다. 영포를 죽여서는 안된다, 대소야! 이 어미를 봐서라도 그래서는 안된다."

원후가 팔을 벌려 영포를 감싸며 소리쳤다. 차가운 눈길로 영포를 쏘아보던 대소가 돌아서며 명을 내렸다.

"이놈을 당장 묶어서 옥에 가두어라!"

대소의 살해 기도 사건은 부여의 왕실과 조정을 커다란 충격에 몰아넣었다. 그 흉모의 주모자가 다름 아닌 아우 영포였다는 점에서 더욱 그러했다. 사건은 누구도 선뜻 입 밖에 내어 말하기 두려운 비밀이 되어 사람들의 마음 깊은 곳에 자리잡았다. 누구도 그 엄청난 추문에서 자유롭지 못했다. 사람들은 이 사건을 통해 왕실을 보고 부여를 보았다.

그 가운데서도 가장 큰 충격은 대소의 것이었다. 부여의 권력을 마침내 한손에 거머쥔 뒤, 권력은 그 자체로 정의로운 것이라 안도하고 있던 대소에게 이번 사건은 실로 엄청난 충격이었다. 그에게 던져진 냉엄한 진실은 자신이 권력욕에 사로잡혀 왕권을 찬탈한 반역자이며, 아비를 배신한 패륜아란 사실이었다. 대소는 한없는 우울의 나락 속으로 빠져들었다.

하지만 영포에 대한 대소의 분노는 조금도 사그라들지 않았다. 날마다 거듭되는 원후의 눈물겨운 애소에도 불구하고 대소는 영포를 반드시 참수할 것이라고 언명했다. 아무도 그의 분노를 잠재울 수 없었고, 아무도 그의 뜻을 되돌릴 수 없었다. 오늘이라도 당장 영포를 참수하라는 대소의 명이 떨어질까 하여 부여의 궁궐은 하루하루 살얼음판을 딛는 듯 초조와 불안으로 가득했다.

그런 어느 날 대사자 부득불이 금와의 부름을 받았다. 오랜만에 대하는 늙은 왕의 얼굴에 수색愁色이 만면했다.

"폐하! 그간 강녕하셨습니까? 진작 찾아뵙고 문후 여쭙지 못한 것을 용서하여 주십시오."

"대사자."

"하명하십시오, 폐하!"

"그대는 나의 선대로부터 지금까지 삼대에 걸쳐 일인지하 만인지상의 자리를 지켜온 이 나라의 동량과도 같은 분이오. 이는 그대의 뛰어난 지혜와 반석같이 굳은 충성심에서 비롯된 일임을 짐은 잘 알고 있소."

"……."

"그대와 나는 지난 30여 년간 때로는 군신으로 때로는 벗으로 이 나라 부여를 이끌어오는 데 함께 노력해왔소."

"폐하, 이 어리석고 죄 많은 신을 꾸짖어 주십시오."

부득불의 목소리가 부끄러움과 두려움으로 떨려나왔다.

"아니오, 그렇지 않소. 이제 나는 그대와의 지난 정을 빌려 한 가지 부탁을 하려 하오."

"……."

"지금 부여 왕실에서는 골육상쟁의 비극이 빚어지고 있소. 이는 모두 짐의 부덕과 불민함에서 비롯된 것으로 그 아이들의 허물이라 할 수 없소. 무슨 일이 있어도 형제들끼리 죽고 죽이는 일이 있어서는 아니 될 것이오. 옛말에도 형제는 지체와 같고 부부는 의복과 같으니 의복은 떨어지면 새것으로 갈아입을 수 있으나 수족은 한번 잘리면 다시 잇기가 어렵다고 하였소. 대소가 영포를 죽이는 일은 결코 없어야 하오."

"……."

"대사자께서 지혜를 다하여 영포를 살릴 수 있는 방법을 강구해보시오. 오로지 대사자만이 그 일을 할 수 있소. 짐의 간절한 부탁이오."

"알겠습니다, 폐하. 신 부득불, 삼가 폐하의 영을 받들겠습니다."

부득불이 고두백배한 후 금와의 앞을 물러났다.

그날 밤 달빛이 휘황한 시각에 부득불이 태자전의 대소를 찾았다.

"늦은 시간에 대사자께서 어인 일이시오."

자리옷의 대소가 노신老臣을 맞으며 말했다. 부득불이 얼굴 가득 웃음을 띤 채 말했다.

"늙은이가 나이를 먹으니 밤잠은 적어지고 쓸데없는 생각만 많아지는 듯합니다. 전하와 더불어 주안이나 나누며 이 밤을 견뎌볼까 하여 왔습니다."

그러나 주안을 앞두고 마주 앉자마자 부득불이 진지한 얼굴이 되어 말했다.

"전하, 영포 왕자를 참수하셔서는 안 됩니다."

술잔을 들이켜던 대소의 미간이 찌푸려졌다. 술잔을 채워 건네며 대소가 말했다.

"그 일이라면 내 앞에서 거론치 마시오, 대사자. 그놈은 나를 죽이려 했던 원수 놈이오."

"전하, 영포 왕자가 저지른 행동은 비록 부여의 왕자라 하여도 참형을 받아 마땅한 큰 죄입니다. 하지만 전하. 영포 왕자를 죽이는 일은 그 죄의 경중과는 무관한 매우 정치적인 문제입니다."

"그 얘긴 더 이상 듣고 싶지 않소."

"들으셔야 합니다. 전하께서 영포 왕자를 죽이는 것은 얻는 것은 없고 잃는 것은 많은 어리석은 일입니다. 영포 왕자를 죽이셔서는 안 됩니다."

"듣기 싫소, 대사자!"

"전하는 이 나라 군왕을 대리하고 있는 분입니다. 지금 전하에게 필요한 것은 군왕으로서의 위의가 아니라 관용과 아량입니다. 말 위에서 천하를 얻을 수는 있으나 말 위에서 천하를 다스릴 수는 없는 법입니다. 천하를 다스리는 것은 권력과 위엄이 아니라 아량과 관용입니다. 영포 왕자를 용서함으로써 군왕의 아량을 보이십시오. 그러면 온 백성들이 전하의 도량에 감복하여 진심으로 전하께 신복하게 될 것입니다."

"······."

"영포 왕자를 참수하는 대신 장안으로 보내십시오."

"영포를 장안에? 주몽 대신 질자로 보내란 말이시오?"

"그렇습니다. 지금이나 앞으로나 전하에게 더 큰 위험은 영포 왕자가 아니라 주몽 왕자입니다. 주몽 왕자는 장안으로 보낼 것이 아니라 곁에 두고 지켜보심이 옳습니다. 영포 왕자에게는 이번 일에 대한 징벌의 의미가 될 것이구요."

"주몽은 나의 목숨을 구하였소. 그 아이는 이미 나에게 충성을 맹서하고 나의 일을 돕고 있소."

"거기에는 달리 까닭이 있을 것입니다. 아무튼 주몽 왕자를 장안으로 보내는 것은 장차 큰 우환을 사는 일이 될 것입니다."

"으음······."

◆ ◆ ◆

그 해 겨울 부여국 왕실에 두 가지 큰일이 있었다. 하나는 영포 왕자가 한의 장안으로 떠난 일이었고 하나는 주몽 왕자의 혼례였다.

장안으로 가느니 차라리 참수를 당하겠다고 고함을 지르던 영포는 결국 어머니 원후의 설득을 받아들여 한의 왕에게 조공할 물화와 함께 장안으로 떠났다.

주몽의 혼인 또한 어머니 유화의 간절한 당부가 있었다. 왕실과 조정의 커다란 기쁨이 함께했다. 비교적 건강한 모습의 금와가 모습을 드러낸 것은 왕이 임둔과 진번군 원정에서 돌아온 이후 처음 있는 일이었다.

그리고 그 겨울이 다 가기 전, 부여에 다시 한 줄기 광풍을 몰고 올 사건이 예비되고 있었다.

현토성 양정이 보낸 사신이 부여성에 당도했다. 사신은 품고 온 한 왕의 칙서를 올렸다. 비단 두루마리로 된 봉서를 읽은 대소의 얼굴이 수심으로 어두워졌다.

"한왕이 적어보낸 것이 무엇입니까?"

부득불의 물음에 대소가 긴 한숨과 함께 말했다.

"한왕이 부여의 강역 안에 있는 조선의 유민들을 모두 한으로 압송하라 하오. 아마도 지난번 임둔, 진번과의 전쟁에서 이들 군에서 탈출하여 부여로 넘어온 자들이 적지 않음을 알고 하는 말인 듯하오."

"그것은 아니 될 말입니다. 이미 부여에 정착한 자들을 색출하여 한으로 보낸다면 부여 왕실과 전하에 대한 백성들의 신뢰가 큰 상처를 입게 될 것입니다. 저들의 뜻을 받아들여서는 아니 될 것입니다."

언제나 말과 행동이 진중한 부득불이 뜻밖에도 즉각 불가를 주장하고 나섰다. 조정의 대소신료들 또한 저마다 앞장서서 한왕의 요구를 터무니없는 일이라 성토하기 시작했다.

하지만 그로부터 며칠 후, 대소는 부여 역내의 조선 유민을 한으로 압송할 것을 내외에 천명했다. 그날 부군의 집무실로 주몽을 부른 대소가 무거운 입을 열었다.

"이 일을 두고 조정과 백성들이 무어라 하는지 내 모르는 바 아니다. 하지만 백성들의 믿음을 사는 일보다 더욱 어렵고 중한 것이 한의 신뢰와 우의를 얻는 일이다. 현토성이나 한과 간신히 맺은 우호 관계를 이 일로 깨뜨릴 수는 없는 일이다."

"하지만 형님. 조선의 유민이라 하나 그들 또한 동이의 백성으로 우리 부여와는 겨레붙이가 아닙니까? 이미 이 땅에 정착하여 이 땅의 백성이 되어 살아가는 저들을 다시 한의 노예로 보낼 수는 없는 일입니다. 이는 부여의 백성을 파는 일입니다."

"너는 지금부터 이 땅에 정착한 옛 조선의 유민들을 남김없이 색출하여라. 그런 다음 그들을 한의 장안으로 압송하고 돌아오너라."

"형님!"

"이는 너에게 내리는 나의 명이다. 일의 시행에 한 치의 어긋남도 있어서는 안 될 것이다."

"……."

"너는 지난번 내 목숨을 구하였다. 그리고 조정에 출사하여 나를 도와 국정을 새롭게 하는 일에 많은 노력을 기울였다. 하지만 나는 아직도 네가 진심으로 나와 부여에 충성을 다하고 있는지 알지 못한다. 이번 일은 너의 충성된 마음을 보이는 가장 분명한 증좌가 될 것이다."

그날로부터 부여 땅에 날마다 커다란 소동이 벌어졌다. 무장한 군사들이 도성 안팎을 샅샅이 훑으며 옛 조선의 유민들을 색출하기 시작했다. 그리고 찾아낸 자들은 도망간 종놈 다루듯 거칠게 몰아세워 도성 밖의 개활지에 마련한 수용소에다 가두었다. 날마다 숨으려는 자와 잡으려는 자 사이에 소동이 벌어지고 매 맞는 소리와 비명이 도성 곳곳에서 터졌다. 이 일을 진두에서 지휘하는 이가 주몽이었다.

"왕자님!"

마리가 볼멘소리로 주몽을 불렀다. 안면이 있는 객점에서 저녁을 때우고 어슬렁거리며 저잣거리에 나선 마리와 오이, 협보 앞에 주몽이 나타났다.

"지난번 대소 왕자를 구한 것은 자칫 계루가 모든 음모를 뒤집어쓰고 멸족을 당할까 염려한 때문이라고 생각하였습니다. 하지만 요즘 왕자님이 하시는 일은 도무지 이해할 수가 없습니다."

마리의 말에 협보가 짝을 붙였다.

"해모수 장군님과 금와대왕 폐하께선 조선의 유민을 구하는 일에 목숨을 바쳤다고 들었습니다. 그분들의 자손인 왕자님께서 어떻게 그런 일을 하실 수가 있습니까?"

묵묵히 그들의 말을 듣고 있던 주몽이 목소리를 낮추며 말했다.

"너희들의 말이 맞다. 지금부터 너희들은 내가 하는 말을 마음에 담아 듣고 어김없이 행하여라. 특히 행동을 신중히 하여야 할 것이다."

주몽이 나직한 소리로 자신의 생각을 말하기 시작했다.

◆ ◆ ◆

도성 밖 수용소에 모인 조선 유민의 수가 5백을 넘어가고 있었다. 신속하고 빈틈없는 주몽의 솜씨에 잔뜩 흡족해진 대소가 주몽에게 말했다.

"그만하면 되었다. 이제 저들을 장안으로 압송할 준비를 하여라. 장마가 오기 전에 서둘러야 할 것이다.”

그날, 주몽이 왕의 침전으로 가 금와에게 알현을 청했다.

“폐하, 소자입니다.”

“어서 오너라.”

금와 또한 들은 말이 있는지 주몽을 대하는 얼굴이 어두워 보였다. 거동에는 어려움이 없다 하나 아직도 낯빛과 모습에서 병색을 완전히 걷어내지 못하고 있는 금와였다. 주몽이 큰절을 올리고 말했다.

“아버님, 소자 하직 인사 올립니다.”

금와가 놀란 표정으로 물었다.

“하직 인사라니 그 무슨 말이냐?”

“소자 부여를 떠나려 합니다. 종신하여 폐하를 모시지 못하는 불효를 용서하여 주시길 바랍니다.”

“부여를 떠나서 어디로 가겠단 말이냐, 주몽아?”

“지금 대소 형님은 부여 땅에 있는 조선의 유민을 가려내 한에 노예로 보내려 하고 있습니다. 이는 소자가 설혹 목숨을 버리는 한이 있더라도 용납할 수 없는 일입니다. 소자, 이제 저들 유민을 이끌고 부여를 떠나려 합니다.”

“오……”

금와가 긴 탄식을 토했다. 그의 얼굴에 슬픔과 안타까움의 빛이 강물처럼 일렁이고 있었다.

“내 너의 뜻을 알겠다. 장한 일이다. 하지만 난민에 불과한 그들을 이끌고 어디로 가겠다는 말이냐?”

“생각하여 둔 곳이 있습니다. 저들과 옛 조선의 백성들을 모아 다물군을 조직할 것입니다. 그리고 폐하와 해모수 장군님께서 이루지 못하신 다물의 꿈을 이룰 것입니다."

금와가 손을 내밀어 주몽의 손을 잡았다.

"장하구나, 내 아들! 너의 뜻이 참으로 장하고도 장하구나. 너의 앞날에 신의 가호가 있기를 기원하마."

"아버님. 어머님을 모시고 가겠습니다. 허락하여 주시길 바랍니다."

금와가 커다란 충격을 받은 표정으로 주몽을 건너다보았다.

"어머니를……?"

"예, 아버님."

"으음……. 마땅히 그러해야 할 테지. 알겠다. 그렇게 하려무나."

그렇게 말하는 금와의 얼굴이 고통으로 일그러져 있었다.

그날 밤, 자신의 거소에서 유화를 맞는 금와의 얼굴이 금방이라도 눈물을 쏟을 듯 슬픔으로 가득 차 보였다.

"주몽이한테서 얘기를 들으셨소?"

금와의 말에 유화가 고개를 끄덕였다. 망연한 표정으로 허공을 우러르던 금와가 가까스로 입을 열었다.

"잘된 일이오. 큰 뜻을 품은 아이이니 하늘이 그 아이를 도울 것이오. 부인께서도 부디 안녕하시오."

"저는 떠나지 않을 것입니다."

"떠나지 않겠다고 하였소?"

"그렇습니다. 옥체 미령하신 폐하를 이 절해고도와 같은 궁에 두고 떠날 수는 없습니다."

"하지만 주몽이 떠나고 나면 대소가 부인에게 어떤 앙갚음을 할지 알 수 없는 일이오. 주몽이와 함께 떠나도록 하시오."

"저는 가지 않을 것입니다. 설혹 대소의 손에 죽을지언정 떠나지 않겠습니다."

"부인……."

◆ ◆ ◆

조선의 유민을 한으로 압송하는 준비가 어려움 없이 진행되었다. 장안을 향해 출발하기로 한 날이 이틀 후로 다가와 있었다. 그날 밤 태자전 대소의 처소에서 설란이 말했다.

"요즈음 주몽 왕자의 동태가 심상치 않습니다."

"무슨 말이오, 주몽의 동태라니? 며칠 후면 장안으로 떠날 터이니 마음이 심란하기도 할 테지."

"그런 것이 아닙니다. 제가 그동안 사람을 두어 유화 부인과 주몽 왕자비인 예소야를 살펴왔습니다. 그런데 최근 들어 저들이 부쩍 이상한 행동을 보이고 있습니다. 마치 영원히 헤어질 사람들처럼 애달파하고 있습니다."

"그게 무슨 말이오, 영원히 헤어질 사람이라니? 소상히 말해보시오."

"자세한 내막은 알지 못하겠습니다. 하지만 주몽 왕자가 장안으로 가는 일과 상관이 있음은 분명합니다."

"으음……."

조선 유민들이 한으로 출발하기 하루 전, 갑자기 압송 책임자를 주몽에서 호위총관 원종으로 바꾼다는 대소의 영이 내려졌다. 주몽이 말을 몰아 마리 등이 묵고 있는 객점으로 달려갔다.

"왕자님! 모든 준비를 마쳤습니다. 아무 걱정 마십시오."

마리가 의기양양하게 말했다.

"일이 어렵게 되었다. 대소 형님이 무슨 낌새를 차린 듯하구나. 압송 책임자를 원종으로 삼았다는구나."

예기치 않은 사태에 모두들 아연한 표정이었다.

"어떻게 해야 합니까, 왕자님? 저희들은 모두 내일 왕자님과 함께 부여를 떠나는 것으로 준비를 마친 터인데……."

"내일까지 기다릴 수 없다. 혹 일이 잘못되면 모든 일이 수포로 돌아갈 수 있다. 오이야."

"예, 왕자님!"

"너는 지금 유민 수용소로 가서 유민들에게 떠날 준비를 하라고 일러라!"

"알겠습니다."

"그리고 협보는 지금 궁의 남문으로 가서 기다려라. 술시 무렵이면 왕자비가 궁성문을 나설 것이다. 모시고 함께 본계산으로 오너라."

"예."

"그리고 마리는 호위무사들 가운데 몸을 뺄 수 있는 자들을 데리고 성문 밖에서 나를 기다려라."

어둑발이 내리는 저녁 무렵, 예소야가 보따리를 든 여관 하나를 데리고 나무 그늘을 골라 밟으며 성문을 향해 가고 있었다. 예소야가 연신 불안한 눈길로 좌우를 살피며 걸음을 옮겼다. 저녁 끼니 때여서인지 궁 안에 사람들의 모습이 그다지 눈에 띄지 않았다.

예소야가 대전 뜰을 가로질러 중문을 막 나섰을 때였다. 이제 전각 하나를 돌아들면 남문이었다. 문득 눈앞에 버티고 선 사람들이 모습이 보였다. 예소야가 소스라쳐 놀라며 나직이 비명을 올렸다.

사람들 앞에서 차가운 웃음을 띠고 선 이는 양설란이었다.

"어딜 그렇게 바삐 가는 게요?"

"…… 마마, 어인 일이십니까?"

"내가 묻고 싶은 말이오. 어서 말해보시오, 어딜 그렇게 도둑고양이 처럼 몰래 가려는 겐지."

"…… 마음이 답답하여 잠시 저녁 바람이라도 쐴까 하여 나온 참입 니다."

"흥, 저녁 바람을 그런 차림으로 쐰단 말이오? 여봐라, 저 계집이 들 고 있는 보따리를 풀어보거라!"

"마마, 이 무슨 점잖지 못한 행짜이십니까! 이놈들, 당장 그만두지 못하겠느냐!"

예소야가 다가드는 아랫것들을 향해 소리쳤다. 하지만 여관들이 고 개를 외로 튼 채 다짜고짜 다가가 보따리를 빼앗아 풀어 헤쳤다.

"흥, 바람? 바람을 쐬려는 사람이 이 많은 옷가지와 패물은 왜 가져 온 것이오?"

"그, 그건……"

"애들아, 어서 저것들을 묶어 태자전으로 돌아가자."

"이보세요, 마마. 어찌 이리도 무례한 짓을 하는 겝니까!"

◆ ◆ ◆

주몽이 마리가 몰아온 20여 인의 무사들을 거느리고 도성 밖 개활 지에 있는 수용소로 향했다. 전날 영포에게 기습을 당한 대소를 구할 때 함께한 무사들이었다. 모두들 궁궐의 호위무관으로 전날 마리 등이 호위무관으로 있을 때 뜻을 함께하기로 약조한 자들이었다.

주몽이 유민 수용소 문 앞에 다가서자 수용소를 방비하는 책임을 맡은 부장이 놀란 눈을 떴다.

"왕자님께서 이곳엔 어쩐 일이십니까?"

"유민들을 장안으로 압송하기 위해 왔다. 어서 문을 열어라!"

"이 늦은 시간에 말씀입니까? 더구나 압송 책임자는 원종 호위총관님이라 들었습니다."

"무슨 쓸데없는 소리를 하려는 게냐? 어서 문을 열지 못할까!"

"부군 전하의 영이 있기 전에는 불가합니다. 사람을 보내 직접 부군 전하의 영을……."

부장이 채 말을 끝맺지 못한 채 비명을 올리며 바닥으로 쓰러졌다. 주몽이 칼을 빼어 후린 것이었다. 주몽이 문을 열고 수용소 안으로 들어섰다. 오이의 전갈을 받은 유민들이 이미 길을 떠날 채비를 갖추고 있었다.

주몽이 앞으로 나서서 소리쳤다.

"조선의 백성들이여! 이제 우리는 부여를 떠나 새로운 땅, 거룩한 신들이 허락한 동이 땅에 새 터전을 마련할 것이오. 그대들은 신성한 왕국을 향한 행군에 다 함께 용기를 갖고 나서길 바라오!"

"와!"

유민들이 일제히 함성을 올렸다. 주몽이 선머리를 향도하며 천천히 수용소를 나섰다. 그리고 어느새 캄캄하게 내려앉은 어둠 속에 몸을 푼 길을 더듬어 앞으로 나아가기 시작했다.

(5권에서 계속)

주몽4

1판 1쇄 발행 2006년 11월 10일
1판 10쇄 발행 2009년 8월 4일

극   본 ｜ 최완규 · 정형수
소   설 ｜ 홍석주
발행인 ｜ 박근섭
펴낸곳 ｜ 민음사출판그룹 **(주) 황금나침반**

출판등록 ｜ 2005. 6. 7. (제16-1336호)
주소 ｜ 135-887 서울 강남구 신사동 506 강남출판문화센터 4층
전화 ｜ 영업부 (02)515-2000 / 편집부 (02)514-2642 / 팩시밀리 (02)514-2643
홈페이지 ｜ www.gdcompass.co.kr

ISBN 978-89-91949-96-6 04810
     978-89-91949-73-7 (세트)